古典詩歌研究彙刊

第十一輯

龔鵬程 主編

第24冊

元代詠物詞研究(下)

趙 桂 芬 著

國家圖書館出版品預行編目資料

元代詠物詞研究（下）／趙桂芬 著 — 初版 — 新北市：花木
蘭文化出版社，2012〔民 101〕
目 2+218 面；17×24 公分
（古典詩歌研究彙刊 第十一輯；第 24 冊）
ISBN 978-986-254-742-7（精裝）
1. 詞論 2. 元代
820.91 101001402

ISBN-978-986-254-742-7

9 789862 547427

古典詩歌研究彙刊
第十一輯 第二四冊 ISBN：978-986-254-742-7

元代詠物詞研究（下）

作　　者　趙桂芬
主　　編　龔鵬程
總 編 輯　杜潔祥
出　　版　花木蘭文化出版社
發 行 所　花木蘭文化出版社
發 行 人　高小娟
聯絡地址　新北市永和區中正路五九五號七樓
　　　　　電話：02-2923-1455／傳眞：02-2923-1452
網　　址　http://www.huamulan.tw 信箱 sut81518@gmail.com
印　　刷　普羅文化出版廣告事業
初　　版　2012 年 3 月
定　　價　第十一輯 30 冊（精裝）新台幣 42,000 元
版權所有・請勿翻印

元代詠物詞研究（下）

趙桂芬　著

目次

第五章　元代詠物詞的題材內涵

　　元代曲藝勃興，促進俗文學的繁盛發展，屬於雅文學的元詞在其光芒掩抑之下持續發展，上承兩宋之餘緒，在異族統治的社會裂變之下反映出時代的特徵。此一特徵亦具體顯現於詠物詞的創作與題材的選擇上，因而詠物之作在元代，並不僅止於「體物寫志」而已，而是詞人在異族統治的社會變異下，尋求生命的安頓與心靈寄託的一個出口，具有強烈的時代意義與特色。因此本章擬從元代詠物詞之題材分析著手，逐一爬梳分類統整，將詠物題材歸納為七大類型，加以分析各類型的特色與時代意義，並進一步探討其中的思想底蘊，藉以了解元代詠物詞在世異時變的特殊政治社會背景下的寄意內涵。

第一節　詠物題材之研析

　　依據本論文第一章之義界及選材原則，筆者根據《全金元詞》逐一檢索分析元詞三千七百二十一首，得詠物詞八百六十首，佔元詞總數的百分之二十三點一一。元代詠物詞題材涵蓋七大範疇，約一百五十種品類，取材範圍大致包括天象、地理、動物、植物、器用、建築、其他等七大類型。〔註1〕如表一所示：

〔註1〕　元代詠物詞的分類，係參考下列專書論文作為分類的準則與依據，包

表一　元代詠物詞題材類型統計表

類　型	天象	地理	動物	植物	器用	建築	其他	總計
數　量	108	153	26	282	80	179	32	860
百分比	12.56%	17.79%	3.02%	32.79%	9.30%	20.81%	3.72%	100%
名　次	4	3	7	1	5	2	6	

一、題材類型分析

（一）以天象為題材者

此類詞作約一百零八首，占詠物詞總數的百分之十二點五六。所歌詠之對象，分爲有形象者：日、月、冰、雲、雨、雪等；及無形象者：風、霞、嵐等。其中又以詠雨詞三十五首、詠雪詞三十二首、以及詠月詞二十八首等三類爲最多，形成鼎足三分之勢。

天氣變化瞬息萬變，難以捕捉，歌詠方式不一而足，如王惲〈水龍吟〉詠風雨，云：「雲影西來，片帆吹飽，滿空風雨。悵淋漓元氣，江南圖畫，煙霏盡，汀洲樹。」藉具象物體之變化，以顯現風、雨等無形象之物的物性與功能。詠雪之作，如袁易〈念奴嬌〉云：「堪笑滕六羞慵，三年刻楮，慳放玲瓏葉。爭得并刀雙練帶，裁出春風千靨。」直接點出時雪時停，欲雪還休的雪景，接著以「滕六」喻雪神造雪，欲以并刀快剪，裁出漫天白雪，如吟吟春風笑靨。又王惲〈水龍吟〉賦雪，名爲詠雪，實寄意諷喻，詞云：「我老久諳世味，最欣然、人安米賤。蝗螟入地，麥旗掉壠，翠翻平甸。大獵清邊，爲民祈穀，睿思何遠。在詞臣合取，元和賀例，拜明光殿。」其效法白居易的創作手法，意欲恢復「明時慶」，以期達至「抑老懷，略見樸忠之至，畎畝不忘之意」的創作目的，寓意深刻。詠月之作如張玉孃〈水調歌頭・次東坡韻〉云：

括：張敬：〈南宋詞家詠物論述〉，《東吳文史學報》第 2 號（1977 年 3 月），頁 41～42；王偉勇：《南宋詞研究》（臺北：文史哲出版社，1987 年 9 月初版），頁 161～169；馬寶蓮：《兩宋詠物詞研究》，《國立臺灣師範大學國文研究所集刊》第 28 號（1984 年 6 月），頁 60～61。

「素女煉雲液，萬籟靜秋天。……雪浪翻銀屋，身在玉壺間。」開篇即寫月之光華皎潔，如素娥熔煉之雲母，繼而寫月光如白色波浪，傾瀉一地銀白光華，恍若置身玉壺中。可謂極盡發揮物性，意境全出。

（二）以地理為題材者

此類詠物詞包括山、川、峰、巖、谷、洞、泉、江、溪、河、湖、池、灣、潮、丘、瀾、石、島、灘、浦、玄牝等，共一百五十三首，占詠物詞總數的百分之十七點七九。此類詞作多為聯章唱和之作，具有兩大特色：其一，詠溪、湖、桃源之作為多，藉歌詠山水田園之樂，寄寓詞人隱逸歸鄉之志。如許有壬〈滿江紅・次湯碧山清溪〉云：「沙洲外，輕鷗落。風帘下，扁舟泊。更寒波搖漾，綠蓑青箬。為向九原江總道，繁華何似今涼薄。怕素衣、京洛染緇塵，從新濯。」以淒清淡泊如水墨寫意般的景致，寄寓詞人心中嚮往之清淨理想世界。詠地理題材者，又以許有壬、許有孚兄弟與馬熙唱和的〈摸魚子・詠圭塘〉三十首為最多，幾占五分之一。「圭塘」為許有壬晚年致仕（1348）後，以賜金所購得之別墅，日與其弟有孚、子楨、門客馬明初等詩酒優遊，唱和賡歌。許有壬所作〈摸魚子〉十首，皆用〔宋〕晁補之〈摸魚兒〉「買陂塘旋栽楊柳」為起句，用同一詞調、同樣格律、相同韻腳，不但遣詞、造語、用事等均不見重複外，可謂篇篇各具特色，別有意境，反映出許有壬跳出塵網，享受閒居生活之樂趣。其二，多詠名山高峯，如趙孟頫賦〈巫山一段雲〉十二首，聯章分詠巫山十二峰，將巫山高聳騰入雲霄、鳳集鶴立、形似畫屏、峰若聚仙的千姿百態，盡情刻劃，詞意荒寒淒冷，寄託遙深，帶有濃厚的憂思離愁。〔註2〕

（三）以動物為題材者

以動物為題材之詞，在元代詠物詞中數量最少，約有二十六首，占詠物詞總數的百分之三點零二。包括四大類，一獸類：龍、虎、鹿

〔註2〕黃兆漢：《金元詞史》（臺北：臺灣學生書局，1992 年 12 月初版），頁 208。

等；二鳥類：雞、鶯、鶴、雁、燕、鵲、鳥、么鳳等；三魚類：魚等；
四蟲類：螢等。四大類中又以詠鳥類居多，約有二十首，占總數的百
分之七十六點九二，其中詠鶴九首，爲數最多，其次爲詠雁六首。

禽鳥具有活潑生動之姿，綺麗豐美之翎羽，及婉轉清脆之啼唱，
翩翩翱翔於天際，或嬉遊於原野，固爲詞人筆下吟詠之主題。元代詠
禽鳥之作，不在形似上刻繪，反而出之以虛筆，寄寓詞人漂泊零落，
無所依託，嚮往自由之精神。如姚燧〈清平樂・聞雁〉云：「春方北
度。又送秋南去。萬里長空風雨路。誰汝冥鴻知處。」鴻雁作爲候鳥，
南來北往早已慣常，作者提此一問，寄予天地間困窮者深切的同情與
關注，並暗示一己對冥鴻——自由精神之嚮慕。又如朱晞顏〈賀新郎・
歸雁〉云：「雲影低平楚。看翩翩、離群避暖，去尋孤戍。猶記登樓
看瘦字，零落西風無數。……江空歲晏衡陽度。盡冥冥、稻粱謀拙，
弋人何慕。行斷驚飛悲吊影，誰念嘹風最苦。算只有、天涯羈旅。」
上片描繪翩翩孤雁，橫空匆匆向北孤戍，下片則由詠物而關係自身，
賦予大雁以遠遊之人的形象，極寫客遊異鄉之悲苦。

（四）以植物為題材者

元代詠物詞七大類型中，以詠植物之作最多，共二百八十二首，
占詠物詞總數的百分之三十二點七九。其中詠花詞多達二百六十首，
占詠物詞總數的百分之三十點二三，此與元代社會時尚喜愛花卉關係
密切，花草是人們寄景生情的客體，詠物傳情的媒介，〔註3〕因此元
人無論四季出遊，友朋相聚，泛舟賞月，或祝壽飲酒，無不藉花草傳
情，文人更寄情花草以自況比德，故吟詠最夥。詠植物詞的內容包括：
花　類：梨花、桃花、梅花、菊花、蓮花、杏花、水仙花、海棠、
　　　　牡丹、芍藥、櫻桃、木蓮、荼蘼、雞冠花、桂花、鳳仙
　　　　花、蓼花、來禽、柑花、蘭花、玉簪、茶花、楊花、瓊

〔註3〕　張雪慧：〈元代花卉與元人社會生活〉，《中國文化月刊》第203期（1997
　　　年2月），頁89。

花、紫金沙、虞美人草等二十五種品類。

樹　類：楊柳、茶、竹、松等。

果木類：木瓜、葡萄、柑、桃子、櫻桃等。

食用類：筍、芋、雞頭（芡實）等。

四大類中以詠梅之作九十四首最多，佔詠物詞總數的百分之十點九三；其次是詠蓮花、海棠、梨花、桃花及牡丹花。如表二所示：

表二　元代詠花詞題材內容統計表

序　號	品　類	數　量	百分比	名　次
1	梅花	94	36.15	1
2	蓮花	33	12.69	2
3	海棠	16	6.15	3
4	梨花	16	6.15	3
5	桃花	12	4.62	4
6	杜丹	12	4.62	4
7	桂花	11	4.23	5
8	其他	10	3.85	6
9	水仙	9	3.46	7
10	芍藥	9	3.46	7
11	菊花	9	3.46	7
12	杏花	8	3.08	8
13	玉簪	8	3.08	8
14	楊花	8	3.08	8
15	蘭花	3	1.15	9
16	荼蘼	3	1.15	9
17	來禽	2	0.77	10
18	木蓮花	2	0.77	10
19	茶花	1	0.38	11
20	紫金沙	1	0.38	11
21	柑花	1	0.38	11

22	雞冠花	1	0.38	11
23	瓊花	1	0.38	11
24	蓼花	1	0.38	11
25	虞美人	1	0.38	11
26	鳳仙花	1	0.38	11

　　元代是中國歷史上第一次由草原游牧民族統治的朝代,歷經戰亂與朝代更替的頻繁,傳統士族的歷史價值觀和社會理想面臨崩解,因而對於梅花寒冬開花產生了不同體悟:或欣賞梅花凌寒傲雪、堅貞不屈的精神,如陶宗儀〈一萼紅‧賦紅梅〉云:「畢竟孤標還在,縱夭桃繁杏,難侶寒香。瑪瑙坡頭,珊瑚樹底,江南別是春光。且莫倚、高樓玉管,怕輕盈飛處誤劉郎。依舊小窗疏影,淡月昏黃。」或羨慕梅花清癯高雅、不卑不亢的高標逸韻,如謝應芳〈風入松〉詠梅花云:「舊約尋梅,蹉跎過、小春時節。忽隴頭人至,一枝先折。喜見春風顏色好,縞衣不受緇塵涅。」或欣羨梅花不隨眾俗、甘心寂寞的淡趣閒情,如沈禧〈風入松‧紅梅慶六十〉云:「陽回潛谷起蟄虯。萬斛燦琳球。芳姿占得先春意,冰霜操、甘抱清幽。野店溪橋託質,蒼松翠竹為儔。」不同的人,在憂患的時代中,都能從梅花的特性中得到體悟,取得慰藉,是以,格高韻絕的梅花成為元人最佳的精神象徵,也是元代詞人的精神理想,〔註4〕因而深獲元代詞人的賞識,成為最受歡迎的詠物題材。

　　其他詠花題材,如邵亨貞〈虞美人〉詠杏花云:「杏花不改胭脂面。愁裏驚相見。花枝猶可慰愁人。只是鬝髻短鬢不禁春。」以杏花依舊穠麗嬌艷的色澤之美,反襯詞人傷春嗟老之慨。張翥〈水龍吟〉次韻蓼花送別友人云:「瘦葦黃邊,疏蘋白外,滿汀煙穗。把餘妍分與,西風染就,猶堪愛,紅芳媚。」西風衰颯,蘆葦瘦黃,蘋花疏白,

---

〔註4〕　范長華:〈元代詠物詞初探〉,收入四川大學中文系新國學編輯委員會:《新國學》第二卷《論文集》(成都:巴蜀書社,1999 年 9 月),頁 250。

唯有蓼花染就江邊一片嬌紅，流露詞人驚秋惜芳之情。又張雨〈摸魚兒〉詠並蒂蓮云：「問凌波、並頭私語，夜涼誰共料理。柔情早被鴛鴦妒，怕擊水晶如意。香旖旎。待微雨清塵，略爲新妝洗。騷辭漫擬。搴水末芙蓉，同心輕絕，未說已先醉。」詞中以擬人化手法描繪並蒂蓮花之柔美嬌弱，格外惹人憐愛，並引屈原自比爲芙蓉一典，暗喻詞人高潔之志。又蒲道源〈點絳脣・賦野荼蘼〉云：「玉蕊瓏瑽，繞籬盈樹知誰種。碧雲堆重。化作飛瓊洞。」詞中以「玉蕊」代指荼蘼，以神話中的仙女「飛瓊」〔註5〕隱喻超逸清雅之姿。又劉敏中〈菩薩蠻・月夕對玉簪獨酌〉云：「遙看疑是梅花雪。近前不似梨花月。秋入一簪涼。滿庭風露香。……醉眼月徘徊。玉鸞花上飛。」簡筆勾勒出玉簪花瑩白如雪梅、月梨之清新神貌，最後以「玉鸞花上飛」，道出詞人孤芳自賞之幽獨情懷。凡此具見，「花」在元代詠物詞中所蘊含的象徵意義與時代意識。

（五）以器用為題材者

以器用爲題材之詠物詞有八十首，占詠物詞總數的百分之九點三〇。包括七大類：一兵器：古劍等。二行器：舟、杖、船、風車等。三文具：筆、紙、書、畫、研滴等。四服飾：衲襖、布袍、玉梳、鬧娥、緜等。五日用品：鼎、薰爐、扇（便面）、燈、屏、簾、香、水碓、砭頑、枕頂等。六玩具：圍棋、雙陸、小石、椅等。七樂器：笳、琵琶、箏、簫、笛、胡琴、摘阮等。

此類詠物詞多以繁複華麗之詞刻繪物象，尤以詠婦女所用器物者爲多，如：玉梳、便面、枕頂、鬧娥等，洪希文〈一枝春・鬧蛾〉云：「霧翅煙須，向雲窗鬬巧，宮羅輕翦。翩翩鬢影，側映寶釵雙燕。銀絲蠟蒂，弄春色、一枝嬌顫。」活脫出一形象貌似飛蛾，精緻豔麗的

〔註5〕〔漢〕班固：《漢武帝內傳》曰：「西王母又命侍女董雙成吹雲龢之笙，又命侍女石公子擊昆庭之鐘，又命侍女許飛瓊鼓震靈之簧。」（臺北：新興書局，1978年，《筆記小說大觀十六編》，第1冊），頁12。

髮飾。至於其他器物，如張雨〈太常引〉詠漫翁畫舫、姬翼〈望梅花〉詠布袍、洪希文〈清平樂〉詠風車、張之翰〈金縷曲〉詠雙陸、劉因〈清平樂〉詠圍棋等，皆有藉日常器用之吟詠，寄寓詞人心中嚮往歸隱鄉里之志。

（六）以建築物為題材者

此類詠物詞包括亭、臺、樓、閣、橋、寺、觀、祠、園、別墅、齋、院、軒、庵、溝、堂、門、關、貢院等，約一百七十九首，占詠物詞總數的百分之二十點八一，僅次於詠植物類題材，居元代詠物詞總數的第二位。其中又以詠樓詞十八首為最多，如貫雲石〈水龍吟・詠揚州明月樓〉云：「瓊花香外，玉笙初響，修眉如妒。十二闌干，等閒隔斷，人間風雨。」分別從歌舞、樓臺描繪明月樓中美景，喚起登臨意趣。此外，詠樓詞亦多結合詠史及懷古之思，興發亡國之慨。如白樸〈念奴嬌・題鎮江多景樓〉云：「落日金焦浮紺宇，鐵甕獨殘城壁。雲擁潮來，水隨天去，幾點沙鷗雪。消磨不盡，古今天寶人傑。」頗有江山依舊，人事已非之慨嘆！

以建築為題材之詠物詞，多藉由描述周遭或內在之景物，以烘托物體所處之環境、形狀、構材，如詠道觀、寺廟之作。由於元代宗教發展興盛，尤其是全真道教極為昌盛，道觀林立，成為時人尋求全身避禍的遁世桃源，因而促進詠建築物題材的繁盛。耶律楚材曾賦〈鷓鴣天・七真洞〉云：「橫翠幛，架寒煙。野花平碧怨啼鵑。不知何限人間夢，併觸沉思到酒邊。」藉眼前美景之描繪，表現出詞人超然物外的清淡之風。又如尹志平〈巫山一段雲〉詠秋陽觀、先天觀、通仙觀等，及刑叔亨〈木蘭花慢〉聯詠「蒲縣東神山廟柱石刻五首」等，於敘述景物之同時，亦寄寓軍政失序之怨刺。

另有詠園詞十六首、詠亭詞十四首，多寫園林之清幽逸趣，可以想見元代園林之盛。如王惲〈水調歌頭・為仲方東園賦〉云：「野飲不稱意，歸促紫遊韁。誰知草堂深處，清賞興尤長。……為東園，梅

與竹，足清香。不須更栽桃李，花底駐春光。人道漆園家世，王謝風流未遠，培取桂枝芳。讀書貧亦好，此語試平章。」詞中描述郊野之趣，不及東園之清賞；而東園梅、竹、桂之清雅，恰如人品之高潔，東園賞幽，樂得安貧自適之生活情趣。

（七）其他題材者

除了上述六大類之外，凡無法歸類者，皆納入其他題材，包括酒、茶、燭淚、眉、目、淚、指甲、骷髏、墓、香、髮等，共三十二首，占詠物詞總數的百分之三點七二。其中又以詠酒詞十首爲最多，如李治〈鷓鴣天〉云：「太一滄波下酒星。露醖秘訣出仙扃。情知天上蓮花白，壓盡人間竹葉青。」詞中盛讚倪文仲家「蓮花白」酒最美，宛如天上酒星下凡，壓過人間竹葉青。另有詠茶詞八首，如劉敏中〈蝶戀花〉描述茶板之狀與宜人香氣，並以松濤狀茶湯鼎沸之聲，詞云：「帶上烏犀誰摘落。方響匀排，不見朱絲約。一筃拈來香滿閣。矮爐翻動松風壑。」又如王惲〈好事近・嘗點東坡桔樂湯作〉云：「石鼎響松風，茗飲老來多怯。喚起雪堂清興，瀹鷓斑金屑。」鮮明刻劃出元人製茶之趣及瀹茶之景，並云：「中有樂勝商山，香味不容說。覺我胸中塊壘，被春江澄澈。」以茶之香氛滌除塵慮，洗盡胸中塊壘，融情入景，以景寓情。

二、題材類型結構分析

（一）元代詠物題材與詞調的關係

1、元代詠物詞主要使用詞調

元代詠物詞所用詞調據筆者統計，共得一百五十七調，其中有一首詞作調名待考。〔註6〕進一步將同調異名者合併後，共得詞調正名

〔註6〕按：《全金元詞》下冊《元詞》中唯一詞調名漏刻者，即虞集〈□□□・題梅花寒雀圖〉：「殘雪曉。窗外幽禽小。春聲初動苔枝裊。花落知多少。　　春起早。苦被東風惱。綠陰青子歸來早。滿徑生芳草。」（頁861～862）據筆者逐一檢閱〔清〕聖祖敕撰：《欽定詞譜》、

一百三十四調。按詞調正名進行統計，作品數量在十首以上者有二十四個。詳見表三所示：

表三　元代詠物詞主要使用詞調統計表

序　號	詞　牌	數　量	百分比	名　次
1	木蘭花慢	57	6.63	1
2	模魚兒	55	6.40	2
3	水龍吟	53	6.16	3
4	巫山一段雲	43	5.00	4
5	念奴嬌	39	4.54	5
6	沁園春	32	3.72	6
7	清平樂	30	3.49	7
8	水調歌頭	27	3.14	8
9	蝶戀花	27	3.14	8
10	太常引	26	3.02	9
11	鷓鴣天	21	2.44	10
12	滿江紅	21	2.44	10
13	點絳脣	18	2.09	11
14	蹋莎行	15	1.74	12
15	南鄉子	15	1.74	12
16	浣溪沙	15	1.74	12
17	鵲橋仙	14	1.63	13
18	江城子	14	1.63	13
19	菩薩蠻	14	1.63	13
20	風入松	13	1.51	14
21	賀新郎	12	1.39	15
22	臨江仙	11	1.28	16
23	鸚鵡曲	10	1.16	17
24	憶秦娥	10	1.16	17

及潘慎：《詞律辭典》二書，均不見此詞調名。

　　根據上表統計顯示，元代詠物詞選用詞調絕大部分是元詞中最常用的詞調，也是唐宋詞中最常見的詞調。〔註7〕元代詠物詞常用詞調前十名中屬於長調的有〈木蘭花慢〉、〈摸魚兒〉、〈水龍吟〉、〈念奴嬌〉、〈沁園春〉、〈水調歌頭〉、〈滿江紅〉等七個，可見元人仍沿襲南宋以來詠物傳統，慣用長調體物吟詠，〔註8〕以窮物性，盡物態，進而舒暢心中情志。至於聲情方面，〈摸魚兒〉一調最幽咽可聽；〔註9〕〈水龍吟〉其聲嚴肅，使人聽之悽嘆；〔註10〕而〈念奴嬌〉、〈滿江紅〉〔註11〕音韻拗怒，〈水調歌頭〉聲韻最為怨切。〔註12〕因此，就上表統計顯示，元代詠物詞家在選擇詠物詞調時，以長調、聲韻悲切者居多。

2、元代詠物詞常用詞調題材類型結構分析

　　進一步分析元代詠物詞最常使用的二十四個詞調，其題材類型分析如表四所示：

表四　元代詠物詞常用詞調題材類型結構分析表

序號	詞　牌	天象	地理	動物	植物	器用	建築	其他
1	摸魚兒	1	35		12		7	
2	木蘭花慢	1	10	1	18	6	21	
3	水龍吟	7	6		17	6	16	1

〔註7〕陶然曾統計元人詞中使用頻率最高的前三十種詞調，其中前十調依序為〈木蘭花慢〉、〈水龍吟〉、〈水調歌頭〉、〈沁園春〉、〈清平樂〉、〈滿江紅〉、〈浣溪沙〉、〈念奴嬌〉、〈太常引〉、〈摸魚兒〉等。見氏著：〈論元詞衰落的音樂背景〉，《文學遺產》第 1 期，2001 年，頁 77～78。按：陶然統計的範圍以文人詞為主，釋道方外暫不計。

〔註8〕路成文：《宋代詠物詞史論》曰：「北宋前期和中後期，詠物令詞占絕對優勢；南宋後期和宋元易代時期則相反，慢詞佔了絕對優勢。」（北京：商務印書館，2005 年 12 月 1 版），頁 49。

〔註9〕聞汝賢纂述：《詞牌彙釋》（臺北：作者自印，1963 年 5 月臺一版），頁 574。

〔註10〕聞汝賢纂述：《詞牌彙釋》，頁 85。

〔註11〕聞汝賢曰：「此調有平韻反韻兩體，反韻詞，宋人填者最多，其體不一，今以柳詞為正體，……宋、元人俱如此填。」頁 610。

〔註12〕聞汝賢纂述：《詞牌彙釋》，頁 82。

4	巫山一段雲	17	18	2			2	4
5	念奴嬌	5	7	1	9	2	13	2
6	沁園春	1	7	6	7	2	7	3
7	清平樂	2	1	1	16	6	4	
8	水調歌頭	5	7		6	1	8	
9	蝶戀花		4	1	8	2	11	1
10	太常引	1	5		13	2	5	
11	鷓鴣天	1	3	1	4	1	5	6
12	滿江紅	1	3	1	6		10	
13	點絳唇	3			12	1	2	
14	踏莎行	5			2			8
15	南鄉子	1		4	2	3	5	
16	浣溪沙	3	2	1	2	3	3	1
17	鵲橋仙	1			8	4		1
18	江城子	3	2		5	2	2	
19	菩薩蠻	3		2	7	2		
20	風入松				7	2	3	1
21	賀新郎	1	1	1	3	2	4	
22	臨江仙		2		8		1	
23	鸚鵡曲	1	3		2	1	3	
24	憶秦娥	2			5	3		
25	滿庭芳	1			4		4	
26	人月圓	1	5				3	

　　根據上表統計顯示，元代詞家最常選用的二十四個詞調，大致均衡分佈於各類題材的吟詠。其中除〈巫山一段雲〉外，各詞調都有歌詠植物題材，可見詞家不拘詞調，普遍喜愛吟詠植物類題材，藉花木映現其高潔超卓之品格與孤芳自賞之情懷，同時亦反映出元人的生活情趣與審美趨向。表中最爲突出的是〈摸魚兒〉詠地理類

題材有三十五首，原因已如前述。〈木蘭花慢〉詠建築、植物題材最多；〈巫山一段雲〉則多詠天象、地理題材，且多爲方外道士所作，此與元代特殊的政治社會背景有關。由於元代廢行科舉，士人仕進無門，轉而游食四方，以求干謁；又因宦海浮沉，南北奔波，湖海漂流，往往藉吟詠山水景物以抒懷遣興。此外，元代隨著全眞道教的興盛，道觀林立，成爲時人尋求全身避禍的遁世桃源，隱逸與長生久視及「神仙」世界聯繫一起，因而促進詠建築物、天象、地理題材的繁盛。

（二）元代詠物詞家及其作品題材類型結構分析

1、元代主要詠物詞家創作數量統計

元代詠物詞作者一百零八人，其中創作數量在十首以上者有二十五人，詳見表五：

表五　元代主要詠物詞家創作數量統計一覽表

序　號	作　者	數　量	百分比	名　次
1	王惲	66	7.67	1
2	許月壬	65	7.56	2
3	張翥	56	6.51	3
4	劉敏中	48	5.58	4
5	邵亨貞	36	4.19	5
6	李齊賢	35	4.07	6
7	張可久	30	3.49	7
8	沈禧	27	3.14	8
9	白樸	26	3.02	9
10	張之翰	22	2.56	10
11	張埜	22	2.56	10
12	姚燧	20	2.33	11
13	尹志平	20	2.33	11

14	趙孟頫	19	2.21	12
15	張雨	18	2.09	13
16	梁寅	18	2.09	13
17	洪希文	17	1.98	14
18	許有孚	14	1.63	15
19	謝應芳	13	1.51	16
20	朱晞顏	12	1.40	17
21	周權	12	1.40	17
22	程文海	10	1.16	18
23	袁易	10	1.16	18
24	馬熙	10	1.16	18
25	凌雲翰	10	1.16	18

　　根據上表分析詠物詞人所隸屬的創作時期〔註13〕如下：

第一期：王惲、劉敏中、白樸、張之翰、姚燧、趙孟頫、朱晞顏、
　　　　程文海、袁易、張雨、尹志平等十一人。

第二期：許有壬、張翥、張可久、張埜、洪希文、許有孚、周權、
　　　　馬熙、李齊賢等九人。

第三期：邵亨貞、沈禧、梁寅、謝應芳、凌雲翰等五人。

　　由此可見，詠物詞人創作量較多的大都屬於第一期，多藉詠物寄
寓興亡之感與身世之悲。此外，上表中還包括域外詞人李齊賢，及方
外詞人張雨、尹志平等，與其特殊的出身背景與仕宦經歷息息相關，
反映出元代詠物詞在特殊的政治社會背景下，不同族群之間與多元文
化相互融滲交流所顯現出的文化特色。

2、元代主要詠物詞家作品題材類型結構分析

　　進一步將上述二十五位詞家詠物題材內容加以分析，如表六所
示：

〔註13〕元代詠物詞人分期原則，詳參本書第四章第一節，頁160～165。

表六　元代主要詠物詞家作品題材類型結構分析表

序號	作者	天象	地理	動物	植物	器用	建築	其他
1	王惲	13	3	1	22	8	19	1
2	許月壬	4	17	6	16	4	16	2
3	張翥	6	7	2	28	11	2	
4	劉敏中	2	7		25	5	6	3
5	邵亨貞	4	2	1	16	6	5	2
6	李齊賢	16	8	2		2	6	1
7	張可久	3	14	2			11	
8	沈禧	4		1	8	3	6	5
9	白樸	3	3		10		9	1
10	張之翰	3	1	3	7	4	4	
11	張埜		4		7		10	1
12	姚燧	2	2	1	12	1	2	
13	尹志平	5	3			1	11	
14	趙孟頫		14		3		2	
15	張雨	1	1		8	6	2	
16	梁寅	8	2	1	5		2	
17	洪希文				6	7		4
18	許有孚		10		4			
19	謝應芳	2	1		4	2	3	1
20	朱晞顏	3		2	3	2	2	
21	周權		3		5		4	
22	程文海				7	1	2	
23	袁易	4			6			
24	馬熙		10					
25	凌雲翰	2	1		5	1	1	

　　根據上表所示，馬熙、許有孚、趙孟頫在地理類題材與其他創作類型相比顯得較為突出，域外詞人李齊賢寫得最出色、數量最多的是天

象類題材，而獨缺植物類題材，此與其特殊的出身背景與仕宦經歷有關。由於語言文化的隔閡，詞體婉媚之特質與朝鮮的民族性大相悖離，加以李齊賢居處大都，往來多館閣朝臣，受北宗詞〔註14〕影響較深，以致李齊賢少抒情婉約之作，而多雄放豪邁之詞。〔註15〕其他各家則在題材選擇的比例上，大致是按植物、建築、地理、天象、器用、動物等的順序排列，與元代詠物詞題材七大類型的排序統計結果大致符合。

創作量最豐的，首推王惲，詞風雄渾典重，詠物詞則婉麗細緻，耐人玩索，以詠植物詞爲勝，有二十一首。其次爲許有壬，最具代表性的是其描寫閒居生活與弟有孚、子楨、及門客馬熙等詩酒優游，唱和虞歌的〈摸魚兒〉、〈太常引〉、〈漁家傲〉等詠圭塘之作，有三十四首，多爲爽健俊逸之篇。至於元代最有成就的詞人張翥，以婉約詞爲宗，雅麗細緻，被譽爲姜、張一派嫡傳之「一代正聲」，〔註16〕其最具特色的是有詠花詞有二十八首，居元人之冠。劉敏中亦獨擅詠花詞，有二十五首，居元人第二位。詞風豪放曠逸，超拔洒脫，往往於尋常事物之中，涉筆成趣，新穎俊雅。有「元詞殿軍」之稱的邵亨貞，詞風清麗雋永，足以繼仇遠、張翥之後。〔註17〕邵亨貞亦以詠物詞擅名，其最爲人所稱道的〈沁園春〉詠眉、詠目二首，精巧纖麗，極盡

〔註14〕 所謂「北宗詞」，意指金元兩朝在詞體創作上繼承和發展蘇軾言志主氣、風格豪邁的體式，形成迥別於南宋詞主流派的清剛健朗的風範。詳參趙維江：《金元詞論稿》（北京：中國社會科學出社，2000 年 2 月 1 版），頁 29～38。

〔註15〕 黃天驥選注：《元明詞三百首‧前言》：「出身於少數民族的詩人，其祖輩習慣於炙羶腥，居穹廬，隱即高歌，醉即狂舞，要他們接受溫柔敦厚的審美觀念，實非易事。當他們憑著自己固有的素質教養，發心聲而爲詞，倒在一定程度上沖淡了詞壇的甜膩，使之夾雜些陽剛之氣。」（長沙：岳麓書社，1994 年 4 月 1 版），頁 7。

〔註16〕 〔清〕陳廷焯：《白雨齋詞話》曰：「元詞日就衰靡，愈趨愈下，張仲舉規撫南宋，爲一代正聲。」又曰：「仲舉詞樹骨甚高，寓意亦遠，元詞之不亡者，賴有仲舉耳。」又曰：「詞至仲舉，後數百年來邈無嗣響南宋者。」《詞話叢編》，第 5 冊，頁 3975、3997。

〔註17〕 黃兆漢：《金元詞史》，頁 263。

刻繪之能事。

　　根據上文所作的統計與分析可知，元代詠物詞在題材方面具有以下的特色：其一，詠物詞題材涵蓋七大類型，以詠植物、建築、地理類佔最多數，多藉詠花象喻人格，藉詠園林、樓臺、山水等興發亡國之慨，寄寓隱逸之志。其二，就詠物詞題材類型結構而言，元代詠物詞家在選調時以長調、聲韻悲切的詞調居多，大致平均分佈於各個類型中。其三，詠物詞人創作量較多的大都屬於第一期，多藉詠物寄寓興亡之感與身世之悲。其四，域外詞人李齊賢，及方外詞人張雨、尹志平的參與，具體顯示出多元文化相互滲交流的時代特色。

第二節　詠物內涵之析論

　　蒙元以異族入主中原，因其對中原文化的無知與漠視，致使漢文化受到劇烈的衝擊與摧毀，漢族文人儒士在蒙元高壓統治下，備受歧視與壓迫，在激切不平之餘，開始自覺反思，反映在詩詞戲曲創作上，跳脫雕飾藻繢、審音協律的舊有框架，追求質樸坦率的真性情表現。同時，受到程朱理學重視傳統倫理道德的影響，要求道統與文統合一，主張詩文應結合教化與情性，於即物窮理中，反映人格的精神風貌，以達振衰起弊之效，發揮「詩言志」的社會功能。如李治（1192～1279）主張「因事為文」，〔註18〕郝經（1223～1275）主張「情也者，性之所發，本然之實理也」。〔註19〕換言之，「文以載道」之思想在元初得到廣泛的迴響，影響所及，促使元初詞壇興起「以詞言志」之風。如吳澄（1249～1333）〈戴子容詩詞序〉云：

　　　　主詩者曰詩難，主詞者曰詞難，二說皆是也。第以情性言
　　　　詩，以情景言詞，而不及性，則無乃自屈於詩乎？夫詩與

〔註18〕〔元〕李治：《敬齋古今黈》（臺北：臺灣商務印書館，1973 年，《四庫全書珍本》，第 216 冊），頁 8。
〔註19〕〔元〕郝經：〈論八首・情〉，《陵川集》（臺北：臺灣商務印書館，1983 年，《景印文淵閣四庫全書》，第 1192 冊），卷 17，頁 188。

詞，一爾；歧而二之者，非也。自其二之也，則詩猶或有
風雅頌之遺，詞則風而已。詩猶或以好色不淫之風，詞則
淫而已。雖然，此末流之失然也，其初豈其然乎？使今之
詞人真能由《香奩》、《花間》而反諸樂府，以上達于《三
百篇》，可用之鄉人，可用之邦國，可歌之朝廷而薦之郊廟，
則漢、魏、晉、唐以來之詩人，有不敢望者矣。尚何嘐嘐
然不揣其本而齊其末哉！〔註20〕

吳澄認爲詩、詞一體而同源，皆導源於《詩三百》，感物而動，緣情而
作。至於《香奩》、《花間》之麗而淫，爲後世學詞者末流之失，非詞體
之本性。因此，詞體或自古樂府而來，或從唐人五七言絕句而來，皆不
離詩、詞同源合流之關係，詩有好色不淫之風，詞體亦爲《風》之遺，
如能發揚樂府詩「感於哀樂，緣事而發」〔註21〕之創作精神，擺脫花間
冶豔俗靡小道，亦足以風天下而正人倫。吳澄又論述詩、詞之異同，云：

風者，民俗之謠；雅者，士大夫之作；故風範而雅正。後
世詩人之詩，往往雅體在而風體亡。道人情思，使聽者悠
然而感發，猶有風人遺意者，其惟樂府乎？宋諸人所工尚
矣。國初太原元裕之以此擅名。……然仲美，正人也，其
辭麗以則，而豈麗以淫者之所可同也哉？〔註22〕

吳澄指出，詞乃《風》之遺，具有「道人情思，使聽者悠悠然而感發」
之創作特徵，同時他亦主張詞體宜乎「麗以則」者爲正，但不是一味追
求麗詞藻飾，而是以「雅正」〔註23〕規範之，發揮「吟詠情性」〔註24〕

〔註20〕　〔元〕吳澄：《吳文正集》（北京：商務印書館，2005 年，《文津閣四
　　　　　庫全書》，第 400 冊），卷 15，頁 54～55。
〔註21〕　〔東漢〕班固：《漢書‧藝文志》（臺北：藝文印書館，1958 年），卷
　　　　　30，頁 903。
〔註22〕　〔元〕吳澄：〈張仲美樂府序〉，《吳文正集》，卷 18，頁 67。
〔註23〕　張晶：〈元代正統文學思想與理學的因緣〉主張說：「『雅正』不僅是
　　　　　一種風格，也不僅是一種審美規範，更根本的還在於是對創作主體
　　　　　的內在要求。這也便是『性情之正』。在元代的正統文學家看來，好
　　　　　的詩文創作，其根本處主要不在技巧、方法，而在於發之醇正的『性
　　　　　情』。」見氏著：《遼金元文學論稿》（北京：北京廣播學院出版社，
　　　　　2004 年 1 月 1 版），頁 408。

的功能，才不致偏離正道。

　　再如趙文（1238～1314）〈吳山房樂府序〉亦從詩教的觀點，探討詞學與世風之關係，云：

> 觀歐、晏詞，知是慶曆、嘉祐間人語；觀周美成詞，其為宣和、靖康也無疑矣。聲音之為世道邪？世道之為聲音邪？有不自知其然而然者矣！悲夫，美成號知音律者，宣和之為靖康也，美成其知之乎？「綠蕪凋盡臺城路」，「渭水西風，長安亂葉」，非佳語也；憑高眺遠之餘，「蟹螯」、「玉液」以自陶寫，而終之曰：「醉倒山翁，但愁斜照斂。」觀此詞，國欲緩亡得乎？渡江後，康伯可未離宣和間一種風氣，君子以是知宋之不能復中原也。近世辛幼安，跌蕩磊落，猶有中原豪傑之氣。而江南言詞者，宗美成；中州言詞者，宗元遺山，詞之優劣未暇論，而風氣之異，遂為南北強弱之占，可感已。〈玉樹後庭花〉盛，陳亡；《花間》麗情盛，唐亡；清真盛，宋亡，可畏哉！吾友吳孔瞻所著《樂府》，悲壯磊落，得意處不減幼安、遺山意者，其世道之初乎？天地間能言之士，駸駸欲絕。後此十年，作樂歌、告宗廟，示萬世，非老於文學，誰為宜！〔註25〕

趙文從詩教與政通的觀點，指斥周邦彥、康與之等詞為亡國之音，甚至直斥南宋詞宗美成者，所作皆為靡靡哀音，宋室之不可復興，實已兆示其端。雖然趙文之說不免褊狹，然其推崇辛棄疾、元好問豪壯雄健之風，反對周邦彥緣情綺靡之音，認為後世為詞者亦宜在世衰道微之際，發揮「言志」的社教功能，以反映時代的精神風貌。

　　同時代的戴表元（1244～1310）於〈余景遊樂府編序〉文中亦持

〔註24〕　〔南朝梁〕劉勰：《文心雕龍・明詩》：「詩者，持也，持人情性。」見王更生注譯：《文心雕龍讀本》（臺北：文史哲出版社，1988 年 9 月初版），上冊，卷 2，頁 83。又見〔宋〕嚴羽著，郭紹虞校釋：《滄浪詩話校釋》：「詩者，吟詠情性也。」（臺北：東昇出版事業公司，1980 年 10 月初版），頁 24。
〔註25〕　〔元〕趙文：《青山集》，《景印文淵閣四庫全書》，第 1195 冊，卷 2，頁 13。

相同看法，強調樂府（詞）與古詩同源出國風雅頌，猶草書之與篆隸，皆爲「累變」的結果，卻被固守禮法人士視之爲小道，棄而不學。戴表元不僅肯定詞體的獨立地位，並主張詞應有寄託，言之有物，宜乎「陳禮義而不煩，舒性情而不亂」，其並引劉禹錫之言論證曰：「五音與政通，而文章與時高下」，〔註26〕都是強調詩教與政通的關係密不可分。

綜合以上各家之說可知，元代詞學以「言志」爲核心，主張詩詞同源，除了極力推尊詞體，肯定詞體雅麗之風外，並積極倡導詞體應承繼《詩三百》以來抒情寫志之社會功能，發揚主體性。〔註27〕這正是元詞在詞學發展史上最重要的意義與價值，完成了詞體由應歌之詞向抒情之詩轉變的特殊使命，在詞學發展史上佔有一個無可取代的轉型地位。〔註28〕

詠物詞，作爲一種曲徑通幽的藝術表現形式，〔註29〕其創作精神亦然。「立意，要高古渾厚，有氣概，要沉著。忌卑弱淺陋」，於寄意內涵方面，「榮遇之詩，要富貴尊嚴，典雅溫厚，寫意要閒雅，美麗清細」，〔註30〕「寫感慨之微意，悲喜含蓄而不傷，美刺宛曲而不露」，〔註31〕要之歸於「雅正」的「盛世之音」。〔註32〕此一「言志」

〔註26〕〔元〕戴表元：《剡源文集》，《景印文淵閣四庫全書》，第 1194 冊，卷 9，頁 126。

〔註27〕孫敏強：《多維視野中的百部經典・中國古代文學卷》曰：「……可以說，一部詞體發展史，實際上就是詞如何爲擺脱自身命運，取得與言志載道的詩文平等地位的歷史。」（杭州：浙江古籍出版社，2004年 7 月），頁 290。

〔註28〕趙維江：《金元詞論稿》（北京：中國社會科學出版社，2000 年 2 月 1 版），頁 15。

〔註29〕周晴：〈兩宋詠物詞的審美特徵〉，《曲靖師專學報》第 19 卷第 4 期（2000 年 7 月），頁 43。

〔註30〕〔元〕楊載：《詩法家數》，收入〔清〕何文煥輯：《歷代詩話》（臺北：中華書局，2004 年 9 月 2 版），頁 727、732。

〔註31〕〔元〕揭傒斯：〈詩宗正法眼藏〉，《揭傒斯全集》（上海：上海古籍出版社，1985 年 6 月），頁 450。

〔註32〕〔元〕虞集：〈李仲淵詩稿序〉：「某嘗以爲世道有升降，風氣有盛衰，而文采隨之，其辭平和而意深長者，大抵皆盛世之音也。」《道園學

功能，具體顯現於元代詠物詞中的表現，如盧摯〈六州歌頭・題江山萬里圖〉，寄寓家國興亡之感；王惲〈水龍吟・賦秋日紅梨花〉，由物及人，抒發閒居幽懷；姚燧〈清平樂・聞雁〉，因物寄志，表達一己對自由精神之嚮慕；張翥〈浪淘沙・臨川文昌樓望月〉，道盡行路之艱難與歸隱之失落等等，都是寓意深遠，託辭溫厚之作。同時，根據前述詠物題材研析的結果得知，元代詠物詞題材範圍的擴大，意味著元代詠物詞不再固守於「緣情」〔註33〕一端，它可以與詩一樣具有寬廣的表現空間，與詩一樣可以傳達人的情志、意念、抱負等等感受。誠如《文心雕龍・物色》曰：「寫氣圖貌，既隨物以宛轉；屬采附聲，亦與心而徘徊。」〔註34〕意謂寫物要忠於原貌，隨物而委曲盡致；抒情則要忠於內心的情感，傾心而低迴盪漾，流露出真性情、真感情。〔註35〕故元代詠物詞家或以物自況，或藉物抒情，託物詠懷，將自我

古錄》，《景印文淵閣四庫全書》，第 1207 冊，卷 6，頁 91。

〔註33〕 廖蔚卿：〈從文學現象與文學思想的關係談六朝巧構形似之言的詩〉云：「文學起源論上的『感物』與『緣情』說是不可不分的。……『緣情』說的主旨，首先肯定『情』為人天賦的質性，『情』感於『物』，在交互投射照應中產生自覺與反省，於是以『志』的面貌呈現於詩中。……由詩的起源上瞭解『情』是人的生命質性，也是詩的生命質性，所以才說詩是『緣』於『情』的。」收入鄭騫等著：《中國古典文學論叢：詩歌之部》（臺北：中外文學月刊社，1976 年 5 月），頁 65～66。又蔡英俊：《比興、物色與情景交融》說：「〈詩大序〉所重視所強調的『志』，並不是個人喜、怒、哀、樂等情感的表現，而是『上以風化下，下以風刺上』這種本於政治教化的社會群體共同的情志。」（臺北：大安出版社，1986 年 5 月初版），頁 24。

〔註34〕 〔南朝梁〕劉勰原著，王更生注譯：《文心雕龍讀本》，下冊，卷 10，頁 302。

〔註35〕 童慶炳於〈從“物理境”轉入“心理場”——“隨物宛轉，與心徘徊”的心理學解〉一文中詮釋說：「隨物以宛轉」是以物為主，以心服從於物，強調詩人對客觀世界的追隨與順從，亦就是強調作為本原存在的「物理境」是創作的起點與基礎；「與心而徘徊」則是以心為主，用心去駕馭物，強調詩人以心去擁抱外物，使物服從於心，使心物交融，獲得對詩人而言至關重要的「心理場」效應。是以，從「隨物宛轉」到「與心徘徊」，即是從「物理境」到「心理場」，

的情感意念託諸客觀外物傾心吟詠，發揮抒情傳統之精神，充實詠物詞作的情致內涵，並大大提升其思想境界。

　　綜合分析元代詠物詞之寄意內涵，大致可歸納爲黍離之思、傷逝之嗟、閒適之趣、以及隱逸之志等四大類，具體反映出時代的精神風貌。茲分項舉例賞鑑說明如次：

一、黍離之思

　　文學的創作，恆爲時代精神之反映，《詩大序》云：「治世之音，安以樂，其政和；亂世之音，怨以怒，其政乖；亡國之音，哀以思，其民困。」〔註36〕《文心雕龍・時序》亦曰：「文變染乎世情，興廢繫乎時序。」〔註37〕歷代政權在改朝易代之際，文人儒士每如舊樑棲燕，在出處仕隱之間陷入兩難的抉擇。身經亡國之痛的文人儒士，登樓望遠，遙思故國，常興黍離麥秀之思，甚至不免新亭對泣〔註38〕之苦。蒙元以弓馬之雄凌駕中原，雖然建立統一的征服王朝，但是百年來種族之間的征戰殺伐與政治上的動盪不安，對社會經濟與文學藝術的影響既深且鉅，作爲反映一個時代精神風貌的詠物詞而言，亦因此烙下深刻的時代印痕，其中尤以黍離之思爲最。

　　「黍離」一詞源出《詩經・王風・黍離》云：
　　　彼黍離離，彼稷之苗。行邁靡靡，中心搖搖。知我者，謂

　　其鮮明的特徵即是從「無我」到「有我」，所以「我」之個性、思想、情感等必在其中。見氏著：《中國古代心理詩學與美學》（北京：中華書局，1992年3月1版），頁3～10。
〔註36〕　〔清〕陳奐：《詩毛氏傳疏》（臺北：臺灣學生書局，1981年11月），頁11～12。
〔註37〕　〔南朝梁〕劉勰原著，王更生注譯：《文心雕龍讀本》，下冊，卷9，頁273。
〔註38〕　〔南朝宋〕劉義慶編撰，楊勇著：《世說新語校箋・言語篇》：「過江諸人，每至美日，輒相邀新亭，藉卉飲宴。周侯中坐而歎曰：『風景不殊，正自有山河之異！』皆相視流淚。唯王丞相愀然變色曰：『當共戮力王室，克復神州，何至作楚囚相對？』」（臺北：宏業書局，1976年2月），上卷，頁71。

我心憂；不知我者，謂我何求。悠悠蒼天，此何人哉？

彼黍離離，彼稷之穗。行邁靡靡，中心如醉。知我者，謂
我心憂；不知我者，謂我何求。悠悠蒼天，此何人哉？

彼黍離離，彼稷之實。行邁靡靡，中心如噎。知我者，謂我
心憂；不知我者，謂我何求。悠悠蒼天，此何人哉？〔註39〕

《詩序》曰：「黍離，閔宗周也。周大夫行役至于宗周，過故宗廟宮
室，盡爲禾黍，閔周室之顛覆，彷徨不忍去，而作是詩也。」〔註40〕
朱熹《詩集傳》云：「周既東遷，大夫行役至於宗周，過故宗廟宮室，
盡爲禾黍，閔周室之顛覆，彷徨不忍去，故賦其所見。」〔註41〕而方
玉潤《詩經原始》亦云：「黍離，閔宗周也。周轍既東，無復西幸，
文武成康之舊，一旦灰燼蕩然無存，有心斯世者所爲，目擊傷心，不
能無慨於其際焉。」〔註42〕詩人見鎬京殘敗，東徙洛邑，王室衰微，
感觸甚深，因而傷悼哀痛，久久不忍離去。自此，「黍離之痛」成爲
後代文人歷經時代亂離之後，目睹宗社丘墟，悼往傷今的符號象徵。
〔註43〕蒙元初興，統一伊始，詞人多爲由宋、金入元之儒士，詠物詞
中自是以寄寓黍離之思的作品較引人注目，亦最能反映元代詠物詞的
時代精神與特色。〔註44〕其中又約略可分爲三種類型，分述如次：

（一）盛衰無常，盼復中原

託古諷今本是詠物詞作之傳統筆法，元代特殊的政治情勢，使得
詠物詞家於作品中寄寓了更富於現實色彩的政治感慨，而這一類的黍

〔註39〕〔清〕陳奐：《詩毛氏傳疏》，頁 181～184。

〔註40〕〔清〕陳奐：《詩毛氏傳疏》，頁 181。

〔註41〕〔宋〕朱熹：《詩集傳》（臺北：華正書局，1977 年 5 月初版），
　　　　卷 4，頁 42。

〔註42〕〔清〕方玉潤：《詩經原始》（上海：上海古籍出版社，2002 年，
　　　　《續修四庫全書》，第 73 冊），卷 5，頁 85。

〔註43〕王立：《中國古代文學十大主題》（臺北：文史哲出版社，1994 年 7
　　　　月初版），頁 264。

〔註44〕范長華：〈元代詠物詞初探〉，收入四川大學中文系新國學編輯委員
　　　　會：《新國學》第二卷《論文集》，頁 258。

離主題往往通過詠物懷古，〔註45〕匯聚一股高曠雄渾之勢，包蘊對宇宙人生盛衰無常的思考。如張埜〔註46〕〈滿江紅・登石頭城清涼寺翠微亭〉云：

> 翠微秋晚，試閒登絕頂，徘徊凝竚。一片清涼兜率界，幾度風雷貔虎。鍾阜盤空，石城瞰水，形勢相吞吐。江山依舊，故宮遺跡何處。　　遙想霸略雄圖，蟻封蝸角，畢竟無人悟。六代興亡都是夢，一樣金陵懷古。宮井朱闌，庭花玉樹，偏費騷人句。此情誰會，觴聲搖月東去。（頁896）

此詞由登臨石頭城清涼寺之翠微亭，生發千古興亡之感。出語即寫登臨之閒適意趣，帶入高古超脫之「兜率」〔註47〕境界。「幾度」與「一片」相對，一動一靜，一古一今，閒登之清涼意趣與歷史風雷交互激盪之下，頗有壯懷萬里之志，然而回顧現實，「江山依舊，故宮遺跡何處」，不禁令人感慨萬千！下片橫空懷想，由歷史的更迭無常，頓悟「霸略雄圖」一如「蟻封蝸角」，〔註48〕頗有徹悟通達之見而喟嘆

〔註45〕〔元〕方回編：《瀛奎律髓》曰：「懷古者，見古迹，思古人。其事無他，興亡賢愚而已。」《景印文淵閣四庫全書》，第1366冊，卷3，頁24。

〔註46〕有關張埜生平的史料極少，據〔清〕朱祖謀校輯：《彊村叢書》記載：「張埜（生卒年未詳），字埜夫，號古山，邯鄲（今屬河北）人。張之翰之子，嘗官至翰林學士。據其集（《古山樂府》）考之，其遊跡遍於江、浙、贛、皖、魯諸地，知其成宗大德戊戌（1298）在京師，仁宗皇慶癸丑（1313）重九登南高峰，延祐戊午（1318）九月二十一日宴罷直省，戊申（1368）再到西湖，可見其於元末尚健在矣。著有《古山樂府》二卷，今有知聖道齋藏明抄本，朱氏《彊村叢書》用明抄本。」（臺北：廣文書局，1970年3月），第10冊，頁6145。

〔註47〕兜率天（梵語：Tuṣita），意為「滿足、滿意、感激」，意譯「知足天、妙足天、喜足天、喜樂天」，乃「欲界六天」（四天王天、忉利天、夜摩天、兜率天、樂變化天、他化自在天）之第四，該天「於五欲境，知止足故」，故稱之為「知足天」，是彌勒成佛前之居處。〔明〕沙門一如等集註：《三藏法數》（臺北：華藏講堂，1986年），頁277。

〔註48〕〔唐〕白居易：〈禽蟲十二章〉云：「蟭螟殺敵蚊巢上，蠻觸交爭蝸角中。應似諸天觀下界，一微塵內鬥英雄。」見朱金城箋校：《白居易集箋校》（上海：上海古籍出版社，1988年12月1版），卷37，

曰：「六代興亡都是夢。」即使「庭花玉樹」偏費歌詠，亦難以參透
千古興亡之悵惘，全篇情思跌宕，感悟深切，意境新穎不俗。

又如白樸〈瑞鶴仙・登金陵烏衣園來燕臺〉亦同屬詠金陵名勝懷
古之作，詞云：

> 夕陽王謝宅。對草樹荒寒，亭臺欹側。烏衣舊時客。渺雙飛
> 萬裏，水雲寬窄。東風羽翅，也迷卻、當時巷陌。向尋常百
> 姓人家，孤負幾回春色。　　悽惻。人空不見。畫棟棲香，
> 繡簾窺額。雲兜霧隔。錦書至付誰拆。劉郎只見慣，金陵興
> 廢，贈得行人鬢白。又爭如復到玄都，兔葵燕麥。(頁 633)

此詞爲白樸徙居金陵期間之作，烏衣園在今江蘇南京市中華門外秦淮
河南岸，地近烏衣巷，來燕臺位於烏衣巷東。三國吳時，在烏衣巷置
烏衣營，以士兵皆著烏衣而得名。東晉時王導（276～339）、謝安（320
～385）等望族嘗居此，弟子皆著烏衣，因著聞。全詞以〔唐〕劉禹錫
（772～842）〈烏衣巷〉〔註 49〕詩起興，以燕棲舊巢喚起人們的想像，
含藏不露；對照眼前草樹荒寒，霧隔雲迷，兔葵燕麥之景，不禁感慨
繁華鼎盛不再，人生變化無常。語淺味深，寄寓朝代興廢之慨嘆。吳
梅《詞學通論》評曰：「賦詠金陵名勝，亦有狡童禾黍之意。」〔註 50〕

另有許有壬〈水調歌頭・胭脂井次湯碧山教授韻〉云：

> 他山一卷石，何意效時妝。天生偶然斑駁，蘭麝不能香。
> 贅作陳家宮井，澆出後庭玉樹，直使國俱亡。故邑久智廢，
> 陳迹草茫茫。　　歎人間，縈璇室，又阿房。麗華鬢發如
> 鑑，曾此笑相將。一旦江山瓶墜，猶欲夫妻同穴，甚矣色
> 成荒。五色補天缺，萬世仰媧皇。(頁 954)

胭脂井在今南京雞鳴山臺城內，因井在景陽殿，又稱景陽井或景陽宮

頁 859。

〔註 49〕〔唐〕劉禹錫〈烏衣巷〉：「朱雀橋邊野草花，烏衣巷口夕陽斜。舊
　　　　時王謝堂前燕，飛入尋常百姓家。」見〔清〕聖祖御編：《全唐詩》
　　　　（北京：中華書局，1960 年 4 月 1 版），第 11 冊，卷 365，頁 4117。

〔註 50〕吳梅：《詞學通論》（上海：上海古籍出版社，2006 年 4 月 1 版），頁
　　　　98。

井，〔註51〕爲亡陳之歷史見證，事見《南史》。〔註52〕起句自胭脂石落筆直接破題，胭脂石巧非因人爲，本自天成，既無意於效人之「時妝」，亦不欲沾染塵俗。然此一小小山石一旦移入陳宮，變爲井欄，井水澆出「後庭玉樹」，即攸關家國興亡大事。「後庭玉樹」即陳後主所作〈玉樹後庭花〉曲，因陳後主荒淫誤國，遂爲亡國之音。〔註53〕縱觀歷史上亡國之君，莫不循此定律，覆轍之車，依然踵武相繼，三百年間「六代興亡都是夢」，即是最好例證。最後又轉回陳後主荒淫奢靡，至死「猶欲夫妻同穴」一事，語帶諷刺。結語一筆宕開，以女媧補天之五色石比擬胭脂石，首尾呼應，點明題旨，兩相對照，轉出新意。全篇以石始，以石終，借胭脂井觀照歷史，揭示千古興亡之理。

又如耶律鑄〔註54〕〈眼兒媚‧醴泉和高齋，過隋煬故宮〉云：

隔江誰唱後庭花。煙淡月籠沙。水雲凝恨，錦帆何事，也到天涯。　　寄聲衰柳將煙草，且莫怨年華。東君也是，世間行客，知遇誰家。（頁623）

〔註51〕《金陵志》記曰：「景陽井在臺城內，陳後主與張麗華、孔貴嬪投其中以避隋兵、舊傳欄有石脈，以帛拭之，作胭脂痕，名胭脂井。」〔明〕謝縉、姚廣孝等編：《永樂大典》（濟南：齊魯書社，2001年，《四庫全書存目叢書補編》，第61冊）。

〔註52〕〔唐〕李延壽：《南史‧陳本紀下》：「（陳後主禎明三年）隋軍南北道並進。……城內文武百司皆遁出，……後主曰：『鋒刃之下，未可交當，吾自有計。』乃逃於井。……既而軍人窺井而呼之，後主不應。欲下石，乃聞叫聲。以繩引之，驚其太重，及出，乃與張貴妃、孔貴人三人同乘而上。」（臺北：藝文印書館，1958年），卷10，頁144～145。

〔註53〕〔唐〕姚思廉：《陳書‧後主張貴妃傳》記曰：「後主每引賓客對貴妃等遊宴，則使諸貴人及女學士與狎客共賦新詩，互相贈答，採其尤豔麗者以爲曲詞，被以新聲，選宮女有容色者以千百數，令習而歌之，分部迭進，持以相樂。其曲有〈玉樹後庭花〉、〈臨春樂〉等，大指所歸，皆美張貴妃、孔貴嬪之容色也。」（臺北：藝文印書館，1958年），卷7，頁65。

〔註54〕耶律鑄（1221～1285），契丹人，字成仲，號雙溪，耶律楚材子。元憲宗和元世祖時期，長期受重用，累官至中書左丞相，追贈懿寧王，諡文忠。有《雙溪醉隱集》傳世。事跡見《元史》卷146。

此詞亦借晚唐杜牧（803～852）〈泊秦淮〉〔註55〕詩句起興，感嘆人世的變幻無常，發抒內心的憂國思致。接著化用〔唐〕李商隱（約813～858）〈隋宮〉〔註56〕詩句，跌落豪奢亡國之歷史沉思中，移情入景，巧妙地將詞人內心的憂憤與江上凝重之雲霧絹合一處，語愈婉曲而境愈蒼涼。又以「誰唱」、「何事」反詰，振起文意，更覺精警有力，意在言外。

又如王惲〈水龍吟・登邯鄲叢臺〉云：

> 春風趙國臺荒，月明幾照苕華夢。縱亡橫破，西山留在，
> 翠鬟煙擁。劍履三千，平原池館，誰家耕壠。甚千年事往，
> 野花雙塔，依然是，騷人詠。　　還憶張陳繼起，信侯王、
> 本來無種。乾坤萬里，中原自古，幾多麟鳳。一寸囊錐，
> 初無銛穎，也沾時用。對殘釭影澹，黃粱飯了，聽征車動。

（頁653）

全篇通過對戰國時趙國都城邯鄲叢臺遺址的描繪，抒發千古興亡之感。「春風」二句，總覽全篇，概見趙國終歸覆亡之旨。「苕華夢」用趙武靈王夢見「顏若苕之榮」美人一事，〔註57〕喻帝王生活之奢靡，「明月照夢」，則以實景映照虛境，將美人之夢與國破臺荒聯繫一起，寓意深刻，諷刺意味極濃。「縱亡橫破」三句，追想趙國覆亡之因。接著三句，俯視廣野，慨嘆當年富盛之景，而今滄海桑田，何處重尋！歇拍四句，以輕描淡寫之筆，揭示歷史跨越時空的穿透力，於淡化客

〔註55〕〔唐〕杜牧〈泊秦淮〉：「煙籠寒水月籠沙，夜泊秦淮近酒家。商女不知亡國恨，隔江猶唱後庭花。」《全唐詩》，第16冊，卷523，頁5980。

〔註56〕〔唐〕李商隱〈隋宮〉：「紫泉宮殿鎖煙霞，欲取蕪城作帝家。玉璽不緣歸日角，錦帆應是到天涯。於今腐草無螢火，終古垂楊有暮鴉。地下若逢陳後主，豈宜重問後庭花！」《全唐詩》，第16冊，卷539，頁6161。

〔註57〕〔漢〕司馬遷撰，〔宋〕裴駰集解，〔唐〕司馬貞索隱，〔唐〕張守節正義：《史記・趙世家》：「十六年，秦惠王卒。王遊大陵。他日，王夢見處女鼓琴而歌詩曰：『美人熒熒兮，顏若苕之榮。命乎命乎，曾無我嬴！』異日，王飲酒樂，數言所夢。」（臺北：藝文印書館，1958年），卷43，頁716～717。

觀物象的同時，凸顯主體意識的心理活動，流露主觀的情感意緒。過片三句藉由稱美亡秦英雄陳勝，暗示自己亦懷抱澄清天下之壯志。「麟鳳」云云，不乏負奇才而願進用之期待，頗有中原麟鳳，舍我其誰之豪情。接著以毛遂自況，〔註58〕表明自己亟欲報國用世之心。結拍三句，化用「夢熟黃粱」〔註59〕典故，表白內心對出仕的嚮往，與深知功名富貴如夢幻的矛盾糾結。繼而回歸現實景況，面對殘燈影淡，舊跡荒涼，一股由思古幽情而引發的鬱勃之情，隨著征車之「動」再次引動，千年事往，入而復出，欲結未結，流盪一種雄重飛動之美。

（二）今昔對比，傷時哀今

黍離之思在詞人心中，不僅止於一個繁華形勝、殘破頹敗的形象畫面，更是潛抑悲憤的一股傷今悼往的濃烈情緒。如白樸〈念奴嬌・題鎮江多景樓，用坡僊韻〉云：

> 江山信美，快平生、一覽南州風物。落日金焦，浮紺宇，鐵甕獨殘城壁。雲擁潮來，水隨天去，幾點沙鷗雪。消磨不盡，古今天寶人傑。　　遙望石塚巉然，參軍此葬，萬劫誰能發。桑梓龍荒，驚嘆後、幾度生靈埋滅。往事休論，酒杯纔近，照見星星髮。一聲長嘯，海門飛上明月。（頁631）

此詞步蘇東坡同調〈赤壁懷古〉原韻，題詠鎮江北固山上的多景樓。

〔註58〕〔漢〕司馬遷：《史記・平原君傳》：「平原君曰：『夫賢士之處世也，譬若錐之處囊中，其末立見。今先生處勝之門下三年於此矣，左右未有所稱誦，勝未有所聞，是先生無所有也。先生不能，先生留。』毛遂曰：『臣乃今日請處囊中耳。使遂蚤得處囊中，乃穎脫而出，非特其末見而已。』平原君竟與毛遂偕。」卷76，頁951。

〔註59〕〔宋〕李昉撰：《太平廣記》「異人二・呂翁」條，記載唐開元十九年，道者呂翁，經邯鄲道上邸舍中，遇少年盧生，自嘆困窮，呂翁乃探囊中枕以授之曰：「子枕此，當令子榮適如志。」是時主人蒸黃粱為饌，盧生夢入枕中，享盡榮華富貴。及醒，黃粱尚未熟，怪曰：「豈其夢寐耶？」呂翁笑曰：「人世之事，亦猶是矣。」盧生憮然曰：「夫寵辱之數，得喪之理，生死之情，盡知之矣。此先生所以窒吾欲也，敢不受教。」再拜而去。《景印文淵閣四庫全書》，第1043冊，卷82，頁423～425。

起首二句，挈領全篇，道出北人南遷，登臨攬勝之愉悅心情。「落日金焦」二句，具體描繪多景樓上所見景象，氣勢壯美；對照鐵甕山城歷經兵燹之殘垣斷壁，既展示鎮江山川之雄壯奇偉，亦顯現出歷史的滄桑無情。接著振筆寫景，藉景抒懷，跳脫物是人非之窠臼，反稱此地為物華天寶、人傑地靈之勝地。下片以遙望東晉郭璞墓室引起故國之思，抒發歷史興廢，朝代更迭之慨嘆。「桑梓龍荒」二句點出題旨，哀惜遭逢國破家亡劇變，生靈塗炭之苦。詞人心中滿腔愁怨，萬般慨嘆，託之於一聲長嘯，言有盡而意無窮。相較於前人詠多景樓，多以豪語、悲壯語出之，白樸此作，卻別具一種剪雪裁冰的襟抱。〔註60〕

　　又如安熙〔註61〕〈酹江月·登古容城有感，城陰則靜修劉先生故居〉云：

　　　　天山巨網，儘牢籠、多少中原人物。趙際燕陘空老卻，千仞巖巖蒼壁。古柏蕭森，高松偃寒，不管飛冰雪。慕羶群蟻，問君誰是豪傑。　　重念禹跡茫茫，兔狐荊棘，感慨悲歌發。累世興亡何足道，等是轟蚊飛滅。湖海襟懷，風雲壯志，莫遣生華髮。中天佳氣，會須重見明月。（頁848～849）

安熙少時傾慕劉因〔註62〕之學行，欲從之學，未幾劉因病卒，安熙乃往祭劉因墓，錄其遺言而還。起句便感嘆蒙元的統治如天山巨網，將中原士族盡都牢籠入其穀中。接著以「古柏」、「高松」謳歌劉因之高

〔註60〕唐圭璋主編，鍾振振副主編：《金元明清詞鑑賞辭典》（臺北：新地文學出版社，1992年9月初版），頁251。

〔註61〕安熙（1269～1311），字敬仲，號默庵，真定藁城（今屬河北）人。居家教授數十年，力倡朱子之說，推崇劉氏之學，促進北方理學的發展。一生不屑仕進，有《默庵集》，存詞四首。

〔註62〕劉因（1249～1293）原名駰，字夢驥，後更名因，字夢吉，號樵庵，又號雷溪真隱。河北容城縣人。天資過人，三歲識書，六歲能詩。及長，由不忽木、張子有等薦於朝，擢承德郎、右贊善大夫，未幾以母疾辭歸。至元二十八年（1291）召為集賢學士，以疾固辭。生平不妄交接，不為苟合。愛諸葛孔明「靜以修身」之語，表其所居曰「靜修」。延祐中，贈翰林學士，追封容城郡公，諡文靖。有《樵庵詞》。事跡具見《元史》卷171。

風亮節，表述仰止之情，形象具現。對照「慕羶群蟻」般貪嗜鄙陋之
徒，愈加凸顯劉因高大偉岸的學者風範。換頭「重念禹跡」三句，感
慨元人牧馬中原，兵燹之餘，兔走狐奔，滿眼荊榛，一片凋敝淒涼景
象，今昔對照下，益發令人悲歌當哭，跌入深重的黍離傷痛之中。繼
而強自排解，故作曠達之論曰：「累世興亡何足道，等是轟蚊飛滅。」
世道興亡一如轟蚊生滅之自然法則，何足道哉！接著一筆振起，寄託
風雲壯志於中天明月，終有雲散霧開之時。全詞跌宕轉折，由悲轉爲
曠，由曠出之以壯，雄健高曠，聲情激越，蒼涼感慨，洵爲佳作。〔清〕
顧炎武（1613～1682）《日知錄》曰：「黍離之大夫，始而搖搖，中而
如噎，既而如醉，無可奈何，而付之蒼天，眞也。」〔註63〕安熙之作，
確實反映元代社會現實之眞，詞人內心情感之眞，體現文人儒士對世
衰道微之憂幽隱恨，因而觸物寓情，寄意遙深。

又張翥〈掃花遊〉，亦藉題詠落紅寄託興亡之感，詞云：

> 洗春雨急，碎萬點胭脂，蕩空無影。館娃骨冷。悵香銷麝
> 土，淚殷玉井。莫怨東風，自古佳人薄命。掩鸞鏡。縱補
> 得茜瘢，妝壞難整。　　芳事誰管領。但蜜膩蜂房，蘚斑
> 駕徑。一簾晝永。綠陰陰尚有，絳跌痕凝。彩筆招魂，已
> 是繁華夢醒。佇芳景。換西湖、錦雲千頃。（頁1012）

張翥堪稱詠西湖一大作手，其詠西湖名篇如〈多麗〉（晚山青）、〈摸
魚兒〉（漲西湖）、〈八聲甘州〉（向芙蓉湖上）、〈婆羅門引〉（暮天映
碧）等，將西湖煙雨濛濛、月華波湧、麗日晴空、鬧紅疏柳等各樣風
情旖旎呈現。此詞則吟詠西湖的落花殘景，用詞設色極穠麗華纖，將
落紅比擬西子，一陣急春驟雨過後，繁華事散，佳人薄命零落如塵泥，
縱使得補茜痕，館娃骨已冷，妝壞亦難修整。全篇情感沉鬱深重，以
落紅之盛衰，寄寓濃郁的家國興衰之悲。

元代黍離主題亦藉由歌詠前代遺物，表達傷今悼古之情，如王惲

〔註63〕〔清〕顧炎武撰，〔清〕黃汝成箋注：《日知錄集釋》（臺北：臺灣商
　　　　務印書館，1956年），卷19，頁684。

〈鳳凰臺上憶吹簫・爲張孝先紫簫賦，係亡金宮中物〉云：

> 宮樹春空，御屏香冷，誰遺金椀人間。愛一枝紫玉，雙鳳
> 聲蟠。秋月春花客思，把幽情、都付伊傳。驚吹處，籟翻
> 天吹。鶴怨空山。　　風流貴家公子，記夢裏瓊樓，穩跨
> 蒼鸞。怳露凝銀浦，霜裂琅玕。不見雲間弄玉，餘音散、
> 赤壁江寒。秦臺晚，碧雲零亂瑤天。（頁 659～660）

此詞以亡金宮中之紫簫起興，敘寫昔日每遇良辰吉時，秋月春花佳
節，貴家公子莫不藉此傳遞幽情，引弄紫玉，雙飛共舞；而今驚見舊
朝紫簫，卻是滿腹哀思怨曲縈迴耳際，昔日情濃，唯有夢中尋覓。詞
人撫今感昔，不勝興盛衰亡之慨，詞意悲涼而淒楚。可以想見，蒙元
以異族入主中原近百年，對於深受壓抑與歧視的漢族文人儒士而言，
對宋王朝的懷念一直是他們心中難解的情結，這種情結並非出於他們
對舊王朝的不捨，而是意味著他們內心裡始終潛藏著一個切望脫離異
族統治與得到自由的夢想，以致宋室的故宮文物，遺老舊事，每每引
起他們的感慨與傷痛，成爲他們心頭難以抹滅的歷史傷痕。

（三）身世悲慨，胸中塊壘

　　沈祥龍《論詞隨筆》曰：「詠物之作，在借物以寓性情，凡身世
之感、君國之憂，隱然蘊於其內，斯寄託遙深，非沾沾焉詠一物矣。」
〔註64〕黍離之作亦於體物觀照之中，伴隨著身世悲感蘊蓄其中。如張
埜〈賀新郎・九日同柳湯佐梁平章弟總管攜歌酒登古臺，乃金之七園
也〉一闋，記遊金朝舊園抒發亡國悲感，借澆胸中塊壘，詞云：

> 九日西城路。灩平川、黃雲萬頃，碧山無數。百尺危樓堪
> 眺望，抖擻征衫塵土。又惹起、悲涼今古。佩玉鳴鑾春夢
> 斷，賴高情、且作風煙主。嗟往事，向誰語。　　人生適
> 意眞難遇。對西風、滿浮大白，狂歌起舞。便得腰懸黃金
> 印，於世涓埃何補。愈想起、淵明高趣。莫唱當年朝士曲，
> 怕黃花、紅葉俱淒楚。愁正在，雁飛處。（頁 901）

〔註64〕〔清〕沈祥龍：《論詞隨筆》，《詞話叢編》，第 5 冊，頁 4058。

此詞描寫九月九日爲重陽登高賞菊花之日，張埜攜酒偕友，同登金代七園古臺。徙倚百尺樓頭，縱目遠眺，萬頃稻浪如沉沉黃雲，群山綿亙，峰巒聳峙。天地壯闊，大暢襟懷之際，未料陡然潛入一股盛衰興亡之慨，回顧元興金滅，不過短短數十載，當日繁華的七園已荒涼傾圯，縱使腰懸金印，狂歌痛舞又如何？人間繁華富貴，直如春夢一場！不禁興嘆「人生適意眞難遇」！繼而筆鋒一轉，追慕陶淵明賞菊幽居的高情逸趣。全篇因景生情，撫今追昔，興亡之感與身世之悲雜揉爲一，盡抒胸中塊壘。

倪瓚〔註65〕生於家國興亡交替之際，詞中多流露身世之感與家國之悲，哀婉悽惻，感慨深沉，如其登臨越王臺所詠之名篇〈人月圓〉云：

> 傷心莫問前朝事，重上越王臺。鷓鴣啼處，東風草綠，殘
> 照花開。　　悵然孤嘯，青山故國，喬木蒼苔。當時明月，
> 依依素影，何處飛來。（頁1073）

此詞語淺情深，深刻寄寓倪瓚的故國之思。越王臺是南越王趙佗所建，遺址在今廣州越秀山。首句融化竇鞏〈南遊感興〉〔註66〕詩句，改「欲」字爲「莫」，益加凸顯倪瓚目睹元末衰亂頹敗，傷心絕望之情，滿腔孤憤，盡於長嘯高吟中。青山不改，喬木〔註67〕尚存，明月

〔註65〕倪瓚（1301～1374），字元鎮，號雲林，常州無錫人。自幼好學，博極群書，家有清閟閣，藏書數千卷，皆手自勘定。工詩，善山水畫，以天眞幽淡爲特色。至正初，知天下將有事，乃盡散家財，扁舟往來震澤三泖間。自稱懶瓚，亦稱倪迂。張士誠屢欲鉤致之，皆寄身漁舟，避世不出。入明朝後，黃冠野服，混籍編氓以終。有《清閟閣遺稿詞》十五卷。事跡見《明史》卷298。

〔註66〕〔唐〕竇鞏：〈南遊感興〉云：「傷心欲問前朝事，惟見江流去不回。日暮東風春草綠，鷓鴣飛上越王台。」《全唐詩》，第8冊，卷271，頁3053。

〔註67〕〔漢〕趙岐注，〔宋〕孫奭疏，〔清〕阮元校勘：《孟子注疏·梁惠王章句下》曰：「孟子見齊宣王曰：『所謂故國者。非謂有喬木之謂也。有世臣之謂也。』」〔漢〕趙岐注：「故者，舊也。喬，高也。人所謂是舊國也者，非但見其有高大樹木也。」（臺北：藝文印書館，1989年1月11版，《十三經注疏》本），卷2下，頁41。

依依，唯不見故國蹤影作結。意境清遠，沉鬱悲壯。陳廷焯評之曰：
「悲壯風流，獨有千古，南宋諸鉅手爲之，亦無以過。詞豈以時代限
焉？」〔註68〕倪瓚終身不仕元朝，詞中鬱積的黍離之思，並非針對元
朝的衰敗而有所感發，而是一種時代精神風貌的反映，亦是詞人眞性
情的流露。

又如朱晞顏〔註69〕〈一萼紅・盆梅〉云：

> 玉堂深。正重簾護暝，窗色試新晴。苔暖鱗生，泥融脈起，
> 春意初破瓊英。夜深後、寒消絳蠟，誤碎月、和露落空庭。
> 暖吹調香，冷芳侵夢，一餉消凝。　　長恨年華婉晚，被
> 柔情數曲，抵死牽縈。何事東君，解將芳思，巧綴一斛春
> 冰。那得似、空山靜夜，傍疏籬、清淺小溪橫。莫問調羹
> 心事，且論笛裏平生。（頁857）

玉堂深處，盆梅初綻。梅枝上綠苔如鱗，小盆裡春泥脈湧，占盡小園
春色。譬喻新奇妥貼，充滿盎然生機。月夜置於庭中，瓊英、銀光渾
然一體，越發顯出盆梅高潔幽獨之美，令人消魂凝魄，醉心不已。然
而，盆梅生長環境雖然美好，卻與大自然隔絕，違逆本性，以致困限
一隅。換頭三句，借盆梅抒胸中塊壘。因爲主人的殷勤相顧，耽誤大
好年華，但恨年華遷逝，悔之晚矣，不免怨責天地巧構形塑之厚愛，
拘泥其本性，未若傍籬疏花之自由適性。「抵死」二字，顯示其頑強
抵抗的意志力。結語點出題旨，由盆梅聯繫個人身世遭際，道出詞人
一生「屈在簿吏」之悲怨與幽恨。「莫問」二字最是其仕途偃蹇，寄
身籬下之酸悲與無奈的體現，轉而以「笛裏平生」之曠達作結。此詞
題爲詠盆梅，實則以盆梅自況、自嘆，婉曲地表達個人遭逢亂世，託
身無依的身世悲慨。全詞精工婉麗，情感細膩幽怨，是一首感懷身世，

〔註68〕〔清〕陳廷焯編選：《詞則・大雅集》（上海：上海古籍出版社，1984
年12月1版），卷4，頁191。

〔註69〕朱晞顏（1221～1279），字景淵，長興（今浙江長興縣）人。初爲平
陽州蒙古掾，又曾任江西瑞州監稅，以郡邑小吏終其身。擅長詩文，
與鮮於樞、揭傒斯、楊載等人時相往來酬唱。著有《瓢泉吟稿》五
卷。

「通於性靈」〔註70〕的託物寓情之作。

政治的變動，朝代的更易，在在觸動詞人敏感的心靈，歷經戰亂滄桑，物是人非之變，元代詠物詞中的黍離之思，往往藉由登臨懷古之際，寄託家國興亡慨嘆，包蘊對宇宙人生盛衰無常的思考；同時因為親睹城郭崩毀，牆被蒿艾，觸物傷情之餘，徒興今昔對比之失落感；且黍離之思亦以一種獨特的情感思維模式影響詞人，面對家國變異，宗社丘墟，往往導致主體的人生變故，理想幻滅，加劇其悲劇意識，因而常常融入個人身世悲感，以反映社會現實。胡雲翼云：「黍離之感可以說是南渡詞人所共同選用的突出的主題。」〔註71〕元代詠物詞亦然，所不同者在於，蒙元以異族入主中原，不仕異族與儒士失尊的雙重失落，導致詞人由對現實的失望到憤世嫉俗，進而不滿足於懷古傷今，轉而追求在廣闊的宇宙空間和內在的精神世界的超越中尋求心靈的安慰與寄託，故所作較宋詞多一份高曠與孤憤。

二、傷逝之嗟

人的自我意識，往往是通過對外在世界的體認中逐漸萌生的。自《詩經・曹風・蜉蝣》篇從蜉蝣生命之短暫聯想及於人生之短促，云：「心之憂矣，於我歸處」；〔註72〕到《小雅・頍弁》寫人生「如彼雨雪，先集維霰。死喪無日，無幾相見。樂酒今夕，君子維宴」，〔註73〕透露人生苦短，終期於盡之悲；再到屈原《離騷》寫下「惟草木之零落兮，恐美人之遲暮」〔註74〕等對時間拋逝的憂懼之後，感慨遲暮，哀悼年光之歎，便成為傳統詩歌中永恆的主題之一。〔法〕巴斯卡《深思錄》有一句名言說：「人似是自然中最柔弱的蘆葦。但是他是會思

〔註70〕 〔清〕況周頤《蕙風詞話》：「身世之感，通於性靈。即性靈即寄託。」《詞話叢編》，第 5 冊，卷 5，頁 4526。

〔註71〕 胡雲翼選注：《宋詞選・前言》（臺北：明文書局，1987 年），頁 15。

〔註72〕 〔清〕陳奐：《詩毛氏傳疏》，頁 351。

〔註73〕 〔清〕陳奐：《詩毛氏傳疏》，頁 598。

〔註74〕 〔宋〕洪興祖補注：《楚辭補注》（臺北：漢京文化事業公司，1983 年 9 月初版），頁 6。

想的蘆葦。」〔註75〕意指蘆葦極易受到自然界風霜雨雪之摧折，正如
人無可逃逃於生老病死的生命軌跡一般。然而，人卻獨具思考的能
力，以至於茫茫宇宙，擴展於胸；蒼蒼歷史，涵攝於心。但是人生行
路多艱，死亡、苦難與歲月無情地摧折，脆弱的人類猶如風中蘆葦，
雨中飄萍，卻始終堅持以其獨具之思維能力，意欲探索生命與死亡的
真實意蘊。於是，臨流興嘆，睹物傷懷，感風吟月，悲秋傷春之情紛
遝而至，因而譜寫出一曲曲生命的哀歌。

　　如前所述，此一抒情傳統源自《詩經》、《屈騷》，但是將傷逝悲感
化為文學主題，則始於東漢建安末年〈古詩十九首〉，〔註76〕同時也是
兩漢詩歌由「詩言志」轉化為魏晉詩賦「詩緣情」的關鍵。〔註77〕如
「浩浩陰陽移，年命無朝露。人生忽如寄，壽無金石固。」〔註78〕（〈古

〔註75〕〔法〕巴斯卡（Blaise Pascal, 1623～1662）原著，雷文炳編撰，秦家
　　　　懿譯：《深思錄》（臺北：光啓出版社，1986年4月4版），頁36。
〔註76〕裴斐：〈個性與審美意識之覺醒——建安文學品評〉曰：「生死既
　　　　是人生大關節，可是從先秦兩漢文學作品——包括詩三百，楚辭、
　　　　漢賦與文人賦中，很難找出關於人生苦短的詠嘆，到了漢末建安這
　　　　卻成了詩歌中最常見的主題。……死之可悲乃建安人士之首要發
　　　　現。」收入《第二屆魏晉南北朝文學與思想學術研討會論文集》（臺
　　　　北：文津出版社，1993年）。又〔日〕吉川幸次郎則進一步將〈古
　　　　詩十九首〉傷逝悲感主題的表現方式分為三類：其一，對不幸時間
　　　　的持續而起的悲哀；其二，在時間的推移中，由幸福轉變到不幸的
　　　　悲哀；其三，感到人生只是向終極的不幸（即死亡）推移的一段時
　　　　間而引起的悲哀。詳參〔日〕吉川幸次郎原著，鄭清茂譯：〈推移
　　　　的悲哀——古詩十九首的主題〉，《中外文學》第6卷第4期、第5
　　　　期（1977年9、10月），頁24～54、113～131。
〔註77〕詳參蔡英俊：《比興、物色與抒情傳統》（臺北：大安出版社，1986
　　　　年5月），頁36；呂正惠：〈「物色」論與「緣情」說：中國抒情美學
　　　　在六朝的發展〉，見氏著：《抒情傳統與政治現實》（臺北：大安出版
　　　　社，1989年9月），頁20～29；陳昌明：《緣情文學觀》（臺北：臺
　　　　灣學生書局，1999年11月），頁89；曾守正：〈中國「詩言志」與
　　　　「詩緣情」的文學思想——以漢代詩歌為考察對象〉，《淡江人文
　　　　社會學刊》第10期（2002年3月），頁3。
〔註78〕引見〔南朝梁〕蕭統編撰，〔唐〕李善注：《昭明文選》〈詩己‧雜詩
　　　　上‧古詩十九首〉（臺北：文化圖書公司，1977年10月初版），卷

詩十九首之十三〉）悲嘆人生如寄，思考生命之歸宿；「四時更變化，歲暮一何速！」（〈古詩十九首之十二〉，頁403）感嘆四時更迭，年華易逝；「人生非金石，豈能長壽考？」（〈古詩十九首之十一〉，頁403）描寫人生短促，宜立身顯榮；「去者日以疏，來者日以親。」（〈古詩十九首之十四〉，頁404）寄慨流光易逝，人生如寄。反映出社會動盪之下，詩人對世路維艱、人生如寄的悲愁與人事代謝、生死議題之觀照與冥索。換言之，人一旦意識到時間恆常不易的存在與更替，以及相對於宇宙恆常的短暫人生，故而不免於觸動內在的哀思傷情。

（一）芳華衰逝，人生如寄

詠物詞不僅止於描繪物象，狀形寫貌，而是藉由一具體物象，通過聯想與想像，委婉含蓄地表達詞人對物的感受，抒發對物的感情，因而傷逝悲感，亦是元代詠物詞的一個明顯的主題。如耶律鑄〈滿庭芳〉題詠西園云：「天地元如逆旅，應自愧、不駐流年。憑誰問，姮娥心事。」趙孟頫〈虞美人〉云：「潮生潮落何時了？斷送行人老！」感嘆流光拋逝，人生如寄。白樸〈清平樂・詠木樨花〉云：「澤國秋光如水。餘生牢落江南。」以木樨花落江南，寄寓身世之零落傷嗟。又如劉因〈太常引〉云：「兩鬢已成皤。髀肉盡消磨。」「一夢覺邯鄲。好看得、浮生等閒。」及〈人月圓〉云：「茫茫大塊洪爐裏，何物不寒灰。……太行如礪，黃河如帶，等是塵埃。不須更歎，花開花落，春去春來。」又王惲〈三奠子〉亦云：「東山高臥，梁甫長吟。人未老，鬢毛侵。平生多古意，落日更登臨。倚危闌，窮遠目，恐傷心。」均是慨嘆人生苦短，功名富貴如浮塵，老去芳華徒傷悲。又梁寅〈綺羅香・天臺〉云：「歎多少樂極生悲，落花思故樹。」感嘆人生苦多樂少，思歸故土。他如邵亨貞〈虞美人・謝張芳遠惠杏花〉云：「杏花不改胭脂面。愁裏驚相見。花枝猶可慰愁人。只是鬜鬕短鬢不禁春。」以及周權〈花心動・次韻詠荼蘼〉云：「惜芳但恐東風老，怕香屑、

29，頁404。

碎瓊堪惜。又不道、流年催人暗擲。」將美好春光與衰朽殘年並置，婉轉流露嘆老嗟憂之情。類此感時傷逝，嗟嘆人生如寄之作，情哀而辭婉，充斥著強烈生命意識的遷逝感。

試看耶律楚材〔註79〕〈鷓鴣天・題七眞洞〉云：

> 花界傾頹事已遷。浩歌遙望意茫然。江山王氣空千劫，桃李春風又一年。　　橫翠幛，架寒煙。野花平碧怨啼鵑。不知何限人間夢，併觸沉思到酒邊。（頁603）

七眞洞故址在今北京，是奉祀道教祖師茅盈等七位眞人的一座宮觀。起句即事興感，以「花界傾頹事已遷」一語帶過七眞洞荒涼頹敗之景，藉此作爲映現整個世事滄桑巨變的縮影。繼而將目光投向遙遠的江山，歷經千劫王氣盡成「空」，「桃李春風」依舊循序更替，大自然的恆常不變反襯出世事滄桑的無情，對此荒景撫今追昔，怎不令人深陷於歷史興亡的困惑與慨嘆之中！下片敘寫目中春景，「翠幛」與「寒煙」描繪七眞洞傾圮後荒寂淒迷之景，「野花」句反襯出道觀以往之興盛外，「怨啼鵑」三字則別有深意，既關涉「江山王氣」之幽怨；又喚起下句「沉思」之哀愁，透露出詞人悵惘悲涼的失落感。歇拍則感嘆人間悠悠萬事，空幻似夢，唯有尊酒能解怨，既表現出詞人超然物外的澹穆之風，同時亦體現悲慨激越的豪健之氣，沉鬱委婉，寄慨遙深。此詞借「題七眞洞」，引發詞人對歷史與人生之遷逝無常的慨嘆。全詞意境曠遠，詞風淡穆清健。〔註80〕

〔註79〕耶律楚材（1190〜1244），字晉卿，號湛然居士，又號玉泉老人，契丹族人。遼東丹王突欲八世孫，金尚書右丞耶律履之子。身長八尺，美髯宏聲。博極群書，通曉天文、地理、律曆、術數及釋老、醫卜之說，下筆爲文如宿構，兼擅詩詞。初仕金，任開州同知，左右司員外郎。元太祖破中都（今北京），聞名召用，特見信任，每征伐必命之卜。歷事太祖、太宗兩朝，官至中書令，元代開國典制，多出其手。卒諡文正。有《湛然居士集》十四卷。〔清〕朱彝尊《詞綜》存其詞一首。

〔註80〕〔清〕況周頤：《蕙風詞話》云：「耶律文正〈鷓鴣天〉歇拍云：『不知何限人間夢，併觸沉思到酒邊。』高渾之至，淡而近於穆矣。庶幾合蘇之清、辛之健而一之。」《詞話叢編》，第5冊，卷3，頁4469。

　　一年四季中，唯有春天是最美好、最宜人、最有價值的季節，也是最爲人所看重的，因爲它是生命力的象徵，以致人對春天特別具有好感，因而詞人極力探春、尋春，想要留住春天，不讓芳華虛度。如劉因〈木蘭花〉云：

> 未開常探花開未。又恐開時風雨至。花開風雨不相妨，説甚不來花下醉。　　百年枉作千年計。今日不知明日事。春風欲勸座中人，一片落紅當眼墜。（頁 780）

此詞爲探花、賞花、惜花之詞。詞人滿心期待當春花開之美好春景，然而風雨難測，故云「今日不知明日事」，正欲勸座中人把握春天，盡情賞花之際，未料花已匆匆飄墜眼前，人生短暫猶如春光乍現，稍縱即逝，怎不令人驚懼悵恨？對此，陳廷焯《詞則》評之曰：「即人生行樂耳意，而語更危悚。」〔註81〕而況周頤《蕙風詞話》則稱賞曰：「寓騷雅於沖夷，足穠郁於平淡，讀之如飲醇醪，如鑒古錦。涵泳而翫索之，於性靈懷抱，胥有神益。」〔註82〕頗能一語道出劉因理學背景下的詞作特色。

　　雖然，面對「悠悠萬古，茫茫天宇」（劉因〈鵲橋仙〉，頁 780）的廣闊宇宙，人是何等渺小，但是「其形雖微，而有可以參天地者存焉；其時雖無幾，而有可以與天地相始終者存焉。」〔註83〕劉因看重人的價值，在於人可以感知宇宙天地之浩瀚無極，與天地共生，雖然如此，劉因同時亦意識到「人間日短」（〈清平樂〉，頁 781），「萬古豪華同一盡」（〈玉樓春〉，頁 785），因而其於〈菩薩蠻·飲山亭感舊〉云：「花枝正好人先老。一笑問花枝。花枝得幾時。人生行樂耳。今古都如此。」（頁 781）以花之豔好與人之衰老相比，揭示生命之短暫易逝，因此唯有及時行樂，方不辜負大好春光。

　　又如梁曾〔註84〕〈木蘭花慢·西湖送春〉云：

〔註81〕〔清〕陳廷焯編選：《詞則·別調集》，卷 3，頁 664。

〔註82〕〔清〕況周頤：《蕙風詞話》，《詞話叢編》，第 5 冊，卷 3，頁 4473。

〔註83〕〔元〕劉因：〈孝子田君墓表〉，見《靜修集》，《文津閣四庫全書》，第 400 冊，卷 9，頁 486。

〔註84〕梁曾（1242～1322），字貢父，燕（今河北）人。少好學，因薦舉，

問花花不語，爲誰落，爲誰開。算春色三分，半隨流水，
半入塵埃。人生能幾歡笑，但相逢、尊酒莫相催。千古幕
天席地，一春翠繞珠圍。　　彩雲回首暗高臺。煙樹渺吟
懷。拚一醉留春，留春不住，醉裏春歸。西樓半簾斜日，
怪銜春、燕子卻飛來。一枕青樓好夢，又教風雨驚回。（頁
745～746）

此詞題爲「送春」，實爲惜春而「留春」。上片以「問花花不語」起拍，
再惜「春色三分」隨流水塵泥飄零盡，而人生爲歡幾何？唯藉尊酒痛
快暢飲，排遣傷春哀愁。「千古」二句爲互文，將時空背景推向廣大
浩渺之宇宙，與眼前西湖之美麗春光相比，頓覺眼前景物短暫渺小如
滄海之一粟，令人興悲。下片轉入抒情，「拚一醉留春」三句陡健圓
轉，〔註85〕寫留春不住，拚醉亦強留，但春歸依舊。悵惘之餘，詞意
逆轉，燕子捎來一線希望。偏偏「青樓夢好，又教風雨驚回」，猶言
風雨無情，好夢最短，春自歸去。全詞情意波瀾，起伏跌宕，將詞人
對美好事物的追求，及夢幻破滅的失落感，以倒敘手法，層層深入，
曲折深婉，語言雋秀，楊慎《詞品》稱賞曰：「此詞格調俊雅，不讓
宋人也。」〔註86〕

又張埜〈水龍吟・詠游絲〉亦同樣表達惜春之情，詞云：
落花天氣初晴，隨風幾縷來何處。飄飄冉冉，悠悠颭颭，
欲留還去。雪繭新抽，青蟲暗墜，檐蛛輕度。看垂虹百尺，
縈迴不下，似欲繫，春光住。　　憑仗何人收取。付天孫、
雲霄機杼。浮蹤浪跡，忍教長伴，章臺飛絮。惹起閒愁，
織成離恨，萬頭千緒。望天涯盡日，柔情不斷，又聞庭暮。

歷官湖南宣慰司副使，兩使安南，累官淮南路總管。仁宗朝，拜集
賢侍講學士，國有大政，必命曾與諸老議之。晚年寓居淮南，日以
書史自娛。政事文學，皆有可觀。

〔註85〕〔清〕沈雄：《古今詞話・詞品》，《詞話叢編》，第 1 冊，下卷，頁
850。

〔註86〕〔明〕楊慎：《詞品》，《詞話叢編》，第 1 冊，頁 535。又〔清〕徐釚
撰，唐圭璋校注：《詞苑叢談・品藻二》曰：「觀此詞，孰云元人詩
餘不如宋哉？」（北京：中華書局，2005 年 5 月 1 版），卷 4，頁 86。

（頁 890）

此詞以擬人化手法，賦予遊絲去留意志，藉離恨寄寓惜春之意。「飄飄冉冉，悠悠颺颺」，以虛筆勾勒出遊絲空靈飄忽的形象，「雪繭新抽，青蟲暗墜，簷蛛輕度」三句則以實筆譬喻，活化其形體姿態。「垂虹百尺」以誇飾筆法狀其形貌，「縈迴不下」則回扣「欲留還去」意，以遊絲之纏綿縈迴欲繫春光而不得，表達詞人惜春之意。接著以浮蹤浪跡的「章臺柳」〔註87〕喻人生離別之苦，原來生寄離苦，終不從人願。萬般離恨，皆因柳絲穿織而成，柳絲之飄盪無依，欲留不住之無奈，與人生如寄之哀，交織一起，極盡纏綿悱惻之意。

　　人是宇宙自然的一部分，自然物候特殊的定律決定了惜春傷逝的主旋律，非人力所能改易。春來春逝本是天地間恆常律則，詞人因為人生際遇之不同，以致一樣送春，卻有兩樣情懷，如吳澄〔註88〕〈渡江雲·揭浩齋送春〉云：

> 名園花正好，嬌紅殢白，百態競春妝。笑痕添酒暈，半臉凝脂，誰與試鉛霜。詩朋酒伴，趁此日、流轉風光。儘夜遊、不妨秉燭，未覺是疏狂。　　茫茫。一年一度，爛熳離披，似長江去浪。但要教、啼鶯語燕，不怨盧郎。問春春道何曾去，任蜂蝶、飛過東牆。君看取，年年潘令河陽。

（頁 796）

〔註87〕〔唐〕孟棨：《本事詩·情感》記韓翃有姬柳氏，後因安史之亂兩人奔散，韓翃隨侯希逸入朝，柳氏欲落髮為尼，後為番將沙吒利所劫，寵之專房。韓使人寄詩曰：「章臺柳，章臺柳，往日青青今在否？縱使長條似舊垂，亦應攀折他人手。」柳復書，答詩曰：「楊柳枝，芳菲節，可恨年年贈離別。一葉隨風忽報秋，縱使君來豈堪折？」《文津閣四庫全書》，第494冊，頁410。

〔註88〕吳澄（1249～1333），字幼清，號草廬，撫州崇仁（今江西）人。南宋末舉進士，不第。歷官江西儒學副提舉、國子監丞、司業，英宗時擢升翰林學士，進階大中大夫。泰定初，為經筵講官，總理編修《英宗實錄》。卒贈江西行省左丞，追封臨川郡公，諡文正。吳澄一生以斯文自任，四方之士負笈從學者眾，與許衡並為當時儒宗，號稱「北有許衡，南有吳澄」。著有《吳文正集》，辭華典雅，斐然可觀。程鉅夫題其居室曰「草廬」，學者稱草廬先生。有《草廬詞》，存詞十一首。

浩齋，是揭傒斯〔註89〕書齋名。吳澄曾與揭傒斯同在翰林院供職，故有此題書齋惜春唱和之作。和韻之作易拘於原作，難以揮灑，吳澄此詞立意高遠曠達，突破傳統送春常見哀颯哀傷之格，表現俊逸灑脫之氣度，不類流俗。如前首梁曾〈木蘭花慢〉寫花落春歸，強留不住；吳澄此詞卻寫名園繁華麗錦，競態爭妍。趁此爛漫春光，何妨呼朋喚友，秉燭夜遊，盡情疏狂，以不負春光花時。酒酣興盡，下片由賞春的奇景織入送春之惋歎，縱令繁花似浪滾潮去，亦要教鶯燕不怨，任蜂蝶飛過牆東，卻道「春何曾去？」結句新穎出奇，以晉人潘岳之俊美姿容，擬喻春天的飄灑多情，平添無限情韻。全篇無一傷春情緒，而是著意描寫對春光無限之依戀，用詞婉麗典雅，及別具匠心的婉約表現手法，爲歷來詞家所稱賞，故傳唱一時。〔註90〕尤其此詞借鑑〈古詩十九首之十五〉〔註91〕爲樂當及時，以及蘇軾秉燭賞花之疏狂意態，〔註92〕表現出一種高懷逸致，一種歡愉心情，堪稱以哀筆寫樂情，正是元代文人對現實困境反思的一種變異作爲。

又如張可久〔註93〕〈百字令·春日湖上〉云：

〔註89〕揭傒斯（1274～1344），字曼碩，龍興富州（今屬江西豐城）人。曾任翰林待制、集賢學士、侍講學士等官職，並奉詔修遼、金、宋三史，任總裁官，後因疾而卒。與虞集、楊載、范梈，同列元詩四大家，著有《揭文安公集》。事見陳衍輯撰，李夢生校點：《元詩紀事》（上海：上海古籍出版社，1987年8月1版），卷13，頁292～293。

〔註90〕〔清〕王奕清：《歷代詞話》曰：「吳草廬以理學名，其和揭浩齋送春〈渡江雲〉，流傳一時。」《詞話叢編》，第2冊，卷9，頁1286。

〔註91〕引見〔南朝梁〕蕭統編撰，〔唐〕李善注：《昭明文選》〈詩己·雜詩上·古詩十九首〉：「生年不滿百，常懷千歲憂。晝短苦夜長，何不秉燭遊？爲樂當及時，何能待來茲。愚者愛惜費，但爲後世嗤。仙人王子喬，難可與等期。」卷29，頁404。

〔註92〕〔宋〕蘇軾：〈海棠〉：「東風嫋嫋泛崇光，香霧霏霏月轉廊。只恐夜深花睡去，更燒高燭照紅妝。」見氏著：《蘇東坡全集》（臺北：河洛圖書出版社，1975年9月初版），卷13，頁190。

〔註93〕張可久（約1270～1348後），字伯遠，號小山，慶元（今浙江鄞縣）人。元時以路吏轉首領官，又爲桐廬（今屬浙江）典史。順帝至正初，年七十餘，尚爲昆山（今屬江蘇）幕僚。一生不得志，屈在下

扣舷驚笑，想當年行樂，綠朝紅暮。麴院題詩，人去遠、
別換一番歌舞。鷗占涼波，鶯巢小樹，船閣鴛鴦浦。畫橋
疏柳，風流不似張緒。　　　閒問蘇小樓前，夕陽花外，歸
燕曾來否。古井香泉秋菊冷，坡後神仙何許。醉眼觀天，
狂歌喝月，夜喚西林渡。穿雲笛響，背人老鶴飛去。（頁 929）

起句從西湖落筆，卻不著眼於當前景物，而是在回憶中開啓西湖令人
著迷的春景。「綠朝紅暮」既寫花姿柳態，尤令人聯想當年笙歌達旦，
紙醉金迷的行樂生活，在流連賞玩畫橋煙柳之際，亦不禁「驚」嘆人
事滄桑、「風流」〔註94〕雲散。下片轉入孤山，歷數西湖風流人物，如
名妓蘇小小、及「千古風流人物」蘇軾，將古事、今情融而爲一。夕
陽花外，美人香消玉隕，燕子樓空好；秋菊泉冷，〔註95〕坡仙狂歌醉
月，西林渡沉寂。結語宕開一筆，以橫空穿雲之笛聲振起文氣，頗有
姜夔「野雲孤飛，去留無迹」〔註96〕之清幽與孤寂。全詞在行樂與感
傷對立的情緒中，畫下高遠曠逸的句號，有餘不盡。在元朝族群等級
制度嚴明的統治政權下，張可久終其一生「屈在簿吏」，轉徙於江浙一
帶擔任路吏、首領官、典史等下僚，因而感江南風物而傷懷，思古人
之高節以自況，雖不免興發「故人何在？前程那裏？心事誰同？」（〈人
月圓〉，頁 925）之慨，卻往往自嘲云：「拚餘生詩酒銷磨」（〈水仙子〉），

像，每縱情聲色，放浪山水。工散曲，尤善小令，風格清麗雅正，
是元代最傑出的散曲大家，與喬吉齊名。《全金元詞》收錄詞作六十
六首，小令多清雅，慢詞多豪放。

〔註94〕「風流張緒」，意指以張緒喻楊柳，典出〔唐〕李延壽：《南史・張
緒傳》：「緒吐納風流，聽者皆忘飢疲，見者肅然如在宗廟。雖終日
與居，莫能測焉。劉悛之爲益州，獻蜀柳數株，枝條甚長，狀若絲
縷。時舊宮芳林苑始成，武帝以植於太昌靈和殿前，常賞玩咨嗟，
曰：『此楊柳風流可愛，似張緒當年時。』其見賞愛如此。」（臺北：
藝文印書館，1958 年），卷 31，頁 378。

〔註95〕〔元〕李有：《古杭雜記》記西湖三賢堂有人題壁云：「和靖東坡白
樂天，三人秋菊薦寒泉。」以秋菊德配三人品格之清高，亦是詞人
自況意。（北京：中華書局，1985 年，《叢書集成初編》，第 3221 冊），
頁 1。

〔註96〕〔宋〕張炎《詞源》，《詞話叢編》，第 1 冊，卷下，頁 259。

對個人身世前途之憂悒，反以淡語豪語出之，適足以反映出元代文人在異族統治下深重難抑之無奈與幽憤，藉詩酒狂歌傾瀉而出。

（二）萍蹤飄逝，人生無奈

仕與隱，始終是元代文人儒士內心衝突與矛盾的癥結，面對「干祿無階，入仕無路」的昏黯仕途，真有「前途事，如抹漆」（王惲〈木蘭花慢〉，頁 661）之怖懼與無奈。因而遊宦南北，仕宦不遇之感，亦普遍成為元代文人儒士傷逝感懷的主題之一。〔註97〕如王惲〈水龍吟〉云：

> 春流兩岸桃花，驚濤極目吞天去。孤舟纜解，棹歌聲沸，漁舠掀舞。雲影西來，片帆吹飽，滿空風雨。悵淋漓元氣，江南圖畫，煙霏盡，汀洲樹。　　天地此身逆旅，笑歸來、滿衣塵土。功名些子，就中多少，艱危辛苦。北去南來，風波依舊，行人爭渡。聽滄浪一曲，漁人歌罷，對夕陽暮。
>
> （頁 653）

此詞題序云：「己未春三月，同柔克濟河，中流風雨大作，幾覆者再，感念疇昔，為賦此詞，且以經事之後，重有所惜云。」由題序知詞人與友同舟渡河，忽遇風雨大作，兩度幾乎翻覆，因而觸目興嘆，生發人生遷逝悲感。上片首先極力渲染風雨突襲，浪湧波翻，吞天覆舟之驚險畫面。接著以倒敘筆法，描寫初航時熱鬧歡愉之場景。霎時，「雲影西來，片帆吹飽，滿空風雨」，漫天狂風驟雨，恣意肆虐，天地黯然失色。藉風雨之變幻無常，突出仕途功名之不測。下片感嘆人生如寄，滿身塵土，漂泊無定。然而功名利祿如同無形的枷鎖，深深箝制人心，明知「功名些子，就中多少，艱危辛苦」，〔註98〕亦義無反顧，

〔註97〕屈原是最早將時間推移的壓迫感，加入仕宦不遇的主題者，如〈離騷〉云：「日月忽其不淹兮，春與秋其代序。惟草木之零落兮，恐美人之遲暮。」又云：「老冉冉其將至兮，恐脩名之不立。」見〔宋〕洪興祖補注：《楚辭補注》，頁 6、12。

〔註98〕按：「些」，原作「無」。朱祖謀《彊村叢書》及《影刊宋金元明本五十種》皆作「些」。許雋超《元詞校讀賸記》注曰：「些子，謂少許，一點兒。」引見夏令傳：《王惲秋澗詞研究・秋澗詞編年校注》（廣

戮力以赴。最後暗示詞人宜參透世事，學效漁父，高歌「滄浪一曲」，與世俗同塵合光。詞人巧妙地從渡河歷險的人生經驗與功名受挫的相似點契入，藉此詮釋人生，宣洩內心鬱悶，而悲切之感，由曠達語出之，尤覺清渾超逸。

　　而一生遊宦無定，仕途坎坷的張埜，更是屢見興嘆：「功名事，渾幾許，甚半生、長在別離中。」（〈木蘭花慢・端午發松江〉，頁897）又云：「身世飄零，勛業何成，鬢華漸生。」（〈沁園春・壬子和人為壽用止酒韻〉，頁899）其〈水龍吟・酹辛稼軒墓，在分水嶺下〉一闋，最能體現人生無奈之悲，詞云：

> 嶺頭一片青山，可能埋得凌雲氣。退方異域，當年滴盡，英雄清淚。星斗撐腸，雲煙盈紙，縱橫游戲。漫人間留得，陽春白雪，千載下，無人繼。　　不見戟門華第。見蕭蕭竹枯松悴。問誰料理，帶湖煙景，瓢泉風味。萬里中原，不堪回首，人生如寄。且臨風高唱，逍遙舊曲，為先生酹。
>
> （頁894）

上片盛讚辛棄疾之高風亮節與文章事功，起筆即聲勢高亢，縱令青山萬古，亦掩埋不住其「當年金戈鐵馬，氣吞萬里如虎」[註99]般的「凌雲氣」，[註100]以及壯志難酬的「英雄清淚」，筆勢雄渾，表達對辛棄疾無限欽仰之意，而辛棄疾的英靈形象亦彷彿呼之欲出。接著化用蘇軾「空腸得酒芒角出」[註101]句，以形象化的誇飾筆法「星斗撐

州：暨南大學中國古代文學碩士論文，2006年），頁63。

[註99]　〔宋〕辛棄疾：〈永遇樂・京口北固亭懷古〉：「千古江山，英雄無覓，孫仲謀處。舞榭歌臺，風流總被，雨打風吹去。斜陽草樹，尋常巷陌，人道寄奴曾住。想當年：金戈鐵馬，氣吞萬里如虎。　　元嘉草草，封狼居胥，贏得倉皇北顧。四十三年，望中猶記，烽火揚州路。可堪回首，佛貍祠下，一片神鴉社鼓。憑誰問：廉頗老矣，尚能飯否？」見〔宋〕辛棄疾撰，鄧廣銘箋注：《稼軒詞編年箋注》（臺北：華正書局，1978年12月），卷6，頁527。

[註100]　〔漢〕司馬遷：《史記・司馬相如列傳》：「相如既奏〈大人之頌〉，天子大說，飄飄有凌雲之氣，似遊天地之間意。」卷117，頁1248。

[註101]　〔宋〕蘇軾：〈郭祥正家醉畫竹石壁上郭作詩為謝且遺古銅劍二〉：

腸，雲煙盈紙」句，稱揚辛詞縱橫豪壯，一如其剛毅豪邁而又磊落的
堅定心志，可惜懷志不遇，只能「縱橫游戲」，將滿腔激昂悲憤之情，
浩然揮灑而出，唯惜千載之下，竟無人能繼，只餘陽春白雪在人間，
令人歎惋！尤其此一「千載下，無人繼」之慨嘆，正是融合青山之萬
古永恆與人生短暫的無奈與悲愁，藉以抒發詞人對自己遭際的不平之
氣，痛快傾吐內中的鬱悶與憤慨。下片筆意一轉，通過憑弔英雄故居
的凋零衰敗殘景，寫出對絕代詞人萎逝的傷悼，同時抒發個人的悲憤
情懷。「萬里中原，不堪回首，人生如寄」，面對萬里中原早已淪為蒙
古異族之蕭蕭牧場，富貴功名，化為荒塚一堆，張埜內心之悲痛，實
遠逾辛棄疾之傷宋室覆亡，故而引發切身之痛，亡國之悲！結語由蘇
軾〈念奴嬌・赤壁懷古〉云：「人間如夢，一尊還酹江月。」〔註102〕
一意轉出，以酒酹辛稼軒墓，高歌「逍遙舊曲」作結，情詞高曠，氣
勢豪邁，意蘊深摯。

又如姚燧〔註103〕〈清平樂・聞雁〉一詞，則以對比手法，揭露
其一生宦旅生涯的心路歷程，詞云：

> 春方北度。又送秋南去。萬里長空風雨路。誰汝冥鴻知處。
>
> 朝朝舊所窺魚。由渠水宿林居。為問江湖苦樂，汝於

〔註102〕 「空腸得酒芒角出，肝肺槎牙生竹石。森然欲作不可回，吐向君家
雪色壁。平生好詩仍好畫，書牆涴壁長遭罵。不嗔不罵喜有餘，世
間誰復如君者。一雙銅劍秋水光，兩首新詩爭劍鋩。劍在床頭詩在
手，不知誰作蛟龍吼。」《蘇東坡全集》，卷14，頁196。

〔註102〕 〔宋〕蘇軾著，龍榆生箋：《東坡樂府箋》（臺北：漢京文化事業公
司，1983年9月），卷2，頁152。按：「人間如夢」，一作「如寄」。

〔註103〕 姚燧（1239～1314），字端甫，號牧庵，洛陽人。三歲而孤，育於
伯父姚樞，後隨樞學於蘇門。及長，受學於許衡。至元七年（1270）
至京師，隨許衡教授蒙古貴冑，始為秦王府文學。歷仕世祖、成宗、
武宗三朝，官至翰林學士承旨，知制誥兼修國史。卒諡曰文。燧以
文章知名於世，名臣世勳，碑傳之作，多出其手。〔清〕黃宗羲將
其與唐之韓柳，宋之曾鞏，金之元好問並列。為文閎肆該洽，豪而
不宕，剛而不厲，舂容盛大，有西漢風。著有《牧庵集》，今存詞
四十九首，小令姿態橫溢，雅善寫景抒懷，以豪健疏放見長。事跡
見《元史》174卷。

白鷺何如。（頁 734）

姚燧一生仕途順遂，但大部分生涯都在宦旅中渡過，因而對冥鴻征旅別有一番體悟。此詞題為聞雁，卻全然未聞秋雁暮雨傳呼之聲，未見雁落寒塘之姿，而是由雁及人，託物起興，引發詞人對生命的思考與感悟。春去秋來，北度南飛，是鴻雁寄身天地的守恆定律，只是浩蕩煙波萬頃，誰曾預料「萬里長空風雨路」之險惡難測？既表達對「冥鴻」〔註 104〕的同情與關切，亦藉此喻指俊逸之士，寓示自己內心深處對自由的渴慕與嚮往。下片對照白鷺與冥鴻的生活習性，白鷺之悠閒與冥鴻之艱辛，顯現雁、鷺求生存與謀稻粱的迥異人生態度，然而「江湖苦樂」的個中滋味，又有幾人能參透？全篇以物擬人，淡筆素描，寄意深微。

姚燧另一首〈江梅引〉，則藉詠梅傷悼羈旅飄泊久矣，感於年華衰逝，寄託思歸故園之情，云：

> 年年江上見寒梅。幾枝開。暗香來。疑是月宮，仙子下瑤臺。冷豔一枝折入手，斷魂遠，相思切，寄與誰。　　怨極恨極嗅玉蕊。念此情，家萬裏。暮霞散綺楚天外，幾片輕飛。為我多愁，特地點征衣。我已飄零君又老，正心碎，那堪聞，塞管吹。（頁 738）

此詞上片詠梅，月下寒梅香冷入瑤席，觸動詞人思歸之情，因而迻用陸凱驛寄寒梅事，〔註 105〕表達對親友的思念。自然的運行有序，而人之歸期難料，下片則感嘆身世如寄，萍蹤飄泊之無奈。姚燧一生大多羈旅行役，對人生別離、聚散無常的體會相當深刻，故對家國的思念與年華的傷逝之感，亦是與日俱增。以至於見江上寒梅年年花開花

〔註104〕　〔漢〕揚雄原著，〔清〕汪榮寶撰：《法言義疏・問明第六》曰：「治則見，亂則隱。鴻飛冥冥，弋人何慕焉？」〔晉〕李軌注曰：「君子潛神重玄之域，世網不能制禦之。」（北京：中國書店，1991 年 6月 1 版），卷9，葉 11b～12a。

〔註105〕　〔宋〕李昉撰：《太平御覽・果部七・梅》，《景印文淵閣四庫全書》，第 901 冊，卷970，頁 570。

落，更加深其內心深處怨極恨極之傷歎，因而不堪聽聞塞管頻催，遙想家國萬里，依舊飄零征途，徒呼奈何！

　　宇宙間時光之流遁不可留握，即是自我生命逐漸老去的說明；花繁錦簇，隨著風雨而凋零殘落，亦象徵著宇宙的無常與無奈。世事無常，一切功名成就遂成泡影；生命無奈，人生也終歸於萎謝凋零。人一旦意識到這種人生的無常與無奈時，亦就是感傷的開始。此即宇宙與生命無可言詮的弔詭。蒙元易代，社會動盪不安，人民流離失所，天地間浩浩陰陽的轉移，自然動盪的眞相，在在搖撼著這不安的時代與靈魂，這種歲月無情之嘆，壯志難酬之鬱，人生苦短之悲的心裡感受，元代文人的體悟宜乎益發深刻，感慨尤爲悲切。

三、閒適之趣

　　「採菊東籬下，悠然見南山」，[註106]「閒心對定水，清淨兩無塵」，[註107]「江山風月，本無常主，閒者便是主人」，[註108] 這些詩文在跨越千載的歷史長河中，流漾著的是一個千古不變的主題——閒適。最早提出「閒適」一詞作爲詩歌體裁者，是唐代詩人白居易。白居易曾將自己的詩作分爲四類：諷諭詩、閒適詩、感傷詩、雜律詩。[註109] 四類中他最重視的是諷諭詩和閒適詩，因爲這兩類詩集中表現了他進退出處之道和平生的志尚，[註110] 同時，也體現了白居易

[註106]　〔晉〕陶潛著，龔斌校箋：《陶淵明集校箋》（臺北：里仁書局，2007年8月增訂一版），卷3，頁253。

[註107]　〔唐〕白居易：〈題玉泉寺〉，見朱金城箋校：《白居易集箋校》，卷6，頁126。

[註108]　〔宋〕蘇軾：《東坡志林》（揚州：廣陵書社，2007年，《筆記小說大觀》，第3冊），卷10，頁2173。

[註109]　〔唐〕白居易：〈與元九書〉，見朱金城箋校：《白居易集箋校》，卷45，頁2794。

[註110]　按：白居易所謂「閒適詩」，意指「或退公獨處，或移病閒居，知足保和，吟玩情性者。」其進一步解釋曰：「僕志在兼濟，行在獨善。奉而始終之則爲道，言而發明之則爲詩。謂之諷諭詩，兼濟之志也；謂之閒適詩，獨善之意也。故覽僕詩者，知僕之道焉。」見

詩歌創作的旨歸，[註111] 因而白居易平生積極致力於此二類型的詩歌創作。根據徐勇統計，白居易詩文中「閒」、「適」二字出現的次數最多，尤其是「閒」多至無可勝數，僅以之爲題者凡五十六篇，詩作中的「適」字亦出現三十六次。可以說，「閒適」一詞基本上涵蓋了白居易後期人生哲學的全部，徐勇總結「閒適」一詞的涵義，說：

「閒」的眞諦在於無累於物，清靜自由；「適」的意義在於選擇最適於自己的方式來生存，內心安定完足。[註112]

「閒適」的實質既是一種超越物質享受，順其自然的自由態度與生存狀態，表現於詩歌中則蘊涵著身而爲人的諸多精神價值與審美趣味，因而成爲傳統詩歌中極爲普遍的一種創作題材，即使身處於不同的時空背景、文化觀念、地理環境，都可以追尋「閒適」之趣，形成一代的審美趨尚。

本文所謂的「閒適」，意指人類的一種存在狀態，是一種基於生活且眞切體會的精神境界，其中亦蘊藏著人類一些永恆的經驗，透過這些經驗的累積，得以使人享受一種超然物外的情趣、樂趣，從而體悟人生、美化人生，進而追求永恆的生命境界。而閒適之趣則是屬於個人的一種自得之趣，主要是個人經由自然界的外物與個人的生存狀態之間產生聯繫而得的一種生活樂趣。因此，閒適之趣本質上是一種「孤獨」的樂趣，是個人於「靜」中、「定」中、「閒」中品味而得的逸樂之趣。

元代詠物詞中的閒適之趣，基本上是詞人對「人生如寄」（張埜〈水龍吟〉，頁894）、與「人生適意眞難遇」（張埜〈賀新郎〉，頁901）

朱金城箋校：《白居易集箋校》，卷45，頁2794。

[註111] 〔清〕劉熙載：《藝概·詩概》曰：「余謂詩莫貴於知道，觀香山之言，可見其或出或處，道無不在。」（臺北：漢京文化事業公司，2004年3月初版），卷2，頁64～65。

[註112] 徐勇於〈論白居易的閒適精神及其思想淵源〉一文中，針對白居易詩歌中的「閒適」一義分析，認爲「閒」有三層意義：一是「靜」、二是「身閒」、三是「心閒」；而「適」亦有三層涵義：一是「身適」、二是「性適」、三是「心安」。詳見《南寧師範高等專科學校學報》第22卷第3期（2005年9月），頁11～12。

的一種洞澈與超越，是詠物詞人們身陷現實牢籠，企圖自我遁逃、解脫痛苦而另外發展出的一種「閒隱」式的生活態度。經過筆者一番爬梳整理之後發現，元代詠物詞往往透過以下二種生活型態：品茗飲酒、賞藝玩物二個面向，具體顯露其閒適生活的趣味與生命的境界。以下即分述如次：

（一）品茗飲酒，靜定神閒

1、品茗三昧

　　飲茶在古代中國極為普遍，中國茶文化源遠流長，〔註113〕博大精深，不但包含物質文化層面，亦涵蘊深厚的精神文明層次。據聞最初神農「嚐百草，日遇七十二毒，得茶而解之」，〔註114〕可見茶具有解毒的藥效，繼而從食用、藥用到日常飲用，茶文化的發展有其悠久的歷史進程。飲茶的起源，最早流行於秦漢時巴蜀（今屬四川）一帶，〔註115〕魏晉南北朝時，飲茶文化發展出文人生活美學，茶的精神因此滲透進宮廷貴冑，成為一種「養生妙藥」的貴族飲料，並且進一步與修道坐禪的觀念相互融滲，〔註116〕從此茶文化糅合了傳統儒道釋

〔註113〕　據〔唐〕陸羽《茶經・一之源》記載，茶的別名有「茶」、「檟」、「蔎」、「茗」、「荈」等。另據吳智和考察，「茶」字首見於《詩經》、「檟」字首見於《爾雅》、「蔎」字首見於《方言》、「茗」字首見於《晏子春秋》、「荈」字首見於《凡將篇》，根據以上專書的成書年代推測，茶的起源距今已逾兩千年。《叢書集成初編》，第1479冊，頁1。

〔註114〕　引見陳彬藩主編：《中國茶文化經典》（北京：光明日報出版社，1999年8月1版），頁5。

〔註115〕　據〔清〕顧炎武《日知錄集釋》：「自秦人取蜀而後，始有茗飲之事。」卷7，頁267。

〔註116〕　最早於南朝時已有道士視茶為換骨神方，據《茶經・七之事》引《神異記》記曰：「餘姚人虞洪，入山採茗，遇一道士，牽三青牛，引洪至瀑布山，曰：『予，丹丘子也。聞子善具飲，常思見惠，山中有大茗，可以相給，祈子他日有甌犧之餘，乞相遺也。』因立奠祀。後常令家人入山，獲大茗焉。」《叢書集成初編》，第1479冊，卷下，頁15。又〔唐〕房玄齡等撰：《晉書・藝術傳》云：「單道開，敦煌人也。常衣粗褐，或贈以繒服，皆不著。不畏寒暑，晝夜不臥。……於房內造重閣，高八九尺，上編管為禪室，常坐其中，……

思想，獨成一體，逐漸流衍於靈山寺院之間，促進民間飲茶習俗之普及化。〔註117〕至唐代陸羽（733～804）撰寫中國第一部茶書《茶經》問世之後，茶道大行，〔註118〕飲茶文化進入市井百姓的樸實生活裡成為一種文化風尚，並且深入傳統中國的詩詞、繪畫、書法、宗教、藝術、醫學等各個層面，成為結合雅俗，融冶儒道釋文化精髓於一的一種生活與思想的表徵，影響中國文化既深且遠。

宋代受到理學心性之學的影響，飲茶風氣大為盛行，宋人不僅拓展茶文化的文化形式、社會層面，更使茶文化走向精緻與繁複，成為一門高雅的藝術，有關茶的吟詠亦達到極盛。元代飲茶風尚更形普及，成為王公貴族與百姓之家不可或缺的「開門七件事」。〔註119〕據

日服鎮守藥數丸，大如梧子，藥有松蜜薑桂伏苓之氣，時復飲茶蘇一二升而已，自云能療目疾，就療者頗驗，視其行動，狀若有神。」可知晉代已有以茶助禪之説。（臺北：藝文印書館，1958 年），卷95，頁 1628～1629。

〔註117〕 方立天：《中國佛教與傳統文化》提及佛教寺院重視種茶和採製茶葉，並與施主、香客舉行茶宴，進行品鑑茶葉的鬥茶活動，促進民間飲茶習俗的普及。（上海：上海人民出版社，1988 年 4 月 1 版），頁 376～377。

〔註118〕 〔唐〕封演：《封氏聞見記‧飲茶》記曰：「楚人陸鴻漸為茶論，説茶之功效，並煎茶炙茶之法，造茶具二十四事，以都統籠貯之，遠近傾慕，好事者家藏一副。有常伯熊者，又因鴻漸之論廣潤色之，於是茶道大行，王公朝士無不飲者。」可見陸羽撰《茶經》，為品茗這項休閒藝術活動提供寶貴的文獻資源，同時亦樹立品茗藝術的傳統。見《叢書集成初編》，第 275 冊，卷 6，頁 71～72。

〔註119〕 「開門七件事」一說出自〔宋〕吳自牧：《夢梁錄》卷十六中提到八件事：柴、米、油、鹽、酒、醬、醋、茶。由於酒不屬於生活必需品，故元代剔除之，只餘「七件事」。元雜劇中常見此語，如武漢臣〈李素蘭風月玉壺春〉、佚名〈月明和尚度柳翠〉、佚名〈逞風流王煥百花亭〉等，都有提及開門七件事。其中提及此「七件事」的有〔元〕楊景賢〈劉行首〉：「教你當家不當家，及至當家亂如麻。早起開門七件事，柴米油鹽醬醋茶。」見〔明〕臧晉叔編：《元曲選》（北京：中華書局，1958 年 10 月 1 版），第 4 冊，頁 1323。又據〔元〕王禎：《農書‧百穀譜集十‧茶》記曰：「夫茶，靈草也。種之則利博，飲之則神清。上而王公貴人之所尚，下而小夫賤隸之所不可闕，誠生民日用之所資，國家課利之一助也。」《叢書集成

〔元〕王禎（生卒年不詳）《農書》指出，元代茶品分為茗茶、末茶與臘茶三種。所謂茗茶即現行之散條形茶，摘取嫩芽去青，煮熟後飲用。末茶則是將茶芽烘乾後入磨細碾，製為茶餅，做為點茶〔註120〕之用。臘茶即團茶，是末茶中的精品，製作「不凡」，且「惟充貢獻，民間罕見之」，〔註121〕因此「民間止用江西末茶，各處葉茶」，〔註122〕團茶遂逐漸式微。蒙古人雖然亦嗜飲，卻不耐精緻茶藝的繁瑣，製茶及飲茶方式因為融入異族元素而產生極大的變革，漸趨向簡便通俗化，一方面增加「俗飲」，即在茶中加果佐料，〔註123〕使飲茶更廣泛地與人民生活、民風、禮俗相結合；另一方面，則是重返自然，茶與人一起走入自然界，重新將自己溶入大自然中，從而繼續發展道家冥

初編》，第 1464 冊，卷 10，頁 113。

〔註120〕　「點茶」本是沖泡茶的方式，始於晚唐五代，又衍生出鬥茶與茶湯百戲。〔宋〕蔡襄：《茶錄・點茶》云：「茶少湯多，則雲腳散；湯少茶多，則粥面聚。鈔茶一錢七，先注湯調令極勻，又添注入，環回擊拂。湯上盞可四分則止，視其面色鮮白著盞無水痕為絕佳。建安鬥試以水痕先者為負，耐久者為勝，故較勝負之說，曰相去一水兩水。」《叢書集成初編》，第 1480 冊，頁 3。

〔註121〕　〔元〕王禎：《農書・百穀譜集十・茶》記曰：「茶之用有三，曰茗茶，曰末茶，曰蠟茶。凡茗煎者，擇嫩芽，先以湯泡去熏氣，以湯煎飲之，今南方多效此。然末子茶尤妙，先焙芽令燥，入磨細輾，以供點試……南方雖產茶，而識此法者甚少。蠟茶最貴，而製作亦不凡。擇上等嫩芽，細碾入羅，雜腦子諸香膏油，調劑如法，印作餅子，製樣任巧。候乾，仍以香膏油潤飾之。其製有大小龍團帶胯之異，此品惟充貢獻，民間罕見之。」《叢書集成初編》，第 1464 冊，卷 10，頁 113。

〔註122〕　〔明〕葉子奇：《草木子・雜制》記曰：「御茶則建寧茶山別造以貢。謂之啄山茶。山下有泉一穴。遇造茶則出。造茶畢即竭矣。比之宋朝蔡京所製龍鳳團。費則約矣。民間止用江西末茶。各處葉茶。」（北京：中華書局，1959 年 5 月 1 版），卷 3，頁 76。

〔註123〕　元代因受蒙古遊牧民族的影響，於茶飲中添加佐料，如「諸般湯煎・蘭膏」條云：「玉磨末茶三匙頭，麵、酥油同攪成膏，沸湯點之。」又「諸般湯煎・酥簽」條云：「金字末茶兩匙頭，入酥油同攪沸湯點之。」二者雖然製法不同，但有一共同點，即是都加入酥油、麵粉，反映出時代的特色。參見〔元〕忽思慧：《飲膳正要》（臺北：臺灣商務印書館，1971 年 11 月臺一版），卷 2，頁 58～59。

合萬物的思想，開啓元代文人與自然契合的飲茶文化。〔註124〕

　　茶是精緻的文化產物，是文化的泉源，更是文化的縮影。古人飲茶，不僅止於解渴、消食、提神，滿足於物質的享受，而是藉此涵養道德心性，參禪悟道，同時藉由飲茶調和天人關係，溝通人我情感，以茶會友、以茶雅志、以茶養性。如王惲曾撰寫〈茶約〉邀友共品香茗，以遣興頤養歡情，記曰：

> 伏以歡情漸減，豈任杯酌之娛，老境相宜，正有茶香之供。今策勳茗盌，集勝薰爐。須分旗葉槍芽，選甚鷓斑螺甲。破紙帳梅花之夢，參老夫鼻觀之禪，要追陪七椀家風，共消遣一冬月日。勿謂淡中無味，且從靜裡著忙。老懷自嚮故人多，此樂末教兒輩覺。我今首倡，盟可同尋。湯響松風，已減卻十分酒病。日拖竹杖，長行攜兩袖香煙。顧此聞思，咸歸歡樂。謹約。〔註125〕

詞人以爲老境最宜品茗，故撰箋邀友共同賞茗競勝，於烹茶中體會茶與松風、清泉交響之樂，識悟「鼻觀之禪」，〔註126〕暢然「七椀」〔註127〕之風，消除宿酒之憊累。其中依序記載品茗程序，首先分

〔註124〕 王玲：《中國茶文化》指出「元代在倡導俗飲的同時，元代文人開闢了與自然契合的飲茶風氣。這種時尚來自於兩種原因：一方面，元代文人處於蒙古貴族高壓之下，需以茶澆開心中的鬱結；另一方面是道教的流行，給茶文化回歸自然增添了理論的根據。」（北京：中國書店，1992 年 12 月 1 版），頁 75～76。

〔註125〕 〔元〕王惲：《秋澗集》，《景印文淵閣四庫全書》，第 1201 冊，卷70，頁 64。

〔註126〕 佛家語，乃孫陀羅難陀尊者由鼻識悟入圓通之法門，鼻觀的觀住（住之義），可收攝散亂之心，形成心有所住。〔明〕傳燈述：《大佛頂首楞嚴經玄義》：「孫陀羅難陀，即從座起，頂禮佛足而白佛言：我初出家，從佛入道，雖具戒律，於三摩地，心常散動，未獲無漏。世尊教我及俱絺羅，觀鼻端白。我初諦觀，經三七日，見鼻中氣，出入如煙，身心內明，圓洞世界，遍成虛淨，猶如琉璃，煙相漸銷，鼻息成白。心開漏盡，諸出入息，化爲光明，照十方界，得阿羅漢，世尊記我，當得菩提。佛問圓通，我以銷息，息久發明，明圓滅漏，斯爲第一。」（臺北：新文豐出版社，1987 年臺一版），卷 5，頁 246～248。

〔註127〕 典出〔唐〕盧仝〈走筆謝孟諫議寄新茶〉云：「一椀喉吻潤。兩椀

旗葉槍芽，〔註 128〕繼選「鷓斑」〔註 129〕鬥茶、焚燒「螺甲」〔註 130〕
薰香，而後品茗靜坐參禪，其境已超越物質生活的享受，提升至精
神境界，故云：「勿謂淡中無味，且從靜裡著忙」，流露出詞人閒淡
人生的真靜意趣。其於〈感皇恩・夏日，同延陵君遇簽事順之心遠
堂，以感皇恩歌之〉詞中記敘飲茶之閒趣云：

> 書葉散芸香，牙籤無數。案上藜羹當膏乳。地偏心遠，日
> 與聖賢晤語。市聲飛不到、橫披處。　　一炷龍涎，滿甌
> 春露。旋埽幽軒約賓住。清談有味，總是故家風度。子雲
> 亭戶好、龍津路。（頁 671）

詞中記敘王惲遠離紅塵凡俗，但與佳賓品茗清談，「一炷龍涎，滿甌
春露」，〔註 131〕「日與聖賢晤語」，流露舊時魏晉風度〔註 132〕一般超

　　　　破孤悶。三椀搜枯腸，唯有文字五千卷。四椀發輕汗，平生不平事，
　　　　盡向毛孔散。五椀肌骨清。六椀通仙靈。七椀喫不得也，唯覺兩腋
　　　　習習清風生。」《全唐詩》，第 12 冊，卷 388，頁 4379。

〔註 128〕 〔宋〕熊蕃撰：《宣和北苑貢茶錄》：「凡茶芽數品，最上曰『小芽』，
　　　　如雀舌、鷹爪，以其勁直纖銳，故號『芽茶』；次曰『中芽』，乃一
　　　　芽帶一葉者，號『一鎗一旗』；次曰『紫芽』，乃一芽帶兩葉者，號
　　　　「一鎗兩旗」其帶三葉、四葉，皆漸老矣。」《叢書集成初編》，第
　　　　1479 冊，頁 15～16。

〔註 129〕 鷓斑，即鷓鴣斑，茶盞名，是北宋初年出產於福建省建陽縣水吉鎮
　　　　的「建盞」。所謂鷓鴣斑是黑釉瓷器表面佈滿黃褐色斑點，紋理類
　　　　似鷓鴣鳥的羽毛，因而得名。〔宋〕陶穀：《清異錄》：「閩中造盞，
　　　　花紋類鷓鴣斑點，試茶家珍之。」《文津閣四庫全書》，第 348 冊，
　　　　卷 2，頁 37。

〔註 130〕 「螺甲」，又名「香螺靨」，就是所謂的甲香，是諸多香料配製的重
　　　　要材料。〔宋〕洪芻：《香譜》引述：「『《唐本草》云：『蠡類。生雲
　　　　南者，大如掌，青黃色，長四五寸。取靨燒灰用之。南人亦煮其肉
　　　　噉，今合香多用，謂能發香，復聚香煙。須酒蜜煮製方可。』」《叢
　　　　書集成初編》，第 1481 冊，卷上，頁 8。

〔註 131〕 龍涎，香餅名。據〔清〕吳震芳撰：《嶺南雜記》記云：「龍涎，于
　　　　香品中最貴重，出大食國西海之中，上有雲氣罩覆，則下有龍蟠洋
　　　　中大石，臥而吐涎，飄浮水面，為太陽所爍，凝結而堅，輕若浮石，
　　　　用以和眾香，焚之，能聚香煙，縷縷不散。」又云：「鮫人採之，
　　　　以為至寶，新者色白……入香焚之，則翠煙浮空，結而不散。」見
　　　　《叢書集成初編》，第 3129 冊，卷下，頁 44。其實所謂龍涎香，據

逸、閒雅之情，何等灑脫自在！

此外，亦可以茶睨友，禮敬賓誼，如劉敏中〈蝶戀花〉題序云：

> 益都馮寬甫號雪谷，嘗爲江南廉使，以臘茶見睨，茶作方
> 板，光如漆，香味不可言，誠佳品也。感荷作長短句，寄
> 之一笑。(頁 769)

前述民間止用末茶，此處記載臘茶的形狀、色澤與香氣，朋友之間以
臘茶精品相贈，可見二人情誼之深厚。又詞云：

> 帶上烏犀誰摘落。方響勻排，不見朱絲約。一篰拈來香滿
> 閣。矮爐翻動松風颭。　　幾日餘醒情味惡。七盌何須，
> 一啜都醒卻。兩腋清風無處著。夢尋盧老翔寥廓。(頁 770)

上片詳述臘茶的形、色、香味，以與題序相印證。並以松濤形容烹茶
滾沸之聲。下片則述啜飲一杯香茗，即足以消解宿醒，忘憂滌塵，說
明茶能醒酒，使人神清氣爽。﹝註133﹞劉敏中另有一首〈浣溪沙〉云：

> 瀨瀨清流淺見沙。沙邊翠竹野人家。野人延客不堪誇。
>
> 　　旋掃太初嵩頂雪，細烹陽羨貢餘茶。古銅瓶子蠟梅花。
>
> (頁 776)

闡應是抹香鯨的腸內分泌物，並非龍吐涎之所化。﹝清﹞潘永因編：
《宋稗類鈔·古玩》：「政和四年太上於奉宸庫中得龍涎二琉璃罐，
多分賜大臣近侍，其形製最大而外視無甚佳，每以一豆許爇之，輒
作異花氣，芬郁滿座，終日略不歇。於是太上始奇之，命籍被賜者，
隨數多寡，復收歸禁中，因號曰『古龍涎』。諸大璫爭取一餅，可
直百緡，金玉爲穴，而以青絲貫之，佩於頸，時於衣領間摩挲，相
示以爲誇炫。」(臺北：廣文書局，1967 年 12 月初版)，第 4 冊，
卷 8，葉 17a。「春露」，茶名。﹝宋﹞釋惠洪：〈無學點茶乞詩〉云：
「點茶三昧須饒汝，鷓鴣斑中吸春露。」見氏著：《石門文字禪》，
《文津閣四庫全書》，第 373 冊，卷 8，頁 212。

﹝註132﹞ 「魏晉風度」一詞最早由魯迅所提出，用以品評魏晉時期的文章、
藥與酒等文人外在言談、舉止、儀表的表現。見氏著：〈魏晉風度
及文章與藥及酒之關係〉，收入賀昌群等著：《魏晉思想》乙編 (臺
北：里仁書局，1995 年 8 月初版)，頁 1～18。

﹝註133﹞ 〔元〕王禎：《農書·百穀譜集十·茶》：「茶之爲物，釋滯去垢，
破睡除煩，功則著矣。」《叢書集成初編》，第 1464 冊，卷 10，頁
112～113。

此詞題序云：

> 元夕前一日，大雪始霽，子京敬甫兩張君過余繡江別墅。
> 既坐，皆醉酒，索茶，遂開玉川月團，取太初嵓頂雪，和
> 以山西羊酥，以石竈活火烹之。而瓶中蠟梅方爛熳，於是
> 相與嗅梅啜茶，雅詠小酌而罷。作此詞以誌之。

此段敘述二友到訪，因醉酒而索茶，主人取太初雪水，石竈活火烹煮
稀有珍貴的陽羨貢茶，〔註134〕並調和山西羊酥以增添風味來款客。
時臘梅方殷，淡淡幽香沁入茗香，掩映生輝，詞人吟詠唱和，何其清
逸幽雅！

　　茶文化發展到元代，飲茶風尚已跳脫物質層面的享受，進而提升
至精神層面的一種藝術生活型態。元詞中亦記載元代飲茶文化中選
茗、擇水、烹茶和品飲的方式。試看王惲〈好事近・嘗點東坡橘樂湯
作〉云：

> 石鼎響松風，茗飲老來多怯。喚起雪堂清興，瀹鷓斑金屑。
> 　　橘中有樂勝商山，香味不容說。覺我胸中磈磊，被春
> 江澄徹。（頁684）

詞中明顯呈現出與前述煎茶方式不同之趣味。「金屑」，茶之嫩芽，即
散條形茶。詞中指出以「瀹飲」〔註135〕法於茶盞中注入沸水浸泡茶
芽，並佐以橘子添香，〔註136〕飲之勝於「商山四皓」。〔註137〕關於

〔註134〕　〔宋〕佚名：《南窗紀談》曰：「唐人所飲，不過草茶，但以旗槍最
　　　　　貴，多取陽羨，猶未所謂臘茶者。」《叢書集成初編》，第2884冊，
　　　　　頁6。

〔註135〕　「瀹飲」，即是點茶法。北宋初年，點茶法在建州（今福建省建甌
　　　　　縣）發展得最為完備，衍生出「鬥茶」的風俗，講究注水、擊拂及
　　　　　泡沫生成的力道與時機。由於鬥茶以白色為尚，又注重點茶時翻湧
　　　　　的茶浪與水線，故宜用「鷓斑」（色黑）茶盞相襯。見陳宜君：〈宋
　　　　　代的點茶法與茶盞〉，「宋代茶盞特展」，網址 http://www.lib.ntu.edu.
　　　　　tw/General/events/song/intro.htm 98.11.07

〔註136〕　陳偉明：〈元代飲料的消費與生產〉一文中指出，元代隨著飲食文
　　　　　化水準的提升，茶飲的種類繁多，製作精美，其中一類即是將香料
　　　　　或花草植物原料加入沸水中冲泡飲用，橘樂湯當屬其中的一種。《史
　　　　　學集刊》第2期（1994年），頁68。

清茶飲法，《飲膳正要》「諸般湯煎·清茶」條記曰：「清茶，先用水滾過、濾淨，下茶芽，少時煎成。」〔註 138〕可見當時俗飲風氣已形成，散茶逐漸取代團茶，民間亦普遍採用清茶飲法。

另外，顧阿瑛〔註139〕〈清平樂·題桐花道人卷〉題序記云：

桐花道人吳國良雪中自雲林來，持所製桐花煙見遺。留玉山中數日，今日始晴，相與同坐雪巢，以銅博山，焚古龍涎，酌雪水，烹藤茶，出萬壑雷琴，聽清癯生陳維允彈石泉流水調，道人復以碧玉簫作〈清平樂〉，虛室生白，塵影不動，清思不能已已。道人出所攜卷索和民瞻石先生所製〈清平樂〉詞，予遂以紫玉池試想花煙，書以贈之，且邀座客郟雲臺同和，時至正十年臘月二十二日也。（頁 1124）

根據上文所述，顧氏友人桐花道人吳國良持桐花煙〔註 140〕相贈，因留寓玉山草堂數日。待雪霽初晴，顧氏邀坐雪巢，以雪水烹藤茶，〔註 141〕以銅鼎焚古龍涎，吹碧簫吟詠賦歌，具體顯現元代文人集結音樂、文學、書法、香道、茶藝於一的閒居風雅的生活面貌。

元中葉詞人洪希文〔註 142〕亦有三首詠茶詞，細膩描寫烹茶、品

〔註137〕 「商山四皓」為避秦亂而入商雒深山的四位隱士，典出〔漢〕司馬遷：《史記·留侯世家》：「顧上有不能致者，天下有四人。四人者年老矣，皆以為上慢侮人，故逃匿山中，義不為漢臣。」〔唐〕司馬貞：《史記索隱》注曰：「四人，四皓也，謂東園公、綺裏季、夏黃公、角裏先生。」卷 55，頁 816。

〔註138〕 〔元〕忽思慧：《飲膳正要》，卷 2，頁 58。

〔註139〕 顧阿瑛（1310～1369），名德輝，字仲瑛，自號金粟道人，崑山（今江蘇太倉）人。年三十始折節讀書，舉茂才，署會稽教諭，辟江西行省屬官，皆不就。築玉山草堂與友人觴詠唱和，精通文史及聲律、鐘鼎古器、書法名畫品格之辨。平生輕財好客，風流儒雅，著稱東南。詩風閒適恬淡，今存詞僅四首。有《玉山璞稿》二卷、《玉山逸稿》四卷。事跡見《新元史》卷 228。

〔註140〕 「桐花煙」為墨的一種，宋代墨工胡景純首取桐花煙製墨，故名。其製甚堅薄，不為外飾以眩俗眼。參馬國權主編：《中國書法大辭典》（香港：大業發行，1984 年），頁 1990。

〔註141〕 藤茶，茶名，出於四川。見〔元〕忽思慧：《飲膳正要》，卷 2，頁 60。

〔註142〕 洪希文（1282～1366），字汝質，號去華山人，興化莆田（今屬福

茗之趣，詞云：

> 養茶火候不須忙。溫溫深蓋藏。不寒不暖要如常。酒醒聞
> 箸香。　　除冷濕，煦春陽。茶家方法良。斯言所可得而
> 詳。前頭道路長。（〈阮郎歸・焙茶〉，頁940）

> 獨坐書齋日正中。平生三昧試茶功。起看水火自爭雄。
> 　　勢挾怒濤翻急雪，韻勝甘露透香風。晚涼月色照孤松。
> （〈浣溪沙・試茶〉，頁940）

> 旋碾龍團試。要著琖無留膩。喬雲獻瑞，乳花鬥巧，松風
> 飄沸。為致中情，多謝故人千里。　　泉香品異。迥休把
> 尋常比。啜過惟有，自知不帶，人間火氣。心許云誰，太
> 尉黨家有妓。（〈品令・試茶〉，頁941）

洪希文一生幾乎與元朝相始終，易代之際，天下大亂，侍父洪巖虎居
萬山中，以盂盛飯，燒芋咬菜相唱和，是以詞中山林氣味甚濃。父亡
後，歸家開館授徒，嘗官郡庠訓導。其詠物詞有十七首，舉凡水碓、
風車、砧碪、碁等生產、日用生活器具等，皆能入詞，反映出幽居生
活之恬淡閒適。以上三首詠茶詞，記述由烹茶、品茗中悟得人生智慧，
體會靜定神閒之旨趣。〈阮郎歸〉首先說明焙茶的程式與原則，火候
不寒不暖，才能逼出水氣，保留茶香原味。接著第二道手續則是烹茶
的經過，「起看水火自爭雄」生動描繪烹茶的景象，「勢挾怒濤」則形
容茶湯滾沸之狀，待茶湯表面出現「急雪」般的沫餑，此時已是明月
松間照，滿室盈茗香。第三首〈浣溪沙〉則強調點茶之功夫，「泉香
品異」是先決條件外，烹茶時的鼎沸之聲，點茶時的輕重拿捏，都體
現了茶文化累積而成的人生經驗。這一段從焙茶、烹茶、到品茶的試
茶過程，好似經歷一場人生世態，唯有親自經歷品嚐，才能不帶一點
火氣，體悟出人生「三昧」。〔註143〕

> 建）人。其父巖虎有詩集名《軒渠集》，因自名其集為《續軒渠集》。
> 其詩激岩淋漓，為閩人之冠，詞風則偏於豪放。今存詞三十三首。
> 事跡見《新元史》卷237。
>
> 〔註143〕　「三昧」，為胡語譯音，佛教謂修行者將心集中於一，謂之「三昧」。

2、寄酒為跡

俗諺云：「酒壯英雄膽，茶引文人思。」酒與茶一樣，都是飲料，亦同屬中國遠古即有的一種飲食文化因素。二者在文化類型上極其相似，在文化的發展上亦相互影響。〔註144〕茶香滌塵慮，酒洌忘隙愁，二者各有千秋，各擅勝場，也各自在人類的歷史文化長河中扮演著極其重要的角色。自從酒出現，作爲一種客觀物質的存在，酒的品類繁多，變化多端。然而酒又不僅僅是一種客觀物質的存在，它還具有精神文化的價值。作爲一種精神文化，酒滲透我國五千年的文化史中，體現在社會政治生活、文學藝術，乃至個人的人生態度、審美情趣等各個方面。因此，飲酒不單止於飲酒而已，而是一種文化的象徵。所謂「醉裡乾坤大，壺中日月長」，〔註145〕正說明酒不僅能飽足人的口腹之慾，亦能滿足人的精神享受。

釀酒、飲酒在我國起源甚早，先民或以酒薦祭祖先，以示誠敬；〔註146〕或親朋飲讌，把酒言歡；〔註147〕或逸興遄飛，慷慨高歌；

陸玉林釋譯：《成實論》曰：「今當論三昧。問曰：『三昧何等相？』答曰：『心住一處是三昧相。』」或作「三摩地」、「三摩帝」、「三摩提」。（臺北：佛光文化事業公司，1997年），卷12，頁167～170。又北宋時興一種文人的鬥茶活動，稱爲「點茶三昧」，蘇軾嘗賦〈送南屏謙師〉詩云：「道人曉出南屏山，來試點茶三昧手。」據〔宋〕吳曾《能改齋漫錄》記曰：「前唐南屏謙師，妙於茶事。東坡贈之詩云：『道人曉出南屏山，來試點茶三昧手。』劉貢父亦贈詩云：『瀉湯舊得茶三昧，覓句還窺詩一斑。』」（臺北：木鐸出版社，1982年5月初版），卷8，頁245。

〔註144〕 詳參朱自振、沈漢：《中國茶酒文化史》（臺北：文津出版社，1995年12月初版），頁182。

〔註145〕 〔明〕施耐庵集撰，羅貫中纂修：《水滸傳會評本》第二十八回「武松醉打蔣門神」，武松走到蔣門神所霸佔的酒店前，所見對聯題辭。（北京：北京大學出版社，1987年9月2版），頁547。

〔註146〕 如《詩經·周頌·豐年》：「豐年多黍多稌，亦有高廩，萬億及秭。爲酒爲醴，烝畀祖妣，以洽百禮，降福孔皆。」〔清〕陳奐：《詩毛氏傳疏》，頁845。

〔註147〕 如《詩經·小雅·鹿鳴》：「呦呦鹿鳴，食野之蘋。我有嘉賓，鼓瑟吹笙。吹笙鼓簧，承筐是將。人之好我，示我周行。　呦呦鹿鳴，

〔註148〕或藉酒抒懷，成就詩章。〔註149〕酒在傳統的生活與文化上，無疑佔有重要地位。文人和酒的淵源極深，魏晉時期，是其中的一個關鍵時期，與當時的學術思想、社會風氣關係密切。當時天下動亂，戰爭頻繁，許多文士為逃避兵災與苛政之害，不得不借酒澆愁，以酒避禍全身。於是酒在其中大大發酵，出現狂歌縱飲的「竹林七賢」，動輒飲酒八斗一石，尤以阮籍為最。阮籍終日「飲酒昏酣，遺落世事」，〔註150〕對黑暗現實採取消極反抗的態度，將滿腔悲憤借助酒力，化為〈詠懷〉詩八十二首傳世。而陶淵明則是最早將酒和詩相連結，並將酒大量寫入詩中的第一人，〔註151〕陶詩幾乎篇篇都有酒，從此酒和文學結下不解之緣。酒為文學傾注神奇的靈性，文學亦因酒而醞釀醉人的芬芳。不同時代的文人，都需要以酒釀詩，藉酒澆愁。酒是時代的產物，酒在文人的生活中尤其關係密切，形影相隨，舉凡娛樂、宴饗、創作、解憂、消愁、抒懷皆離不

食野之蒿。我有嘉賓，德音孔昭。視民不恌，君子是則是傚。我有旨酒，嘉賓式燕以敖。　呦呦鹿鳴，食野之芩。我有嘉賓，鼓瑟鼓琴。鼓瑟鼓琴，和樂且湛。我有旨酒，以燕樂嘉賓之心。」〈詩序〉云：「鹿鳴，燕群臣嘉賓也。既飲食之，又實幣帛筐篚，以將其厚意，然後忠臣嘉賓，得盡其心矣。」〔清〕陳奐：《詩毛氏傳疏》，頁393～396。

〔註148〕如曹操〈短歌行〉：「對酒當歌，人生幾何？譬如朝露，去日苦多。慨當以慷，憂思難忘。何以解憂？惟有杜康。」引見逯欽立輯校：《先秦漢魏晉南北朝詩・魏詩》（臺北：木鐸出版社，1983年9月初版），卷1，頁349。

〔註149〕如杜甫〈飲中八仙歌〉：「李白一斗詩百篇，長安市上酒家眠，天子呼來不上船，自稱臣是酒中仙。」引見〔唐〕杜甫著，〔清〕仇兆鰲注：《杜詩詳註》（臺北：廣文書局，1962年3月出版），卷2，頁222～223。又蘇軾〈水調歌頭〉題序云：「丙辰中秋，歡飲達旦，大醉，作此篇，兼懷子由。」〔宋〕蘇軾著，龍榆生箋：《東坡樂府箋》（臺北：漢京文化事業公司，1983年9月），卷1，頁80。

〔註150〕〔唐〕房玄齡等奉敕撰：《晉書・阮籍傳》：「籍本有濟世志，屬魏晉時期，天下多故，名士少有全者，籍由是不與世事，遂酣飲為常。」（臺北：藝文印書館，1958年），卷49，頁930。

〔註151〕見王瑤：〈文人與酒〉，《中古文學史論・中古文人生活》（臺北：長安出版社，1982年8月再版），頁72。

開酒，因此酒在文人的生活中發揮極大的作用，把盞可以暢神，痛
飲可以開懷，一醉方休足以避禍，玉山傾倒能夠忘憂，高建新指出：

> 中國文人與酒之關係有鮮明的時代特點，時代帶給他們的
> 無論是活力還是痛苦，酒都是不可缺少的催化劑和緩解
> 劑。沒有催化，不足以成其狂放豪宕之氣；沒有緩解，內
> 心的壓抑和痛苦就會將他們推向絕境，推向不堪忍受的死
> 亡的邊緣。〔註152〕

時代的變異，社會的動盪不安，文人飽受壓抑的情感，需要舒洩的管
道，號稱「玉醴金漿」〔註153〕的美酒，因此成為文人的最佳首選。
酒像催化劑，刺激著苦悶的靈魂，掙脫世俗塵網，對酒狂歌痛哭；酒
亦是緩解劑，舒緩壓力緊繃的情緒，遁入桃源仙鄉，醉入忘憂靈谷。
一如陶淵明之嗜酒，其意實不在酒，而是「寄酒為迹者也」。〔註154〕
元代文人身處宋元易代之際急遽變動的社會環境，較諸以往任何一次
改朝換代所造成的心靈震撼，更形劇烈，因此，酒在元代文人的生活
與詩歌創作中亦佔有舉足輕重的地位，成為寄志書憤、狂歌肆意的最
好伴侶。如劉秉忠〈江城子〉云：「醉卻忘興亡，惟有酒多情。收取
晉人腮上淚。」（頁611）又〈訴衷情〉云：「圖富貴，論功名，我無
能。一壺春酒，數首新詩，實訴衷情。」（頁 617）坦率流露出當時
文人普遍的心聲。試看以下幾首酒邊抒懷之作：

洪希文〈醉江月・酒邊〉云：

> 一年佳景，又新橙快意，重呼醞釀。爭奈情人垂信約，誤
> 聽幾番風竹。□□□□，魚沉雁杳，嬾聽相思曲。少年狂

〔註152〕 高建新：〈催化與緩解：酒在中國文人生活中的作用〉，《文科教學》
（1994年1月），頁24。

〔註153〕 〔梁〕陶弘景撰：《真誥・運象》：「玉醴金漿，交梨火棗，此則騰
飛之藥，不比於金丹也。」《景印文淵閣四庫全書》，第 1059 冊，
卷2，頁333。

〔註154〕 〔南朝梁〕昭明太子：〈陶淵明集序〉，收入〔清〕嚴可均輯：《全
上古三代秦漢三國六朝文・全梁文》（北京：中華書局，1958 年 12
月1版），卷20，頁3067。

夢，黃粱早已先熟。　　烈士壯心猶在，唾壺敲碎，此恨
何時足。太息舊交風雨散，大半已歸鬼籙。對酒淒涼，欲
□誰訴，喚起蒼虬玉。搥床大叫，爲予更剪明燭。（頁944）

此詞吐露洪希文早期的功名之願，即令美酒、佳餚當前，每每思及「少
年狂夢，黃粱早已先熟」，仍不免興嘆：「烈士壯心猶在，唾壺敲碎，
此恨何時足。」壯士暮年，雄心未已，卻不得明主重用，面對知交半
零落，唯淒涼對酒。

又劉秉忠〈鷓鴣天·酒〉云：

酒酌花開對月明。醒中醉了醉中醒。無花無酒仍無月，愁
殺耽詩杜少陵。　　三品貴，一時名。眾人爭處不須爭。
流行坎止何憂喜，笑泣窮途阮步兵。（頁615）

對古今好飲者而言，功名利祿不及醇酒一杯，汲汲營營不如醺然忘
醉。因爲無花無酒無月無詩興，即使「少陵野老」杜甫亦愁殺；三
品官名一時貴，豈若「壺天日月」〔註155〕長？因此，與其作寂寞聖
賢，〔註156〕何不效法阮籍醉酒佯狂，「醒中醉了醉中醒」，跌落酒鄉
或能了悟天常，透徹「名途利場」，終究是「物與我，兩相望」（〈望
月婆羅門引〉，頁610）。以致劉秉忠感慨道：「誰辨濁涇清渭，一任
東流。而今不醉，苦一日醒醒一日愁。薄薄酒、且放眉頭。」（〈風
流子〉，頁610）酒對仕宦不遇、生活困頓的元代文人而言，「正是
一種澆平胸中之塊壘，化解心上之秋意的最佳溶劑」，〔註157〕更何
況對花飲酒更富情趣，〔註158〕詞人自是「醒中醉了醉中醒」。至於
其他飲酒的作品，如姚燧〈鷓鴣天·遐觀堂暮飲〉云：「從今萬八千

〔註155〕　劉秉忠〈永遇樂〉：「壺中天地，目前今古，今日還明日。」唐圭璋
　　　　　編：《全金元詞》，頁610。
〔註156〕　〔唐〕李白：〈將進酒〉：「古來聖賢皆寂寞，惟有飲者留其名。」
　　　　　見〔唐〕李白撰，〔清〕王琦注：《李太白全集》（臺北：中華書局，
　　　　　1979年3月初版），卷3，頁180。
〔註157〕　萬偉成：《中華酒經》（臺北：正中書局，1997年12月），頁60。
〔註158〕　張雪慧：〈元代花卉與元人社會生活〉曰：「元代人喜好飲酒，有酒
　　　　　必有花，對花飲酒才更有情趣。」頁89。

場醉，莫酹劉伶荷鍤墳。」（頁736）以放達之詞，抒不得志之憤，於放曠豁達中透出幾許悲涼意。又如白樸〈風入松·詠紅梅將柳丁皮作酒杯〉亦云：「歡搖動、北海樽罍。老我天涯倦客，一杯醉玉先頹。」（頁635）天涯倦遊，唯酒堪爲知己，擾擾人生，紛紛世事，濁酒一杯，玩世何妨！

　　酒在文人眼中除了消愁解憂外，亦有追求快意，契闊談讌的功能。文人往往聚宴喝酒、酬唱吟詩，交融一起，形成獨特的飲酒文化。因此酒對傳統的詩歌創作而言，不僅是一種風雅的點綴物，更是必不可少的有如陽光雨露之於種子的滋養品。〔註159〕換言之，酒能舒懷解鬱，亦能萌發詩興，更能增進朋友間的情誼，因此，每逢良辰吉日，宴饗雅集之時，必不可少的，就是美酒佳釀。試看以下幾首勸飲詞云：

　　許有壬〈望月婆羅門引〉：

　　　紫宸朝罷，東風吹到謫仙家。貂裘抖擻塵沙。一室窗明几淨，人境獨清華。有息齋名畫，殿帥高茶。　　主人意佳。道分手、即天涯。何事相逢不飲，戚戚嗟嗟。黃封旋拆，有鵝臘、雞胸與兔䏶。公不飲、孤負梅花。（頁972）

此詞題序云：「偕王仁甫左丞、賈伯堅左司、朝罷過李廷秀參議，因觀盆梅，遂成歡酌。廷秀求詞，醉中賦此。」朝罷後相偕訪友、賞梅，主人情意深厚，特爲朋友設酒餞別，席上佳餚豐美，若不暢然歡飲，豈不負主人之隆情高誼？故作詞以記宴饗之樂，兼賦清雅之懷。

　　又如史藥房（生卒年不詳）〈水龍吟〉：

　　　等閒過了清明，草痕深一庭新翠。光風信息，牡丹初褪，荼蘼猶未。燕語清圓，梅英鬆潤，困人天氣。笑文園倦客，詩才減盡，猶□有，傷春意。　　別有留春去裏。小房櫳、玉英雙倚。天香浮動，朱衣乍試，鉛華盡洗。一曲琵琶，輕攏挑撥，未觴先醉。又匆匆上馬，藍橋路隔，漫增凝睇。

　　　（頁826）

〔註159〕 劉揚忠：《詩與酒》（臺北：文津出版社，1994年1月），頁19。

此詞題序云：「清明後浹日，過子方小飲，廉櫳靚深，綠陰晝寂，闌邊玉茶正花，香韻蕭遠。主人出侍人彈琵琶侑觴，酒未終，上馬徑去，恍然藍橋溢浦之遇也，賦水龍吟以記其事，呈子方一笑。」此詞同樣寫訪友，薦酒賞玉茶花，又有琵琶相伴，未飲即先醉。遣詞清新婉麗，風情閑雅有餘韻。

在眾多與酒相關的詠物詞中，唯一論及飲酒方法的，只有李齊賢〈鷓鴣天〉一闋，詞云：

> 未用眞珠滴夜風。碧筒醇酎氣相通。舌頭金液凝初滿，眼底黃雲陷欲空。　　香不斷，味難窮。更添春露吸長虹。飲中妙訣人如問，會得吹笙便可工。（頁1025）

此詞題序記云：「飲酒其法不篘不壓，插竹筒甕中，座客以次就而吸之，傍置杯水，量所飲多少，挹注其中，酒若不盡，其味不喻。」李齊賢所飲當為元代流行於民間，以黍秫發酵而成的黃酒，故云喝時不濾不壓，以竹筒插入甕中，如「吹笙」〔註160〕般吸吮，遞次傳飲，香味沁入心脾，妙不可言喻，再配上一飲「春露」清茶以醒酒，其中佳妙，唯有龢歌笙詩，耐人浩然冥想可與相比。由此亦可想見，當時文人飲酒、品茗、賦詩、合樂的閒適意趣。

元代的酒由於融入了異族的文化因素，因而比起前代酒的內容要更形豐富。蒙古人善騎射，馳騁草原逐水草而居，因地制宜，以馬奶發酵而成「忽迷思」（馬奶酒），成為蒙古族最喜愛的飲料。蒙古西征後，從中亞傳進葡萄酒，甚得蒙古貴族青睞，與馬奶酒並列為宮廷用酒。漢族則普遍飲用糧食酒，之後民間也相繼開始釀製果酒。元中葉，宮廷出現果酒與糧食酒蒸餾加工而製成的「阿剌吉」〔註161〕（araq）

〔註160〕　〔清〕況周頤：《蕙風詞話》：「宋諺謂『吹笙』為『竊嘗』。……『竊嘗』，嘗酒也。……《織餘瑣述》：『樂器竹製者唯笙，用吸氣吸之，恆輕，故以喻『竊嘗』。」《詞話叢編》，第5冊，卷3，頁4478。

〔註161〕　〔元〕黃玠撰：《弁山小隱吟錄》「阿剌吉」條記曰：「阿剌吉，酒之英，清如井泉花，白於寒露漿。」《景印文淵閣四庫全書》，第1205冊，卷2，頁53。

酒，是我國製酒技術的一大突破。〔註162〕「阿剌吉」由西域傳入，味甘辣，主消冷堅積，祛寒氣，〔註163〕在元代廣受宮廷與民間的歡迎。李治〔註164〕有一首〈鷓鴣天〉即是詠「阿剌吉」酒，詞云：

> 太一滄波下酒星。露醹祕訣出仙扃。情知天上蓮花白，壓盡人間竹葉青。　　迷晚色，散秋馨。兵廚曉溜玉泠泠。楚江雲錦三千頃，笑殺靈均話獨醒。（頁604）

此詞題序云：「中秋同遺山飲倪文仲家蓮花白，醉中賦此。」序文中的「蓮花白」，即是「阿剌吉」酒。上片盛讚倪家美酒，稱美「蓮花白」乃天上酒星下凡，用仙家秘方釀製的仙酒，因而勝過人間的竹葉青。下片則暢飲美酒以抒懷，運用典故表露其徘徊於兩種人生態度的悵惘：首先，「兵廚」〔註165〕一典，借阮籍狂妄縱酒以控訴內心的憤懣不平，澆自己胸中塊壘；其二，借「靈均獨醒」，〔註166〕表明自己高潔不從流俗之志。然一狂、一笑，狂是佯狂，笑是苦笑，李治身處亂世，茫然無所適從之鬱悶，唯借酒澆愁，相忘於人間。

〔註162〕 〔明〕李時珍：《本草綱目》記載：「燒酒非古法也。自元時始創其法，用濃酒和糟入甑，蒸令氣上，用器承取滴露。凡酸壞之酒皆可蒸燒，近時惟以糯米或粳米或黍或秫或大麥蒸熟，和麴釀甕中七日，以甑蒸取。其清如水，味極濃烈，蓋酒露也。」可見燒酒就是蒸餾酒，也就是後世所說的白酒。《景印文淵閣四庫全書》，第773冊，卷25，頁505。

〔註163〕 〔元〕忽思慧：《飲膳正要》「米穀品」條：「味甘辣，大熱，有大毒（指含酒精度高）。主消冷堅積，去寒氣。用好酒蒸熬取露，成阿剌吉。」卷3，頁122。

〔註164〕 李治（1192～1279），字仁卿，號敬齋，真定欒城（今屬河北）人。金末登進士第，金亡微服北渡，流落忻、崞間。嘗與元好問賡唱迭和，世謂「元李」。晚家元氏封龍山，與元好問，張德輝好稱「龍山三老」。世祖朝，曾任翰林學士，就職期月，以老病辭歸。著有《敬齋文集》、《古今黈》等。存詞五首，附見於元好問《遺山樂府》。

〔註165〕 〔唐〕房玄齡等奉敕撰：《晉書·阮籍傳》：「籍聞步兵廚營人善釀，有貯酒三百斛，乃求為步兵校尉。」卷49，頁931。

〔註166〕 〔宋〕洪興祖補注：《楚辭補注·漁父》：「屈原既放，游於江潭，行吟澤畔，顏色憔悴，形容枯槁。漁父見而問曰：『子非三閭大夫與？何故至於斯？』屈原曰：『舉世皆濁我獨清，眾人皆醉我獨醒，是以見放。』」卷7，頁180。

（二）賞藝玩物，風雅適性

元代於馬上取得統治大權，以異族身分入主中原，初於中原文化有所排拒隔閡，然以其承周漢唐宋之後，文物風華淵深博雅，書畫藝術豐美鼎盛，流風至元代嗣響未絕。是以元廷帝室，薰染既久，漸生師慕之心；同時由於政治上的需要，爲招撫民心，廣徵儒士，元初世祖即開始獎掖藝文活動，設秘書監鑑藏書畫。其後仁宗、文宗雅好書畫，尤以仁宗皇姊魯國大長公主，雅集文士，富於庋藏，倡導藝術風氣，不遺餘力。文宗受其薰陶，於天曆二年（1329）創立「奎章閣學士院」，一方面做爲文宗召集群臣共商「古昔治亂得失」﹝註167﹞之處，同時亦是書畫鑑賞雅集之所。﹝註168﹞文宗特置鑒書博士司，專司品定書畫，鑑辨之責，於培育藝術人才，倡導藝術風氣，厥有成效。風行草偃，民間軒齋雅集，書畫鑑賞，酬酢唱和日益興盛。尤其無意仕進，或求仕無門的漢族文人儒士，才志無所用，精神無所託，憂惋僝僽之餘，多懷高蹈避世之思，或嘯傲山林，託迹道觀，漁樵自居；或遯隱軒齋，藉賞藝玩物，寄興詩酒，消遣度日。因而元代詠物詞人也選擇棋琴書畫作爲題材，從中流連光景，怡情養性，尋覓閒適，冥悟人生。

對文人儒士而言，「志於道，據於德，依於仁，遊於藝」﹝註169﹞是其終生進德修業的最高精神準則，斗室軒齋則是文人身心安放的一個精神天地，軒齋之中，建構出可居、可觀、可遊的方寸天地，將詩、書、琴、棋、字、畫、品茗、焚香、賞花、玩石、博弈等納入其中，

﹝註167﹞〔明〕宋濂：《元史·文宗紀三》：「（至順元年二月）……故立奎章閣，置學士員，日以祖宗明訓、古昔治亂得失陳說於前，使朕樂於聽聞。」（北京：中華書局，2005年4月重印），卷34，頁751。

﹝註168﹞可參閱《元史·百官記》，卷88，詳載奎章閣之建制，頁2222～2223。關於奎章閣之職權，姜一涵：《元代奎章閣及奎章人物》對奎章閣的沿革和興衰，考述頗詳切。（臺北：聯經出版事業公司，1981年5月），頁72～76。

﹝註169﹞《論語·述而第七》，見〔魏〕何晏，〔宋〕邢昺疏，〔清〕阮元校勘：《論語注疏》（臺北：藝文印書館，1955年，《十三經注疏》本），卷7，頁60。

成爲文人儒士「遊於藝」的生活內涵，進而營造出優遊自在，閒雅適
性的生活情趣與生命情調。劉因〈敘學〉篇曾析論「遊於藝」一旨云：

> 孔子曰：志於道，據於德，依於仁矣。藝亦不可不游也，
> 今之所謂藝者，與古之所謂藝者不同。禮樂射御書數，古
> 之所謂藝也，今人雖致力而亦不能，世變使然耳。今之所
> 謂藝者，隨世變而下矣。雖然，不可不學也。詩文字畫，
> 今所謂藝，亦當致力，所以華國，所以藻物，所以飾身，
> 無不在也。〔註170〕

「六藝」是孔門教育中極重要的內涵，但是歷經時代的變遷，亦產生
不同的變化。劉因在此具體指出「詩文字畫，今所謂藝」，以更爲純
粹的藝術形式取代儒家的「六藝」說，並且強調「亦當致力」，認爲
文學藝術具有美化國家、事物、個人之功效。可見賞藝玩物在元代社
會亦是時代風尚之所趨，漸漸形成一種生活美學，流行於文人雅士的
翰墨軒齋中。以下即摘錄元代詠物詞中屬於「遊於藝」形式的題材，
賞鑑元代詠物詞人的閒適情趣與生命情調。

1、琴音雅韻

琴是我國一種古老的絲弦樂器，自春秋時代孔子以學琴養性，弦
歌適志，即將琴曲弦樂定調於「雅」音之上。魏晉時期，琴在文人儒
士中廣爲普及，彈琴成爲名士風流的具體表現。隋唐以後，琴在文人
儒士之中已完全成爲「風雅」的代表，文人「彈琴賦詩，嘯詠終日」，
〔註171〕從中尋求精神的解脫與心靈的快慰。琴因此與文人儒士的心
志之間建立起一種心靈通感的對應關係，琴，不但象徵文人的高雅情
趣，甚至成爲文人身分的一種表徵，與文人的思想感情、品德操守及
審美趣味聯繫一起。蘇軾即曾爲自己不精音律而感到遺憾，〔宋〕彭
乘《墨客揮犀》記曰：「子瞻嘗自言，平生有三不如人，謂著碁、喫

〔註170〕 〔元〕劉因：《靜修續集》，《文津閣四庫全書》，第 400 冊，卷 3，
頁 531。
〔註171〕 〔後晉〕劉煦：《舊唐書‧王維傳》（臺北：藝文印書館，1958 年），
卷 19，頁 2523。

酒、唱曲也。」〔註172〕換言之，琴成為文人儒士「風雅」文化的一種象徵，更是一種理想的追求。如沈禧〈風入松・題城西草屋〉云：「興到自彈綠綺，閒來時倒金樽。」（頁1040）如此琴、詩、酒合一的愜意人生，何等逍遙自在！

　　琴弦能彈奏出美妙的樂章，令人心馳神往，琴音出之於心，成為情之所寄，因而琴可傳情，亦可借琴明志，古來弦歌雅樂不絕於耳，惜乎知音難覓。故陶淵明云：「但識琴中趣，何勞弦上聲？」〔註173〕陶淵明與琴之間已經形成一種默契，即使撫弄無弦琴，亦能進入物我合一、寵辱偕忘的天地之中，達到「得意忘言」的至高境界。因而成為千載以下，文人儒士所嚮往的最高境界。

　　琴聲是一種音樂語言，它運用自身特有的音樂表現手法塑造形象，創造意境，從而產生變化多端的節奏、旋律，文人透過豐富的想像力產生類比聯想，進行再造性想像，將訴諸聽覺的音節組合轉化為訴諸視覺的生動形象，從而獲得更加豐富的審美感受。尤其在文人群聚燕饗雅集，詩酒唱和之際，琴樂雅韻即席擅場，即刻能發揮抒情的功效，成為最佳的催化劑。〔註174〕元代詠物詞人中善於審音識曲，嫻熟律呂的，王惲是其中之一。王惲曾大量描寫各式樂器，如〈水龍吟〉詠笛：云「儘著金簧玉磬，泛宮聲、五音初徧。朋簪四合，回頭聽處，少陵情惋。」（頁 654）、又〈水龍吟〉詠琵琶勸酒云：「貂蟬貴侍，內家聲伎，琵琶最好。鐵撥鵾絲，劃然中有，繁音急調。」（頁654）、又〈浣溪沙〉賦箏云：「一聲銀甲裂霜縑。澗水咽冰翻隴怨。」

〔註172〕　〔宋〕彭乘：《墨客揮犀》，《叢書集成初編》，第 2855 冊，卷 4，頁22。

〔註173〕　〔唐〕房玄齡等奉敕撰：《晉書・陶潛傳》：「（陶潛）性不解音，而畜素琴一張，弦徽不具，每朋酒之會，則撫而和之，曰：『但識琴中趣，何勞弦上聲！』」（臺北：藝文印書館，1958 年），卷 94，頁1610。

〔註174〕　如王惲〈喜遷鶯〉題序云：「己丑秋八月二十六日，雨中飲貫方叔家。樂籍劉氏歌以侑觴，眾賓欣然，為之賞音。劉因求樂府於予，遂賦此，且道坐客醉語。」《全金元詞》下冊，頁669。

（頁 689）、又〈鳳凰臺上憶吹簫〉詠金宮中紫簫〔註175〕等等，可見其嫻熟各式樂器，雅好以音樂會友，相互題詠酬酢贈答。試看以下這首〈水龍吟·賦箏〉云：

> 故家張樂娛賓，樂中無似秦箏大。華筵聽處，一揮銀甲，笙竽幽籟。四座雄聲，滿空秋雨，來從天外。甚翛然思變，白翎清調，驚飛下，金蓮塞。　　長憶桓伊手語，撫哀弦、醉歌悲慨。使君元有，不凡風調，平生豪邁。綠酒毬堂，為予翻作，八鸞□海。道更張正賴，新聲陶寫，繼中書拜。（頁 655）

詞中王惲生動描繪演奏場面與音樂效果，以具象之笙竽幽籟、空山秋雨、白鷺翻飛形容秦箏彈奏之妙，藉此展現出主人家張樂迎賓的豪邁氣象與風雅情趣。

　　此外，元代詠物詞中還有兩種比較特殊少見的樂器入詞，一種是不知名的自製樂器，大小僅容一握，張以二弦，可以邊彈邊舞的一種小型樂器，見於王惲〈木蘭花慢〉題序云：

> 河內人焦其氏者作樂器，僅容一握，張以二絃，隱彈袖間，因雙鳴起舞，周旋跁躃，曲盡音節，昔人未之見也。座間承待制翰學命不肖以樂府木蘭花慢歌之，因狀其名，曰鳴鳳雙棲曲。（頁 661）

詞云：

> 愛雙鳴棲鳳，趁舞袖，共婆娑。恨疊鼓凝笳，繁絃急管，悲壯何多。金泥小檀花面，儘淒清、翻盡雪兒歌。幄殿悄聞私語，銅龍冷籟秋波。　　明妝高燭洗金荷。心賞重經過。聽一曲流連，珠簾畫棟，幾度斜河。紅雲島，仙音部，說新聲、得意掩雲和。看取長安日近，春風搖蕩鳴珂。

此詞乃借詠物寄託家國之思，全篇雖以穠詞麗句形容繁弦急管的熱鬧歌舞場面，但是緊接一句「悲壯何多」？卻洩露心底事，以致心情始終低迴流連歌舞中，即使想像「長安日」近，隻手亦乏迴天力。最後以景結情，依舊淒清徘徊於鳴珂巷。

〔註175〕　詳如前述，見本章第二節〈詠物詞內容析論·黍離之思〉，頁 255。

另外一種亦是彈撥樂器——阮，又名阮咸，是一種木製低音撥絃樂器，古稱秦琵琶或月琴，魏晉時代即已流行於民間。杜佑《通典》記曰：「阮咸，亦秦琵琶也，而項長過於今制，列十有三柱。武太后時蜀人蒯朗於古墓中，得銅器，似琵琶，而圓，時人莫識之，元行沖曰：『此阮咸所造，命匠人以木爲之，晉竹林七賢圖，阮咸所彈與此同，因謂之阮咸。』」〔註176〕

張之翰〔註177〕即有一首詠阮詞，如〈木蘭花慢·聽姜惠甫摘阮〉云：

> 羨黃臺公子，能辦此、淡中清。看璧月當胸，松風應手，一洗秦箏。都來四條弦上，有幾家樂府幾般聲。秋水孤鳴老雁，春風百囀嬌鶯。　嫩涼窗戶酒初醒。特地爲渠聽。寫江南江北，無窮意思，字字分明。悠揚博山煙底，把滿懷幽恨一時平。長記曲終時候，錢塘暮雨潮生。（頁709）

此詞以具象手法摹寫琴聲，賦予琴聲強烈的生命力，或如秋天淒清孤鳴的老雁，或如春風婉轉嬌嫩的黃鶯，琴聲抑揚頓挫，悠揚縈繞。曲終以急管繁弦傾吐胸中滿懷幽恨，喻之以錢塘江潮暮雨淒急壯闊之景，驟然收束，精簡有力，撼人心弦。正如〔東漢〕蔡邕（132～192）〈琴賦〉云：「繁弦既抑，雅韻復揚。」〔註178〕曲終琴抑，留下清雅餘韻在心頭。

2、閒尋棋興

圍棋，古稱「弈」，〔註179〕是我國古代文化的瑰寶之一，棋局簡

〔註176〕　〔唐〕杜佑：《通典》，《景印文淵閣四庫全書》，第605冊，卷144，頁44。

〔註177〕　張之翰（1243～1296），字周卿，晚號西巖老人，邯鄲（今屬河北）人。性穎悟，弱冠學業逾等倫。元世祖中統初任治磁路知事，至元中，拜行臺御史按臨福建，因病僑寓高郵，專一讀書、教授學生。後起爲戶部郎中，累擢翰林侍講學士，出知松江府，興利除弊，頗有政聲。從《永樂大典》輯出《西巖集》二十卷。詩受南宋江湖派影響，詞風平和，清新曠達。

〔註178〕　〔漢〕蔡邕：〈琴賦〉，收入〔清〕嚴可均輯：《全上古三代秦漢三國六朝文·全後漢文》，卷69，頁854。

〔註179〕　〔漢〕揚雄撰，〔清〕戴震疏證：《方言疏證》：「圍棊謂之弈。自關

單，變化繁複，蘊涵博大精深的文化思想內涵。〔東漢〕班固（32～92）〈弈旨〉謂：「上有天地之象，次有帝王之治，中有五霸之權，下有戰國之事，覽其得失，古今略備。」〔註180〕其將棋藝法則視爲一種人文精神，與治理天下之道相聯繫。〔南朝宋〕沈約（441～513）《棋品・序》亦云：「弈之時義大矣！體希微之趣，含奇正之情。靜則合道，動必適遷。」〔註181〕著重從藝術性和深邃性詮釋圍棋的時義。由於棋理玄微精深，棋局瞬息萬變，人們自然而然將圍棋與現實人事聯繫一起，予以無限拓展，〔元〕虞集〈玄玄棋經・序〉云：

> 夫棋之製也，有天地方圓之象，有陰陽動靜之理，有星辰
> 分布之序，有風雷變化之機，有《春秋》生殺之權，有山
> 河表裏之勢，此道之升降，人事之盛衰，莫不寓是。惟達
> 者爲能守之以仁，行之以義，秩之以禮，明之以智，又烏
> 可以尋常他藝忽之哉？〔註182〕

可見圍棋的內涵包羅萬有，博大精深，小小黑白數子具有深邃而又豐富的文化意蘊，與古人的道德、思想、情感間存在著深刻的相通之處，並從各個層面滿足其各自不同的人生需求，圍棋因此進入廣大文人的日常生活之中，成爲他們探究天人奧秘，陶冶性情，消解煩憂，實現

而東，齊魯之間，皆謂之弈。」（臺北：中華書局，1981年，《四部備要》，第87冊），卷5，葉10b。

〔註180〕〔漢〕班固：〈弈旨〉，收入〔清〕嚴可均輯：《全上古三代秦漢三國六朝文・全後漢文》，卷26，頁616。

〔註181〕〔南朝梁〕沈約：《棋品・序》：「弈之時義，大哉！體希微之趣，含奇正之情。靜則合道，動必適變。若夫入神造極之靈，經武緯文之德，故可與和樂等妙，上藝齊工。支公以爲『手談』，王生謂之『坐隱』。是以漢魏名賢，高品間出。晉宋盛士，逸思爭流。雖復理生於數，研求之所不能涉。義出乎幾，爻象未之或盡。聖上聽朝之餘，因日之暇，迴景紓情，降臨小道，以爲凝神之性難限，入玄之致不窮。」收入〔清〕嚴可均輯：《全上古三代秦漢三國六朝文・全梁文》，卷30，頁3123～3124。

〔註182〕〔元〕虞集：〈玄玄棋經・序〉，收入晏天章、嚴德甫著，橋本宇太郎解，陳憲輝譯：《玄玄棋經》（臺北：世界文物出版社，1985年9月），頁10。

自我價值的娛樂休閒活動之一，故有「閒居適意，惟棋甚美」〔註183〕
之稱。

　　圍棋在元代很流行，上自王公仕族，下至市井百姓，普遍熱衷此
道。「儒臣春直奎章閣，玉陛牙牌報未時。仙杖已迴東內去，牡丹花
畔得圍棋。」〔註184〕「殘卻花間一局棊，爲因宣喚賜春衣。近前火
者催何急？惟恐君王怪到遲。」〔註185〕二者皆述帝王宮中熱衷弈棋
的情景，在民間尤其成爲娛樂場中公子哥兒、藝人及歌妓們必備技藝
之一。關漢卿嘗自命云：「普天下郎君領袖，蓋世界浪子班頭。」圍
棋、雙陸都在其自己列舉的技藝當中。〔註186〕而雜劇中風塵女子柳
翠，不僅會打雙陸、踢氣球，也會下圍棋。〔註187〕可見圍棋在元代
流通甚廣，普遍受到各階層的喜愛。只不過元代文人弈棋除了娛樂競
勝遣興之外，更著重於弈棋的環境，強調人與自然的互動與合一。如
劉因有一首詠圍棋詞〈清平樂〉云：

　　　棋聲清美。盤薄青松底。門外行人遙指似。好箇爛柯仙子。

　　　　　輸贏都付欣然。興闌依舊高眠。山鳥山花相語。翁心

　　不在棋邊。（頁782）

此詞借詠圍棋，歌頌詞人心中嚮往歸隱之思。上片寫青松底下，欣然對
弈，伴隨花香鳥語，從容落子，悠然品枰，彷彿「爛柯仙子」〔註188〕

〔註183〕　〔元〕胡助：〈圍棋賦〉，《純白齋類稿》，《叢書集成初編》，第2089
　　　　　冊，卷1，頁6。
〔註184〕　〔元〕柯九思：〈宮詞一十五首〉，收入《遼金元宮詞》（北京：北
　　　　　京古籍出版社，1988年2月），頁2。
〔註185〕　〔元〕張昱：〈宮中詞〉，《張光弼詩集》（臺北：臺灣商務印書館，
　　　　　1966年，《四部叢刊續編》，第140冊），卷3，葉21a。
〔註186〕　〔元〕關漢卿：〈不伏老〉：「我也會吟詩，會篆籀，會彈絲，會品
　　　　　竹。我也會唱鷓鴣，舞垂手，會打圍，會蹴踘、會圍棋，會插科，
　　　　　會雙陸。」收入隋樹森編：《全元散曲》（北京：中華書局，1964
　　　　　年2月1版），頁172～173。
〔註187〕　〔元〕李壽卿：〈月明和尚度柳翠〉，收入〔明〕臧晉叔校：《元曲
　　　　　選》，第4冊，頁1346。
〔註188〕　〔南朝梁〕任昉：《述異記》：「信安郡有石室山，晉時王質伐木，
　　　　　至，見童子數人棋而歌，質因聽之，童子以一物與質含之，不覺饑。

對弈仙境，大有「棋罷不知人換世」（白樸〈滿江紅〉，頁 632）的悠然
忘我。下片則寫棋趣已得，對弈之樂不在輸贏高下，而在超脫世俗之外、
怡然自得的樂趣。高枕林間，臥看山花絢麗，靜聽鳥語鳴啾，頗有歐陽
脩醉翁之意不在酒之意。此詞特意突出對弈環境的清幽、寧靜、遠離塵
俗而與自然融為一體，活脫出一高雅、清閒、不染塵俗的文士風采。

　　圍棋是一項競技性很強的娛樂活動，因此，紋枰對弈，難免有勝
負之爭。而文人弈棋爭勝，除了出於人的本能，更重要的是追求一種
精神上的補償，以領略人生真趣。以下這首洪希文〈青門引・碁〉，
正說明此理，詞云：

　　　白日沉西永。碁局閒尋清興。兩賢既不為山河，強令南北，
　　　黑白交分陣。　　雌雄未決誰能省。勢若曹劉競。英雄到
　　　底誰是，勸君動也何如靜。（頁 941）

此詞開篇即破局而出一「閒」字，印證歷來文人鍾情於棋的重要原因
之一即為有「閒」。此一「閒」字亦道破圍棋功能之精蘊，弈棋不為
江山之爭，亦非突出英雄氣概，而是欲以棋銷長日，局中度流年罷了。
換言之，文人可以在棋局中掙脫現實環境的催逼窒錮，體味生命的閒
情逸致——一種以自由為特質的精神享受，故云「動也何如靜」。因
此，既然弈棋是為了追求精神自適，但求於棋局中遊心遣興，也就無
需執著於棋本身的勝負輸贏。

　　元代文人置身於現實環境的種種束縛與壓迫下，選擇琴為友，棋
為伴，即是為在現實人生中抵拒世俗，拓展精神空間。吟詠詩詞、彈
琴潑墨等都是重建精神空間的努力；弈棋亦然，通過黑白棋子的組
合，建構一片精神淨土，以逃逸世俗，陶冶性情，安放身心，以寄託
那顆在現實世界中不堪重負的心靈。

俄頃，童子謂曰：『何不去？』質起視，斧柯爛盡，既歸，無復時
人。」按松窗百說云：「人間所以貴慕神仙者，以其快樂無惱，長
生久視耳。今斯須便過百年，朝夕已經千載，不知自開闢以來，終
得幾局棋也？」《文津閣四庫全書》，第 348 冊，卷上，頁 676。

2、淡筆墨趣

自北宋蘇軾、米芾等人提出「詩畫合一」之文人畫風以降，繪畫藝術逐漸文學化，詩畫關係日益緊密，題畫文學亦因此漸趨興盛。題詩（詞），既足以發畫趣；名家品題，益令作品身價百倍。如文同墨竹，經蘇軾題跋，遂成全美；王冕墨梅，必貢性之題始稱貢；王蒙繪畫，經倪瓚品題，身價益高。元代山水畫興起如高峰聳立，四君子繪畫亦空前興盛，深刻反映出異族統治之下的文人氣節與情操。〔註189〕此外，就繪畫藝術本身而言，元代繪畫更強調抒寫性情，表現自我的心靈，故趨向逸筆寫意，側重筆情墨趣，表現簡淡高逸，蒼茫深秀之畫風。凡此具見繪畫文學化的影響，因此以書入畫、畫內題詩（詞）、題跋，融詩（詞）、書、畫為一體蔚成風氣，促使文學與藝術這兩種人類表達情感的方式，在元代題畫文學上得到完美的融合與體現，從而大大提升元代繪畫中的主體意識與人文精神。

元代文人畫，於物象之摹寫，以傳神為尚；於主客體之關係，以得意為尚；於繪畫風格言，則以典雅為尚。而所謂的「雅」有三義：一曰典雅，即是具備書卷氣，具有深厚的文化涵養，才能下筆縱橫萬里，厚積而薄發；二曰高雅，即是要求胸次高清，自覺地摒棄世俗榮利之心，才能創造超凡脫俗之意境；三曰文雅，即是強調詩意化，繪畫不僅圖形狀物，更要有畫外之致、象外之韻。如元代題山水畫的經典之作——盧摯〔註190〕〈六州歌頭・萬里江山圖〉，即是一首兼有傳神、寫意而又尚雅之作，詞云：

〔註189〕 鄧喬彬：《中國繪畫思想史》曰：「若謂元人在人物畫上的畫題轉移，在山水畫上的提高發展，是『適趣』、『自娛』的體現，『四君子』、『歲寒三友』之類的興盛，則是自珍自重的氣節、情操的反映。」（貴陽：貴州人民美術出版社，2001年1月），頁367。

〔註190〕 盧摯（1235～1300？），字處道，一字莘老，號疏齋，又號嵩翁，涿郡（今河北涿縣）人。至正五年舉進士，累官少中大夫、翰林學士承旨。盧摯博洽有文思，詩文與劉因、姚燧齊名，世稱「劉盧」、「姚盧」。亦工散曲，今存者皆小令，風格嫵媚。存詞二十一首，俊逸清曠。有《疏齋集》。

詩成雪嶺，畫裏見岷峨。浮錦水，歷灩澦，滅坡陀。匯江
沱。喚醒高唐殘夢，動奇思，聞巴唱，觀楚舞，邀宋玉，
訪巫娥。擬賦招魂九辯，空目斷雲樹煙蘿。渺湘靈不見，
木落洞庭波。撫卷長哦。重摩挲。　　問南樓月，癡老子，
興不淺，意如何。千載後，多少恨，付漁蓑。醉時歌。日
暮天門遠，愁欲滴，兩青蛾。曾一舸。奇絕處，半經過。
萬古金焦偉觀，鯨鼇背，儘意婆娑。更乘槎欲就，織女看
飛梭。直到銀河。（頁 727）

此詞為題〈萬里江山圖〉而作，起句即以「詩」、「畫」總領，開展一
幅壯麗的畫卷，讓觀者隨大江東行，峰筆浪墨，一路奔騰而下，氣勢
磅礴，雄渾豪健，如詩歌般酣暢淋漓，豪氣萬千。全篇運用寫意筆法，
上自四川岷峨，經歷瞿塘灩澦，直下湖南洞庭；接著遶武昌南樓，入
安徽天門，經江蘇金焦，更乘槎入海，直上天際銀河。一路奇山秀水，
或險峻，或浩渺，或遼遠，均歷歷在目；或癡，或醉，或愁，或恨，
情寄其中。沿途觀楚舞，聞巴唱，邀宋玉，訪神女，騎鯨乘槎，穿織
古今各種神話傳說，奇幻疊出，想像獨絕，完成一奇絕偉絕之歷史文
化卷軸之旅。全詞縱橫交織自然景觀與文化偉觀於一，淋漓盡致地抒
寫浩浩蕩蕩、奔流不息，浪漫而又深沉，繽紛而又凝重的大江之情。
詞人胸懷萬壑的曠達襟懷亦依次開展於眼前，在虛實相生，動靜有致
的筆法中，與江魂合而為一，可謂風格獨具。首先，全篇展現長江流
域雄奇壯麗的山川自然景物，及悠久絢爛的歷史文化，具有深厚的文
化底蘊，此其「典雅」也；其次，詞人以如椽之筆，縱橫宇宙上下四
方，並運用空間張勢大大提升詞人的心胸與氣魄，此其「高雅」也；
再者，詞人全力追攝長江奔流不息之滔滔丰采，將浪漫的想像與深沉
的詠嘆，交織於寥廓的歷史時空中，此其「文雅」也，併此三雅於尺
幅千里，堪稱元代題畫詞中的一座高峰。〔註191〕

　　繪畫作為一種視覺藝術，除了要表現直觀藝術的形象美之外，其

〔註191〕　王煒：《元代題畫詞研究》（上海：華東師範大學中文系碩士論文，
　　　　　　2007 年），頁 15。

最高的審美理想更在於「傳神」，也就是要傳達出客體的內在精神，
而不僅僅是外在形態的肖似逼真。如〔清〕沈宗騫云：「凡物得天地
之氣以成者，莫不各有其神。欲以筆墨肖之，當不惟其形，惟其神也。」
〔註192〕因此文人畫重視以意馭筆，以物傳神，往往一枝梅花，幾枝
疏竹，看似簡單，但一經題詞，即能產生攝人心魂的藝術魅力。試看
虞集〔註193〕〈□□□·題梅花寒雀圖〉云：

> 殘雪曉。窗外幽禽小。春聲初動苔枝裊。花落知多少。　　春
> 起早。苦被東風惱。綠陰青子歸來早。滿徑生芳草。（頁861
> ～862）

此詞筆法洗鍊，完全聚焦於幽禽身上。起句寫春雪方霽，幽禽即已報
到人間：「春來了！」「春聲初動苔枝裊」是全詞的樞紐，一「啼」一
「裊」，相互呼應，交疊出梅花殘落，滿徑芳草的季節遞換，在寧靜
的畫意中讓人感受到春之躍動，誠所謂詞境如畫境。全詞設色鮮明，
意境清雅，氣韻生動，頗得文人畫傳神之妙趣。〔註194〕劉熙載《藝

〔註192〕　〔清〕沈宗騫：《芥舟學畫編》（上海：上海古籍出版社，2002年，
　　　　　《續修四庫全書》，第1068冊），卷1，頁513。
〔註193〕　虞集（1272～1348），字伯生，號道園，又號邵庵，臨川崇仁（今
　　　　　屬江西）人。宋丞相虞允文五世孫。虞集秉性聰慧，幼以契家子從
　　　　　吳澄治性理之學。成宗大德初年至京，授大都路儒學教授。泰定帝
　　　　　時累遷翰林直學士兼國子祭酒。文宗時除奎章閣侍書學士。後謝病
　　　　　歸，卒贈江西行中書省參知政事，封仁壽郡公。諡文靖。虞集弘才
　　　　　博識，每承顧問，必委曲盡言，隨事諷諫。工詩文，與楊載、范梈、
　　　　　揭傒斯並稱「元詩四大家」。有《道園學古錄》五十卷、《道園類稿》
　　　　　五十卷、《道園遺稿》六卷。擅書法，圓婉有法度。詞亦清雋超逸，
　　　　　有《道園樂府》一卷，存詞三十一首。
〔註194〕　「氣韻生動」一詞最早出現於中國的繪畫理論中，〔南朝齊〕謝赫：
　　　　　《古畫品錄》曰：「夫畫品者，蓋眾畫之優劣。圖繪者，莫不明勸
　　　　　戒，著升沈，千載寂寥，披圖可鑒。雖畫有六法，罕能盡該，而自
　　　　　古及今，各善一節。六法者何？一氣韻生動是也；二骨法用筆是也；
　　　　　三應物象形是也；四隨類賦彩是也；五經營位置是也；六傳移模寫
　　　　　是也。」《叢書集成初編》，第1645冊，頁1。又〔元〕楊維楨：
　　　　　《圖繪寶鑑·序》云：「論畫之高下者，有傳形，有傳神。傳神者，
　　　　　氣韻生動是也。」引見〔元〕夏文彥：《圖繪寶鑑》（臺北：臺灣商
　　　　　務印書館，1956年），頁1。

概》云：「筆性墨情，皆以其人之性情爲本。」〔註195〕此詞虞集以梅花自況，以早春凌寒、幽姿淡雅的獨特形象，突出自己雖然出仕異朝，仍抱持孤芳自賞，幽潔自持的心志。

另有一首詠梅的經典題畫詞，是張翥〈疏影・王元章墨梅圖〉，亦是一首傳神寫意的代表作。詞云：

> 山陰賦客。怪幾番睡起，窗影生白。縹緲仙妹，飛下瑤臺，淡佇東風顏色。微霜恰護朦朧月，更漠漠、暝煙低隔。恨翠禽、啼處驚殘，一夜夢雲無跡。　　惟有龍煤解染，數枝入畫裏，如印溪碧。老樹枯苔，玉暈冰圈，滿幅寒香狼藉。墨池雪嶺春長好，悄不管、小樓橫笛。怕有人、誤認眞花，欲點曉來妝額。（頁1004）

王冕（字元章）是元代著名的水墨畫家，工畫墨梅，有〈墨梅圖〉傳世。此詞以縹緲空靈之筆，生動傳寫王冕〈墨梅圖〉之筆墨意趣。上片寫月夜梅開，借虛實相生之筆，渲染出一片充滿濃濃詩情畫意的仙境幻影。接著賦予梅花靈性，鳥啼驚破清曉殘夢，令人無限幽「恨」！下片則以議論導入畫梅，〔清〕朱方靄《畫梅題記》特別指出王冕畫梅創新前人筆法，喜以繁花千蕊寫梅花早春先占的奕奕風采。〔註196〕因而詞人以「龍煤」重墨，寫「數枝入畫裏，如印溪碧」，呈現墨梅臨水照影般的秀逸神韻，形象靈活生動。接著又由虛入實，從形、色、香三方面，融合詞人的直觀審美經驗與生活體驗，描繪出墨梅淡雅素靜之姿。最後以「怕有人、誤認眞花，欲點曉來妝額」，形容〈墨梅圖〉有亂眞之妙，可謂將「眞實情景，寓於忘言之頃，至靜之中。……新而不纖，雖淺語，卻有深致。」〔註197〕結句含蓄雋永，韻味無窮。

張翥另有一首詠梅詞〈摸魚兒・題熊伯宜藏梅花卷子〉云：

〔註195〕　按：劉熙載此語原爲品評書法，其亦云：「書爲心畫」、「書亦言志」，故用之於繪畫，道理亦相通。引見〔清〕劉熙載：《藝概・書概》，卷5，頁169。

〔註196〕　出處見本書第二章第二節，頁76，註223。

〔註197〕　〔清〕況周頤：《蕙風詞話》，《詞話叢編》，第5冊，卷3，頁4483。

記西湖、水邊曾見，查牙老樹如此。冰痕冷沁苔枝雪，的
皪數花纔試。天也似。愛玉質、清高不久閈紅紫。孤山處
士。總賦得招魂，煙荒雨暗，寂寞抱香死。　　春風筆，
休憶深宮舊事。添人多恨多思。墨池雪嶺三生夢，喚起縞
衣仙子。仍獨自。伴瘦影、黃昏和月窺窗紙。聲聲字字。
寫不盡江南，閒愁萬斛，訴與綠衣使。（頁 1000）

全詞穿織語典、事典以詠梅，句句關合題旨，意境絕似姜夔。〔註198〕
由下片「墨池雪嶺三生夢，喚起縞衣仙子。仍獨自。伴瘦影、黃昏和
月窺窗紙」句，可見出此詞亦為詠墨梅。結拍三句與姜夔〈疏影〉：「等
恁時、重覓幽香，已入小窗橫幅。」〔註199〕手法相近，全篇不著一
「影」字，卻又切合疏影，同屬寫意傳神之作。

　　置身動亂的世代，文人的精神在承受個體深重的苦難的同時，
也體驗民族的不幸與時代的悲哀。此時他們寄情於畫中之「情」，不
僅是個人的人生遭際，而往往也是一整個族群的厚重情感的曲折反
映。〔註200〕元代題畫詞中亦反映出對現實世界的不滿與諷刺，如吳
鎮〔註201〕〈沁園春·題畫骷髏〉云：

〔註198〕　〔清〕吳衡照：《蓮子居詞話》：「張仲舉詞出南宋，而兼諸公之長。
　　　　如題梅花卷子云：『墨池雪嶺三生夢，喚起縞衣仙子。仍獨自伴，
　　　　瘦影黃昏，和月窺窗紙。』絕似石帚。」《詞話叢編》，第 3 冊，卷
　　　　2，頁 2436。
〔註199〕　〔宋〕姜夔著，夏承燾箋校：《姜白石詞編年箋校》（臺北：臺灣中
　　　　華書局，1967 年 12 月臺一版），卷 3，頁 48。
〔註200〕　鄧喬彬：《中國繪畫思想史》曰：「繪畫的文學化的顯著標誌是題畫
　　　　詩的興盛。這些題畫詩已不似唐人如杜甫那樣側重在『傳神』、『寫
　　　　真』的品賞，也非由畫而興的泛泛之『春渚情』，而常有真情實感
　　　　的寓寄。」頁 368。
〔註201〕　吳鎮（1280～1354），字仲圭，號梅花庵主，又號梅花道人、梅沙
　　　　彌，嘉興（今屬浙江）人。志行高介，一生隱居不仕，以設席教授、
　　　　垂簾賣卜為生。書法放仿晚唐楊凝式，畫源於五代釋子巨然，每作
　　　　畫必題詩，時人稱為書、畫、詩「三絕」。與黃公望、倪瓚、王蒙
　　　　合稱「元四家」。擅水墨山水、兼工石竹，傳世之作有〈秋江漁隱
　　　　圖〉、〈漁父圖〉等。亦工詩詞，有《梅花道人遺墨》二卷，乃後人
　　　　捃拾其題畫之作，薈萃成編，今存詞二十九首。

漏洩元陽，爹娘搬販，至今未休。百種鄉音，千般狃扮，
一生人我，幾許機謀。有限光陰，無窮活計，急急忙忙作
馬牛。何時了，覺來枕上，試聽更籌。　古今多少風流。
想蠅利蝸名幾到頭。看昨日他非，今朝我是，三回拜相，
兩度封侯。采菊籬邊，種瓜園內，都只到邙山土一丘。惺
惺漢，皮囊扯破，便是骷髏。（頁 936）

此詞題材極特殊，是一首乍讀怪異，繼而思之頗有所悟的怪詞，全篇
充滿戲謔意味。題詠的客體本身並非具有美感形象之物，因此亦無從
加以美化，但反覆鋪陳無限光陰有限身，碌碌一生不過是為人作牛
馬，然而世事無常，昨是今非，恁是王侯將相，高人隱士，最終都是
黃土一堆，白骨一具罷了。詞中明顯流露詞人在異族統治之下消極憤
世的心態，與無意仕進的思想，全篇並非只是閒常牢騷之語而已，實
亦別有寓託。

　　「詞，是反映生命美學的最佳工具；它不僅讓想像力馳騁於其
中，而且還借著創作的過程把生命和藝術融為一體」。〔註202〕綜合以
上元代詠物詞中「閒適之趣」意涵的探討，無論是品茗、飲酒、琴韻、
棋興、墨趣等，都可以具體顯見元代文人透過「閒隱」理念所開展出
的一套「雅」的生活形式，是冥合宇宙萬物、滌盡塵慮的藝術媒介；
亦是仕宦不遇、身心困蹇的心靈避風港；更是逃逸世俗、安放身心的
精神淨土，以致文人流連其中，進而藉此抒懷寄志，交織形成一種風
雅的生活內涵，進而建構起一套閒適的生活文化。

四、隱逸之志

　　蒙古鐵騎崛興於大漠草原，以其強大的武力征服中原，立國之初
即特意漠視漢族文化，貶抑文人儒士，因而使得元代文人儒士在當時
社會政治上的地位、出路與境遇，都面臨極大的困境與挑戰，難以得
到應有的尊敬與仕進的機會；即使文人儒士不乏仕進的機會，不過多

〔註202〕　孫康宜著，李奭學譯：《詞與文類研究》（北京：北京大學出版社，
　　　　2004 年 9 月），頁 124。

屈抑下僚，難有出將入相、攖朱奪紫的地位與實權，致使元代文人儒士，無論或仕或隱，普遍充斥著一股隱逸潛歸的思潮，這種消極避世的隱逸主題，在元詞中的表現是極爲普遍和突出的，它實質上反映的是一種時代情緒，一種普遍性的文人精神狀態，這一種「思潮化」的傾向，成爲元詞隱逸思想中的一個重要特徵。〔註 203〕因此，無論作者是身處山林或是出爲顯宦，隱逸之志都是其共同的思想傾向，也都懷有一種相通的「田園情結」。〔註204〕〔元〕盛如梓（生卒年不詳）於《庶齋老學叢談》論曰：

> 凡居地上者，莫非寄也。寄則非我，知非我，則無所攀戀，
> 故無往而不逍遙嗚呼。寄老於軒冕富貴之間者，危殆傾散
> 之患日至。寄老於山林泉石而人莫與之爭，可謂知所寄矣，

〔註 203〕 趙維江：《金元詞論稿》，頁 40。此一思潮不僅見於詞體文學，亦是同時代興盛勃發的元曲的主流思想，王忠林於〈元代散曲中所表現的隱逸思想〉一文中，根據隋樹森的統計曰：「《全元散曲》所收二一二位曲家（另有無名氏作品）中，有七十八位曲家有隱逸思想的作品，佔全部曲家的三分之一；而這七十八位曲家（另有無名氏）的作品中，又有四分之一的作品是表現隱逸思想的，由此我們可以知道，在元朝的散曲作家，不管仕宦爲官的也好，隱居不仕的也好，大多有一種遠離世俗營求田園生活的思想。」見氏著：《元代散曲論叢》（高雄：復文圖書出版社，1989 年 8 月初版），頁 33。又包根弟分析元詩之特色指出：「元代詩人，無論在朝在野，多愛好山林田園，故詩中多隱居思想。這完全是政治環境所造成。」見氏著：《元詩研究》（臺北：幼獅文化事業公司，1978 年 1 月），頁 48～51。

〔註 204〕 所謂「田園情結」，源自〔東晉〕陶淵明「不爲五斗米折腰」，毅然辭官歸返田園，過著「結廬在人間，而無車馬喧」、「采菊東籬下，悠然見南山」、「被褐欣自得，履空常晏如」的閒適生活，進而樹立其高潔恬淡、安貧樂道的形象，成爲後代文人企慕的隱者風範。後代文人在詩文中大量詠陶、和陶、效陶，成爲魏晉以後企慕隱逸者在文學表現上的一種常態。如蘇軾有〈和陶詩〉一百多首，表現其對陶淵明人生觀的認同與自我心境的轉折，其後相繼和陶者更是不計其數。詳參木齋等編著：《中國古代詩人的仕隱情結》（北京：京華出版社，2001 年 6 月 1 版），頁 147～154；陳英姬：《中國士人仕與隱的研究——以陶淵明詩文與蘇東坡和陶詩爲主》（國立台灣師範大學國文所碩士論文，1982 年），頁 117；及劉翔飛：《唐人隱逸風氣及其影響》（國立臺灣大學中文研究所碩士論文，1976 年），頁 110～101 等。

　　不亦仁且智哉。〔註205〕

盛氏有感於人世虛無，紅塵多紛擾，對人世已無所眷戀，故興不如歸
去，選擇棲老山林以避禍全身，可謂明智之舉。儒家思想中「窮則獨
善其身，達則兼濟天下」〔註206〕的處世哲學，始終是傳統文人根深
柢固的人生理想，元代文人深刻體認到時代的不允許，以致被迫放棄
「達」的機會，「隱」自然成為其現實生存的核心價值。此一思想普
遍影響元代文人的出處選擇，成為他們心靈的永恆追求與無法抹滅的
歷史傷痕。如王惲〈水龍吟〉云：「功名些子，就中多少，艱危辛苦。
北去南來，風波依舊，行人爭渡。聽滄浪一曲，漁人歌罷，對夕陽暮。」
（頁653）即是對追求功名無望，轉而歸隱漁樵的無奈與慨嘆。

　　事實上，仕與隱的觀念一直支配著中國古代文人對於生命形態的
抉擇。〔註207〕古代文人們既關心政治，熱衷仕途而又不得不退出和
躲避這樣一種矛盾雙重性，〔註208〕以至於隱逸始終是中國古代文學
中一個永恆的主題。詞體藝術在其初創之際，就已有了隱者的身影，
中唐詞人張志和（730～810）所作〈漁歌子〉可謂隱逸詞的濫觴，從
此詞壇上的隱逸之歌便不絕如縷，代有新聲，成為創作內容的一個重
要題材。〔註209〕張志和因此成為唐宋漁父詞之祖，更是漁父的典型。
自是而後，「漁父」成為隱逸文人的化身，同時亦成為後代文學、藝
術描繪的主要題材之一。〔註210〕元代詠物詞亦承此流風遺韻，多借

〔註205〕　〔元〕盛如梓：《庶齋老學叢談》，《景印文淵閣四庫全書》，第866
　　　　　冊，卷中上，頁534。
〔註206〕　〔漢〕趙歧注，〔宋〕孫奭疏，〔清〕阮元校勘：《孟子注疏‧盡心
　　　　　上》（臺北：藝文印書館，1989年1月11版，《十三經注疏》本），
　　　　　卷13上，頁230。
〔註207〕　李瑞騰：〈唐詩中的山水〉，《古典文學》第3集（臺北：臺灣學生
　　　　　書局，1981年），頁159。
〔註208〕　李澤厚：《美的歷程》（臺北：蒲公英出版社，1985年），頁154。
〔註209〕　趙維江：《金元詞論稿》，頁38～45。
〔註210〕　黃文吉：〈「漁父」在唐宋詞中的意義〉一文對「漁父」一詞形象的
　　　　　由來、轉變與影響有精闢深入的析論，其指出「漁父」並不是真正
　　　　　捕魚為生的人，而是詞人看透擾攘塵世，所尋找到的一個心靈歸

「漁父」形象，寄寓隱逸思歸之志。

　　元代由於異族入主中原，民族歧視嚴重，文士貶值尤甚，是以士人或因感情隔閡而不欲仕進，或因不得薦舉而無法仕進，或因備受傾軋而不肯合作到底，一時間避世高蹈、隱逸山林之風蔚然形成。〔註211〕這種「不合作」〔註212〕型的隱逸，在當時的元代詞人中極爲普遍，同時亦形成一種以「隱逸」爲時代風尚的價值關懷。謝大寧曾論及「隱」的價值意義說：

　　　隱士之所以爲隱，其本質仍只是追求某種人生超越價值的
　　　貞定，捨此便無以名之爲隱，至於隱居之形，不過是成全

宿，可惜欠缺現實的透視，未能表現眞正漁人的個性和生活風貌。詳參氏著：《黃文吉詞學論集》（臺北：臺灣學生書局，2003 年 11月初版），頁 89～108；又劉明宗：〈張志和〈漁歌子〉的逍遙世界〉亦說：「張志和雖說是『文人式的釣徒』，但詞中的描述無非是經過剪裁、取捨、安排、重點強化、事實轉換或改變後所呈現的一種心靈反映，它或非眞實生活的反映，但絕對是眞實心靈的反映，這種經過剪裁、取捨、重新組合轉變的寫作手法是爲藝術所容許、所強調的，蓋就藝術創作者而言，心靈生活更重於形式生活。」《國教天地》第 123 期（1997 年 9 月），頁 38～44。另據王岩統計，元詞中一共有漁父詞四十二首，他指出：「元代漁父詞歌詠了理想化、文人化的漁父生活，刻劃了一個鮮明生動的漁父形象。」見氏著：〈元代"漁父詞"隱逸思想探析〉，《福建工程學院學報》第 4 卷第 2 期（2006 年 4 月），頁 200。

〔註211〕鍾振振：〈論金元明清詞〉，《第一屆詞學國際研討會論文集》（臺北：中央研究院中國文哲研究所籌備處出版編輯，1994 年 11 月），頁 275。

〔註212〕韓兆琦在《中國古代的隱士》一書中，分析古代文人之所以成爲隱士的原因，有以下幾種：一爲政治黑暗或統治者爲異族，對社會現實不滿，不想與統治者合作，這些人所講的是一種氣節。二爲避亂遠害，求身家性命的安全，這些人屬於明哲保身。三爲官場上不如意或看透官場文化，因而退出官場是非之地。四爲生性淡泊，不慕榮利，或是不喜官場的拘束，或是喜愛山水自然，這些人屬於希望自由無拘束的逍遙生活。五爲有才識，想進取功名，但因時機尚未成熟，因而暫時隱忍，以求機緣，大展身手實現志向。六爲想正面求官不得，故改走終南捷徑。按：元代文人歸隱原因，大致屬於第一、二種爲多，也就是屬於「不合作」型，或避世遠禍型的隱逸。（臺北：臺灣商務印書館，1998 年），頁 16～30。

其人生價值之一手段而已。〔註213〕

由此可知，古代文人之「隱」是成全其人生價值的一種手段，以致中國文學史上「隱」與「仕」二大意識思潮，決定了屈原以降文學的內容與形式。〔註214〕對於身處時異世變的元代詞人而言，心理上歷經改朝換代，江山易主的創傷已深難平撫；復受制於種種族群歧視的屈辱與不公平的對待之中，「仕」，則違己交病；「隱」，又屈志難伸。在「時命大謬」〔註215〕的世代，大多數詞人不得已而選擇「遯世無悶」〔註216〕的生活態度，逃離世俗以避禍全身，或齎志歸隱縱身山林，因此元詞中普遍充溢著田園情調與山林氣息，並賦予隱逸之作一番新的風貌。元代詠物詞中隱逸之志的內容，主要體現於以下三種類型：身在魏闕，心懷湖海；寄跡園林，放情山水；高蹈遊仙，全性葆眞等。分述如次：

（一）身在魏闕，心懷湖海

「隱」，不僅是一種生活方式，更重要的是一種人生理想和價值追求。中國傳統文化思維中，儒、道思想是建構傳統文人精神的二大支柱，「隱」在二者的價值觀念體系中，佔有極特殊的地位。對儒家思想而言，「仕」或「隱」，依據當下的「窮」或「通」作抉擇；〔註217〕以道家思

〔註213〕　謝大寧：〈儒隱與道隱〉，《中正大學學報・人文分冊》第 3 卷第 1 期（1992 年 10 月），頁 140。

〔註214〕　李辰冬：《文學新論》（臺北：東大圖書公司，1975 年 8 月），頁 39 ～45。

〔註215〕　〔清〕王先謙撰：《莊子集解・繕性》記曰：「古之所謂隱士者，非伏其身而弗見也；非閉其言而不出也，非藏其知而不發也，時命大謬也。當時命而大行乎天下，則反一无跡；不當時命而大窮乎天下，則深耕寧極而待，此存身之道也。」（臺北：世界書局，2001 年 11 月二版），卷 4，頁 138～139。

〔註216〕　〔魏〕王弼注，〔唐〕孔穎達疏，〔清〕阮元校勘：《周易正義・乾卦・文言》（臺北：藝文印書館，1989 年 1 月 11 版，《十三經注疏》本），頁 11。

〔註217〕　以孔子爲代表的儒家，對於文人仕隱出處的主張爲「有道則仕，無道則隱」，見於《論語・泰伯第八》記曰：「子曰：『篤信好學，守

想而論，主隱反仕，唯求於亂世中保有精神上的獨立自主。〔註218〕因此，圍繞這一終極人生至境，「隱」的具體行為方式則朝向多元化的選擇。居山僻野，體自然真趣，固然是一種「隱」；置身鬧市通衢而能淡泊於功名利祿，又何嘗不是一種「隱」？故陶淵明〈飲酒〉詩云：「結廬在人境，而無車馬喧。問君何能爾，心遠地自偏。」可見能否真「隱」，關鍵在於是否「心遠」，倘能「心遠」，即使人境結廬，亦不妨遊心世外。故白居易〈中隱〉詩云：「大隱住朝市，小隱入丘樊……不如作中隱，隱在留司官。」〔註219〕正說明即使身居廟堂之高，仍不妨心遊江湖之遠，關鍵則在於主體精神的意向。

　　然而因為元代特殊的政治社會背景，文人雖有入仕為吏為官的機會，但人數不多，其中能受重用者，屈指可數，〔註220〕更遑論位居要津？以致「中隱」成為文人內心一個複雜而又兩難的抉擇。是以元詞中這類身居魏闕，心懷湖海之作，常常以顯、隱二元對立之勢，交錯存於心中。當其身在魏闕之際，心生嚮往湖海之自由與閒適；當其歸隱田園之鄉，卻又心繫廟堂之上。誠如元代初期開國臺臣程文海於〈沁園春〉題序所言：「一以退為高，一以進為忠，二者皆是也。」

死善道。危邦不入，亂邦不居。天下有道則見，無道則隱。邦有道，貧且賤焉，恥也；邦無道，富且貴焉，恥也。」〔魏〕何晏，〔宋〕邢昺疏，〔清〕阮元校勘：《論語注疏》，頁72。

〔註218〕　道家重生避世的主張，具體見於《莊子·人間世》記曰：「孔子適楚，楚狂接輿遊其門曰：『鳳兮鳳兮，何如德之衰也！來世不可待，往世不可追也。天下有道，聖人成焉；天下無道，聖人生焉。方今之時，僅免刑焉。福輕乎羽，莫之知載；禍重乎地，莫之知避。已乎已乎！臨人以德。殆乎殆乎！畫地而趨。迷陽迷陽，無傷吾行；郤曲郤曲，無傷吾足。』」引見〔清〕王先謙撰：《莊子集解》，卷4，頁180。

〔註219〕　〔唐〕白居易著，朱金城箋校：《白居易集箋校》，卷22，頁490。

〔註220〕　王明蓀於〈元代之政治結構以及士人〉一文論及，忽必烈即位初年是漢士得勢時期，但為時短暫，受重用的有姚樞、竇默、許衡等正統儒士集團，但隨即因走實用路線的非正統儒生——王文統參與李璮之變受誅殺而削弱勢力。以故受重用者真乃萬中有一，甚或十萬百萬中方有一。見氏著：《元代的士人與政治》（臺北：臺灣學生書局，1992年3月初版），頁68～72。

（頁786）以致「要乞閒身」的願望，與「君恩重，卻許令便養，欲去躊躇」的矛盾情懷始終縈迴心頭。終元一世，「仕」或「隱」一直是元代詞人心理最難突破的衝突與掙扎。試看以下幾首詞作：

元初開國功臣劉秉忠，少時懷抱經世之才，因遭逢世亂而披剃爲僧，後應忽必烈召入藩邸，意欲拯危當世而毅然入世，卻又因「煙霞痼疾」（許有孚〈摸魚子·圭塘〉，頁988）而無法同流於俗，以致常興「不如歸去」之思。如〈點絳脣·梅〉云：

> 策杖尋芳，小溪深雪前村路。暗香時度。更在清幽處。　　一見冰容，便有西湖趣。題新句。句成梅許。折得南枝去。（頁620）

詞人特地杖策雪中尋梅，「暗香」既狀梅格，亦是自況。劉秉忠雖被世祖留置君側，時見倚重，卻無法施展鴻鵠大志，有志難伸之無奈，迫使其常游移於仕與隱之間，內心的矛盾、掙扎與無奈，唯藉尋梅以求得心靈的撫慰，故云：「一見冰容，便有西湖趣」，動興歸棲山林之志。

另一位元初重臣趙孟頫，原爲宋室皇族，改節事元後，雖「被遇五朝，官居一品，名滿天下」，〔註221〕卻始終懷志不遇，終其一生，不過是元室點綴太平之文學貢臣而已。身爲南宋皇室遺族，卻又立身異朝，以致興亡之感與身世之悲在其詞作中，往往表現得比其他宋金遺民更爲含蓄而隱晦。故其始終過著一種「形見」於官場，而「神藏」於詩文及大自然的「吏隱」生活。〔註222〕如〈虞美人·浙江舟中作〉云：

> 潮生潮落何時了。斷送行人老。消沉萬古意無窮。盡在長空、澹澹鳥飛中。　　海門幾點青山小。望極煙波渺。何當駕我以長風。便欲乘桴、浮到日華東。（頁805）

上片寫舟行大江之上，以潮生潮落感嘆歲月匆逝，人老江湖。繼而轉

〔註221〕　麼書儀：《元代文人心態》（北京：文化藝術出版社，1993年10月1版），頁203。

〔註222〕　麼書儀：《元代文人心態》，頁222～223；及徐子方：《挑戰與抉擇——元代文人心態史》（石家庄：河北教育出版社，2001年11月1版），頁189～197。

眼望向澹澹長空，但見群鳥遠逝，不禁引人綿渺之思，因而頓興萬古無窮意緒——千古興亡之感。趙孟頫雖蒙舉薦入朝，位極榮顯，但內疚難消，且時遭人忌。元世祖嘗命其賦詩譏其父執留夢炎（？～1295，宋理宗淳祐四年狀元，位至丞相），當時趙孟頫所賦詩，有「往事已非那可說，且將忠直報皇元」〔註 223〕之語，由是可見其心迹。因是知，其出仕蒙元雖非己願，亦未嘗不是莊子「時命」觀的一種實踐。如其〈水調歌頭〉所云：「行止豈人力，萬事總由天。燕南越北鞍馬，奔走度流年。」（頁 804）正道出其內心出仕異朝之無奈，其後因感悟久在君側，必為人所忌，遂自請外放，並藉此返鄉探視，曾賦詩云：「空有丹心依魏闕，又攜十口過濟州。閒身卻慕沙頭鷺，飛來飛去百自由。」〔註 224〕詩中透露其願效忠直，卻又嚮慕自由的矛盾心情。詞的下片則寫極目遠眺，見煙波渺渺，引發其欲學效孔子「乘桴海上」，〔註 225〕極於日華之東，進入玄玄之境，眾妙之門的異想情致。全篇抒發浩然思歸之旨，及幽渺之情，而出之以清雅之詞，可謂「道賢人君子幽約怨悱不能自言之情，低徊要眇，以喻其致。」〔註 226〕

　　至於元中葉的名臣虞集，以南人的身份側身廊廟，雖然宦途顯

〔註 223〕　事見〔明〕宋濂：《元史・趙孟頫傳》記曰：「帝嘗問葉李、留夢炎優劣，孟頫對曰：『夢炎，臣之父執，其人重厚，篤於自信，好謀而能斷，有大臣器；葉李所讀之書，臣皆讀之，其所知所能，臣皆知之能之。』帝曰：『汝以夢炎賢於李耶？夢炎在宋為狀元，位至丞相，當賈似道誤國罔上，夢炎依阿取容；李布衣，乃伏闕上書，是賢於夢炎也。汝以夢炎父友，不敢斥言其非，可賦詩譏之。』孟頫所賦詩，有『往事已非那可說，且將忠直報皇元』之語，帝歎賞焉。」（北京：中華書局，2005 年 4 月），卷 172，頁 4020～4021。

〔註 224〕　〔元〕趙孟頫：《松雪齋文集・至元庚辰縣集賢出之濟南暫還吳興賦詩書懷二首》（臺北：臺灣學生書局，1985 年 2 月再版），卷 4，頁 179。

〔註 225〕　〔魏〕何晏，〔宋〕邢昺疏，〔清〕阮元校勘：《論語注疏・公冶長第五》：「子曰：『道不行，乘桴浮于海，從我者，其由與？』」頁 42。

〔註 226〕　〔清〕張惠言：《詞選・序》（臺北：廣文書局，1979 年 6 月再版），頁 6。

赫，任職奎章閣侍書學士，〔註227〕受命纂修《皇朝經世大典》，並參與議論編修《遼金元史》，備受文宗賞識與信任。然無端捲入兩代四位君主繼位之爭，〔註228〕後雖因順帝之維護得以全身而退，但早已種下其思遠離朝廷紛爭，乞外或歸隱之念，惜皆不獲，因而不免藉由詩詞抒發內心潛歸之志。虞集〈柳梢青‧題楊補之梅花〉詞云：

> 從別幽花。玉堂金馬，十載忘家。橫幅疏枝，如逢舊識，同在天涯。　　荒村茅屋敬斜。待歸去、重尋釣槎。解卻絲鉤，青鞵藜杖，翠竹江沙。（頁862）

此詞題序云：「至順癸酉立春，客有持逃禪翁此卷相示，清潤蘊藉，使人意消，因所題柳梢青調，亦賦一首云。」全詞以早春開放的疏梅起興，寫久別重逢的欣喜，雖是舊時相識，卻又各自天涯飄零。「待歸去」道出虞集心中嚮往回歸荒村茅屋，竹杖芒鞋，垂釣江海之趣。

　　元中後期文人中少數位至顯貴的許有壬，生於元代盛世，成長經歷於「不清平」之亂世，以致宦海屢生波瀾，前後迭經「六仕六隱」之曲折仕途，在元中後期民族矛盾衝突日益加劇的混亂世代下，位高而疏的許有壬深知，出仕元朝猶如坐繫囹圄，處處受制，加以仕途險惡，空有濟世之材，卻無施展理想的空間，因而興嘆云：「一生白浪紅塵，得歸才見乾坤闊。」（〈水龍吟‧己亥中秋用婿韻〉，頁956）

〔註227〕　按：文宗天曆二年二月（1329），虞集上〈開奎章閣疏〉，請設奎章閣，作為皇帝的御書房，並召學士侍講儒家內聖外王之道，兼修國史，提倡書畫藝術。三月奉敕著〈奎章閣銘〉，四月應制作〈奎章閣記〉。從奎章閣的創設、到確立組織制度，虞集出力甚勤，備受文宗的賞識與信任。至順三年（1332），文宗崩殂，虞集請歸之後，遂廢除。詳參姜一涵：《元代奎章閣及奎章人物》頁35～40。

〔註228〕　元順帝元統元年（1333），虞集因「御史有言」，提及其為文宗草詔順帝非明宗子一事，故以疾告老還家。事見〔明〕宋濂：《元史‧虞集傳》記曰：「初，文宗在上都，將立其子阿剌忒納答剌為皇太子，乃以妥歡帖穆爾太子乳母夫言，明宗在日，素謂太子非其子，黜之江南，驛召翰林學士承旨阿隣帖木兒、奎章閣大學士忽都魯篤彌實書其事于《脫卜赤顏》，又召集使書詔，播告中外。時省臺諸臣，皆文宗素所信用、同功一體之人，御史亦不敢斥言其事，意在諷集速去而已。」卷181，頁4180。

故其早已參透「浮雲春夢，功名富貴」（〈水龍吟・甲申七月二十六日，偕王居仁仲武小酌洹堂〉，頁 966）與「閒方是眞」（〈水龍吟・次前韻〉，頁 966）的人生哲理。〔註229〕正是這一種深重的儒家使命意識，與洞澈時勢之不可違逆的衝突感，導致其心中時時浮現「倦鳥心態」，〔註230〕云：

> 長鋏休彈，瑤琴時鼓，倦鳥誰教強去來。（〈沁園春・次班彥功韻〉，頁 956）
>
> 青天外，斜陽澹澹，倦鳥正飛還。（〈滿庭芳・偕誊士安馬明初登荀和叔廣思樓〉，頁 971）

以上二句皆表明其厭倦仕途，欲效陶淵明〈歸去來兮辭〉云：「雲無心以出岫，鳥倦飛而知還。」〔註231〕一心嚮往歸耕田園，遠離宦海風波。而這樣微小的心願竟在仕宦四十三年之後，才得一嘗夙願。是以許有壬既知宦海浮沉之不可逃避，只有藉由他人的退藏行止抒發一己之幽怨，如〈沁園春・寄題詹事丞張希孟綽然亭，用王繼學參議韻〉云：

> 俯仰乾坤，傲睨羲皇，優游快哉。看平湖秋碧，淨隨天去，亂峰煙翠，飛入窗來。鴻鵠翺翔，雲霄寥廓，斥鷃蓬蒿莫見猜。門常閉，怕等閒踏破，滿院蒼苔。　　人間暮省朝臺。奈烏兔堂堂挽不回。愛小軒月落，夢驚風竹，空江歲晚，詩到寒梅。兩鬢清霜，一襟豪氣，舉世相知獨此杯。京華客，問九街何處，堪避風埃。（頁 955）

題序中的張希孟，即元代知名散曲家張養浩（1269～1329）。英宗時，

〔註229〕 此一思想大致根源於《莊子・逍遙遊》中感嘆道：「歸休乎君，予無所用天下爲」、「宋人資章甫適諸越，越人斷髮文身，無所用之」、「非不呺然大也，吾爲其無用而掊之」、「今子之言，大而無用，眾所同去也」等，都是爲求避禍保身而採取的一種因時制宜的作爲。〔清〕王先謙撰：《莊子集解》，卷1，頁5～8。

〔註230〕 此說參考寧曉燕：《許有壬詞研究》（廣州：暨南大學中國古代文學系碩士論文，2006 年 5 月），頁22～23。寧氏並認爲《圭塘樂府》中所表現出的倦鳥心態是許有壬的人生挫折感、幻滅感與疲憊感的折射與反映。

〔註231〕 〔晉〕陶潛著，龔斌校箋：《陶淵明集校箋》，卷 5，頁 453。

以孝親之名辭官歸養，其後雖多次徵辟，堅辭不復出。退隱家園，築一亭曰「綽然」，蓋取《孟子‧公孫丑下》曰：「我無官守，我無言責也，則吾進退，豈不綽綽然有餘裕哉」〔註232〕之意。詞的上片圍繞綽然亭之名，記述友人歸隱之興與其志趣襟懷相發明，言詞中充滿對友人的稱賞與欣羨之意。下片轉而抒發自己宦海浮沉的苦悶與無奈，對照彼此間不同的生活與心情，自是根觸滿懷。「愛小軒月落，夢驚風竹，空江歲晚，詩到寒梅」四句極寫思鄉憶舊之情，詞句清雅，意象鮮明。最後反詰以「何時逃離宦海風埃？」作結，流露其內心深處企慕歸隱之思。

上述元代諸館臣，在其一生仕宦經歷中，都無可逭免地遭遇「仕」與「隱」的外在衝突與內心交戰，一方面基於傳統士族必須肩負捍衛道統的神聖使命，為拯危當世而毅然出仕；另一方面因為異族統治下種種歧視不公，導致時命難遇，仕途多舛，於國無望，於身難安，以致徘徊仕途，流離困頓，最終嘆悟道：「一生白浪紅塵，得歸才見乾坤闊。」彼等出仕為官的心理，實際上隱藏著濃郁的思鄉情懷與潛隱之志。

（二）寄跡園林，放情山水

元代文人除了處於上述在「仕」與「隱」之間衝突交戰的兩難情況外，大部分的文人迫於無奈與現實，仍然選擇回歸閭里，寄跡於田園，放情於山水。其根本原因仍在於元代文人在現實生活上，並非真的想要絕塵避世；但在精神上，卻又希冀能身在塵世而精神超脫，不棄人間。〔註233〕以至於他們僻靜於園林，為自己構築一個世外桃源，以安放身心，澡漑心志，遠避紅塵紛擾。自是而後，靜念園林好，徜徉泉石，盤桓亭木，便成為文人內心沉積的精神力量所精心構築而外化為「適志」、「自得」的一個自然生活空間。以致歸隱的文人樂此不

〔註232〕　〔漢〕趙歧注，〔宋〕孫奭疏，〔清〕阮元校勘：《孟子‧公孫丑下》，卷4上，頁76。
〔註233〕　陶然：《金元詞通論》（上海：上海古籍出版社，2001年7月1版），頁123。

疲地流連其中，詩酒唱和，相與往還；或居靜賞藝玩物，獨享自然美景與自在適愜的人生；或呼朋引伴，群聚宴飲，登山臨水，放流江中，尋訪桃源仙鄉。如劉敏中〈最高樓〉詠其別墅云：「山家好，河水淨漣漪。茅舍綠蔭圍。……興來便作尋花去，醉時不記插花歸。問沙鷗，從此後，可忘機。」（頁765）又如沈禧〈風入松・題城西草屋〉云：

> 隱君家住郭西閭。清政總堪論。身居廛市心丘壑，四時將、風月平分。座有洪儒談笑，門多長者蹄輪。　　數椽草屋僅容身。別是一乾坤。小山花木饒佳趣，勢嶄巖、氣壓崑崙。興到自彈綠綺，閒來時倒金樽。（頁1040）

此詞顯示出沈禧嚮往結廬人境，具有田園之美的幽居處所。詞中記述隱身城郭外的草屋，充滿天然機趣，屋小雖僅容身，卻有乾坤天地之寬闊。園中山花佳美、山石危峻，氣勢足可與崑崙仙境誇勝，興來彈琴，閒時飲酒，悠遊其間，自有丘壑之寬與清雅之興。詞人選擇這種「結廬人境，心遠地偏」的幽居地點，正顯示出其在心境上屬於「在世而離俗」，或「不離世而脫俗」的隱逸型態，以此與世俗有所區別而能超然於物外。〔註234〕

　　草屋、茅舍在隱者的心目中，如亂服亂頭的佳人，簡淡素樸。而園林則是自然與人工的完美結合，其一方面模擬自然，於方寸之間顯露自然機趣；另一方面，則是以人力美化自然，使得一草一木都顯露出造園者的匠心獨運。是以〔德〕黑格爾（Georg Wilhelm Friedrich Hegel, 1770～1831）認為，園林藝術是創造一種環境，一種第二自然。〔註235〕它是在有限的空間裡，創造出視覺無盡的、具有高度自然精神境界的環境，是為了補償人們與大自然環境相對隔離而人為地創設的第二自然，〔註236〕具有美的生境、美的畫境和美的意境，〔註237〕

〔註234〕　龔鵬程：《飲食男女生活美學》（臺北：立緒文化事業有限公司，1998年9月），頁234～235。

〔註235〕　〔德〕黑格爾著，朱光潛譯：《美學》（臺北：里仁書局，1981年5月），第1冊，頁110～113。

〔註236〕　周維權：《中國古典園林史》（臺北：明文書局，1991年3月），頁1。

成爲中國傳統文化中一道美麗的風景。〔元〕李祁（1299～？）在〈草堂名勝集序〉提及顧阿瑛所築「玉山草堂」，記述文人們寄情園林美景，歡聚宴遊之樂，曰：

> 仲瑛即所居之地偏，闢地以爲園池，園中爲堂爲舍爲樓爲齋爲舫，敞之而爲軒，結之而爲巢，茸之而爲亭，植以佳木善草，被之芙蕖菱芡鬱焉……而所謂玉山草堂又其勝處也，良辰美景士友群集，四方之來與朝士之能爲文辭者，幾過蘇必之焉，之則歡意濃洗，隨興所之，羅尊俎，陳硯席列坐而賦，分題布韻，無問賓主仙翁釋子亦往往而在歌行，比興長短雜體靡所不有，於是衷而第之以爲集，題之曰《草堂名勝》。〔註238〕

而錢霖（生卒年不詳）亦有一首〈鎖窗寒‧題玉山草堂〉記此勝槩，詞云：

> 書帶生香，忘憂弄色，四窗虛悄。茅茨淨覆，棟宇洗空文藻。捲珠簾，雨痕暮收，綺羅靜隔紅塵島。對紙屏素榻，拂潭烟樹，掃簷風篠。　深窈。西園曉。似日照爐峯，數聲啼鳥。瑤蓮倚蓋，曉水靚妝孤褭。浣花溪，尚餘舊春，穠芳膩馥吟未了。望東林，小徑斜通，夢約香山老。（頁1122）

由詞中藻飾麗詞的細膩刻繪，可以想見顧阿瑛如何精心構建與規劃玉山草堂，由室外築臺樓舍、花木種植、亭蓋蓮池的佈建，到室內窗櫺竹榻、筆硯香爐、珠簾屏風的擺設，無一不精巧細緻，充滿主人的藝術巧思與風雅情趣，不但使賓友盡享歡飲雅集的快樂，同時亦得欣賞自然美景的愉悅，從而興起一股田園隱逸之風，盛行以風雅相尙，帶動藝術文學的發展。〔註239〕

〔註237〕　孫曉翔：〈生境‧畫境‧意境〉，收入宗白華等著：《中國園林藝術概觀》（南京：江蘇人民出版社，1987年），頁423。

〔註238〕　〔元〕李祁：《雲陽集》，《四庫全書珍本》，第1343冊，卷6，頁8。

〔註239〕　〔清〕趙翼著，王樹民校證：《廿二史箚記校證》：「元季士大夫好以文墨相尙，每歲必聯詩社。四方名士畢集，讌饗窮日夜，詩勝者輒有厚贈。……顧仲瑛玉山草堂，楊廉夫、柯九思、倪元震、張伯雨、于彥成諸人嘗寓其家，流連觴詠，聲光映蔽江表。此皆林下之

　　元代文人的歸隱大多數是出於時命不濟的無奈選擇，卻又無法完全割斷與人世的聯繫，無法完全擺脫人世的糾葛，所以他們選擇從矛盾重重、險象環生的人世逃回自己的園林，以避開宦海風浪，享受靜美田園中的自由恬適。如以下二首王惲〈水調歌頭〉詠園林之美與讌集之樂云：

> 野飲不稱意，歸促紫游韁。誰知草堂深處，清賞興尤長。夢裏佳人錦瑟，眼底瓦盆濁酒，衣袖醉淋浪。歌罷竹軒晚，風細月波涼。　　為東園，梅與竹，足清香。不須更栽桃李，花底駐春光。人道漆園家世，王謝風流未遠，培取桂枝芳。讀書貧亦好，此語試平章。（頁 649）

> 園林足佳勝，鐘鼓樂時康。去天尺五韋杜，此日漢金張。誰似主人好客，暫趁金華少暇，尊俎共徜徉。三館儘英雋，簪履玉生光。　　眺東臺，登北榭，宴南堂。露涼玉簪零亂，竹靜有深香。醉聽新聲金縷，愛仰東山雅量，清賞興何長。高詠遂初賦，松柏鬱蒼蒼。（頁 651）

第一首題序云：「為仲方東園賦」，先是說明野飲歸來不稱意，繼而促歸田園，更覺草堂清賞興味濃，不論或醉或臥都足以舒展自如，以琴、詩、書、酒盡得怡然清賞之樂趣。接著敘寫園中不栽豔麗的桃李，而是選擇梅與竹之清雅幽逸，隱喻個人高潔的心志。第二首則為宴飲所寫，題序曰：「宴張右丞遂初園」。起句即稱美遂初園景佳勝，主人熱情好客，趁此良辰美景設宴饗貴客，一起喝酒、彈琴、賦詩，賓主盡情歡聚。或登臺遠眺，或高臥東山，甚至將自然美景收聚於方寸庭園，

人，揚風扢雅，而聲氣所屆，希風附響者，如恐不及。其他以名園、別墅、書畫、古玩相尚者，更不一而足。如倪元震之清閟閣、楊竹西之不礙雲山樓，花木竹石，圖書彝鼎，擅名江南，至今猶有豔稱之者。獨怪有元之世，文學甚輕，當時有九儒十丐之謠，科舉亦屢興屢廢，宜乎風雅之事棄如弁髦，乃搢紳之徒風流相尚如此。蓋自南宋遺民故老，相與唱嘆於荒江寂寞之濱，流風遺餘，久而弗替，遂成風會，固不繫乎朝廷令甲之輕重也歟？」（北京：中華書局，1984 年 1 月 1 版），卷 30，頁 705。

沉浸其中足以開廣心胸，令人忘憂解悒，成為詞人生活中一大雅興，〔註240〕同時美麗的莊園堂屋，透過精心建構的庭園景觀與自然清景，亦成為文人交遊酬唱，聯繫情誼的最佳場所。

由以上詞作中可以想見元代文人歸隱之後，或關建田園，宴集賓友，吟風賞月，邀醉窗下；或築草堂茅屋，栽花種竹，彈琴賦詩，高臥東山，享受美麗的田園風光，與閒適自得的生活樂趣。然而，這些都是在一個有限的空間庭園裡組合自然與人為景觀所構築的美景、美境的一種隱逸生活方式。另外，亦有選擇走出庭園，親近廣闊的自然山林，投身無盡的宇宙時空中，閒居野水之濱，溯溪訪桃源，杖策尋淵藪，放情山林式的隱逸生活。如胡祗遹〔註241〕感懷云：「人生百年間，短景一彈指。不能為名臣，便當作高士。……何當遂野逸，杖履求園綺。胡為逐流俗，汲汲懼寒餒。」〔註242〕人生短促，彈指即逝，若不能在世為名臣，不如仿傚陶淵明作高士，置身浩瀚宇宙時空，悠遊山水自然中。試看其〈木蘭花慢‧春日獨遊西溪〉云：

愛西溪花柳，紅灼灼，綠陰陰。更細水園池，修篁門巷，一徑幽深。春風一聲啼鳥，道韶華、一刻抵千金。飛絮游

〔註240〕 樊美筠：〈中國古典美學中的「生態意識」〉論及古代園林建築中，「借景」是一個很重要的原則，即將居處外的自然景色納入室內，打通人為建築與外在自然的藩籬，使居住者的目光得以觀賞廣闊的自然景致。且主動追求自然，如種花、栽松、築臺……等，無一不是邀請自然進入他們的生活與生命之中。《哲學與文化》第28卷第9期（2001年），頁792。

〔註241〕 胡祗遹（1227～1295），字紹開，號紫山，磁州武安（今屬河北）人。早歲勤奮好學，見知於名流。元世祖中統初，張文謙宣撫大名，辟員外郎。至元元年，授應奉翰林文字，兼太常博士。後因建言忤權奸阿合馬，出為太原路治中。至元十九年上書建言，極獲肯定。召拜翰林學士，未赴職，改任江南浙西道提刑按察使，尋以疾辭歸。卒諡文靖。其學出於宋儒，以篤實為宗，務求明體達用，不屑空虛之談。詩文自抒胸臆，無所依仿，亦無所雕飾，以理明辭達為主。據《永樂大典》輯佚成《紫山大全集》，詞在集中，亦疏快明朗。事跡見《元史》卷170。

〔註242〕 〔元〕胡祗遹：〈至元五年九月五日曉步翰苑蔬圃感懷而作〉，《紫山大全集》，《景印文淵閣四庫全書》，第1196冊，卷1，頁12。

絲白日，忍教寂寞消沉。　　我來無伴獨幽尋。高處更登
臨。但白髮衰顏，羸驂倦僕，幾度長吟。人生百年適意，
喜今年、方始遂歸心。醉引壺觴自酌，放歌殘照清林。（頁
697）

上片先鋪陳西溪清幽美好的景緻，誇言獨遊西溪一刻勝抵千金。下片
始說明脫盡塵累，辭官歸隱以此為最樂，終於得以一償登高尋幽，「杖
履求園綺」，詩酒相伴的心願。全詞跳躍一股辭官重返自由的欣喜之
情。

　　同樣的心情，劉敏中亦深有體悟曰：「無窮塵土與風濤，名利兩
徒勞。解印便逍遙。」（〈太常引・憶舊〉，頁 777）這都反映出元代
漢族士人「仕」、「隱」的矛盾情結，在「世路崎嶇，世事紛更，年來
飽諳」（張埜〈沁園春・和人韻〉，頁899）的詞人心中，最終的期待
仍是歸隱田園。劉敏中〈最高樓〉云：

山家好，河水淨漣漪。茅舍綠陰圍。兒童不解針垂釣，老翁
只會寶澆畦。我思之，君倦矣，去來兮。　　也問甚野芳亭
上月。也問甚太初巖下雪。乘款段，載鴟夷。興來便作尋花
去，醉時不記插花歸。問沙鷗，從此後，可忘機。（頁765）

此詞題序云：

古齋受益所居，當繡江之源，江北流二十里，其東壖有曰野
亭者，則余之別墅也。頃歲，余與古齋同在京師，而同有歸
歟之思，逮茲而同如其志同樂也，作詞以道之，同一笑云。

題序中的「古齋」，即張受益之號，以其蓄古物甚豐，以博古稱，故
以「古齋」自號，嘗與劉敏中同在京師任職。二人志同道合，先後辭
官歸隱，劉敏中於繡江東壖築別墅而居，名為野亭，與卜居繡江源頭
的張受益時相往還，二人登山尋花，「嘯詠相忘，追泉石之樂」（〈念
奴嬌〉題序，頁 756）。起句即稱美野亭山環水繞，景色清幽。接著
用莊子「抱甕灌園」〔註243〕的典故，敘寫歸隱之後勞動生活的簡率

〔註243〕　〔清〕王先謙撰：《莊子集解・天地》：「子貢南遊於楚，反於晉，
　　　　過漢陰，見一丈人，方將為圃畦，鑿隧而入井。抱甕而出灌，搰搰

淳樸，同時突出其棄絕名利、不戀棧官場的清貧志節，並積極招友偕
隱，共遂其志。興來但學馬援「乘款段」〔註244〕漫步人間行路，願
效范蠡「載鴟夷」〔註245〕浮海，醉忘插花而歸，與鷗鳥共忘機。全
篇疏朗清雅，充滿隱逸的象徵寓意。

又如凌雲翰〔註246〕〈蝶戀花〉云：

過雨春波浮鴨綠。草閣三間，人住清溪曲。舊種小桃多似
竹。亂紅遮斷松邊屋。　　有客抱琴穿翠麓。隔水呼舟，
應是憐幽獨。歷歷武陵如在目。幾時同借仙源宿。（頁1146）

此詞上片寫清溪幽美之景，下片寫企羨隱逸的情懷。上片寫春雨過
後，水色濃綠，「春波」二字點活春風拂水，波光盪漾，極富情趣。
續寫草閣周圍桃紅爛漫，掩映松邊草屋，一靜一動，意境幽美。下片
由景轉而刻畫隱者的形象，閒雅幽靜，抱琴獨尋清溪，令人宛若身處
桃源仙境。詞語明麗幽潔，形象清雋飄逸，簡筆勾勒，情趣盡出。

然用力甚多而見功寡。子貢曰：『有械於此，一日浸百畦，用力甚
寡而見功多，夫子不欲乎？』為圃者印而視之曰：『奈何？』曰：『鑿
木為機，後重前輕，挈水若抽，數如泆湯，其名為橰。』為圃者忿
然作色而笑曰：『吾聞之吾師：「有機械者必有機事，有機事者必
有機心。」機心存於胸中，則純白不備；純白不備，則神生不定；
神生不定者，道之所不載也。吾非不知，羞而不為也。』子貢瞞然
慚，俯而不對。」卷3，頁105～106。

〔註244〕〔南朝宋〕范曄：《後漢書・馬援傳》記曰：「封援為新息侯，食邑
三千戶。援乃擊牛釃酒，勞饗軍士。從容謂官屬曰：「吾從弟少游
常哀吾慷慨多大志，曰：『士生一世，但取衣食裁足，乘下澤車，
御款段馬，為郡掾史，守墳墓，鄉里稱善人，斯可矣。致求盈餘，
但自苦耳。』」卷24，頁313。

〔註245〕〔漢〕司馬遷撰，〔宋〕裴駰集解，〔唐〕司馬貞索隱，〔唐〕張守
節正義：《史記・越王句踐世家》「范蠡浮海出齊，變姓名，自謂鴟
夷子皮，耕于海畔，苦身戮力，父子治產。」卷41，頁695。

〔註246〕凌雲翰（生卒年不詳），字彥翀，號柘軒，錢塘人。才高學博，精
通《周易》，為鄉里所推重。元順帝至正九年舉浙江鄉試，除平江
路學正，不赴。明洪武十四年因鄉人薦舉被迫入京，授四川成都教
授。坐貢舉乏人，謫南荒而卒，歸骨西湖。有《柘軒集》。其詩華
而不靡，亦工詞，曾作梅詞〈霜天曉角〉、柳詞〈柳梢青〉各一
首，號「梅柳爭春」。

　　隱逸既是遠避世俗，追求高潔絕塵的一種生活型態，以致「慕陶」
現象便成為傳統文化史上一大人文景觀，陶淵明儒、道兼融的「田園
情懷」，成為元代文人學效的典範。對陶淵明「田園情懷」的嚮往歌
頌，實際上就是對人與自然和諧、借山水澡雪精神生活方式的一種讚
揚。〔註247〕元詞中尋訪桃源仙鄉之作，都流露出對桃源的嚮往，歌
頌其中的理想世界，體現出濃厚的「慕陶」思想。如梁寅〔註248〕〈木
蘭花慢·桃源〉云：

> 愛山中日月，春漸去，又還來。望水繞人家，雲生窗戶，
> 岫轉峯迴。層層絳桃千樹，似丹霞、散綺映樓臺。世上從
> 教桑海，人間自有蓬萊。　　漁郎未必是仙才。偶爾到天
> 台。喜相問相邀，山中穀簌，樹裏尊罍。何便尋歸路，是
> 風波險處未心灰。要似秦民深隱，桃花只好移栽。（頁1077）

又楊弘道〔註249〕〈望江南·詠桃源〉云：

> 桃源好，雞黍競相邀。鸞鳳有期朝絳闕，風霆無計上青霄。
> 萬點落英飄。　　茅屋底，何以水永朝。一念不從癡處起，
> 萬緣都向靜中消。知命也逍遙。（頁601）

其他如張雨〔註250〕〈南鄉子·題李紫簣山居〉云：

〔註247〕申喜萍：《南宋金元時期的道教文藝美學思想》（北京：中華書局，
　　　　　2007年9月），頁76。

〔註248〕梁寅（1303～1389），字孟敬，號石門，新喻（今江西新餘）人。
　　　　　家貧，自力於學，淹貫百家。累舉於鄉，不第。元末辟集慶路儒學
　　　　　訓導，以親老辭，隱居教授。明洪武初徵天下名儒修撰禮樂書，寅
　　　　　亦在列，論議精審，諸儒皆推服。後結廬石門山，以著書撰述終老，
　　　　　學者稱梁五經。寅以經學名家，又頗究心史學，工詩文詞，有《石
　　　　　門集》。文理醇肆，詩格春容淡遠，規仿陶淵明、韋應物。詞多寫
　　　　　野居閒趣，風致略近其詩。

〔註249〕楊弘道（1189～1259），字叔能，號素庵，淄川（今屬山東）人。
　　　　　原仕金朝，後南歸宋，為襄陽府學教諭。以詩聞名金朝，趙秉文等
　　　　　亟稱之，至比為金膏水碧、物外難得之寶。元好問序其集，謂金南
　　　　　渡後學詩者，惟辛願、楊弘道能以唐人為指歸。有《小亨集》，存
　　　　　詞九首。

〔註250〕張雨（1277～1350），字伯雨（一作天雨），號貞居子，又號句曲外
　　　　　史、山澤臞者、幻仙，錢塘（今屬浙江杭州）人。二十餘歲棄家當

石壁倚清秋。袖拂煙痕寫遠游。信有平生濠濮想，悠悠。
身似潛魚嬾上鉤。（頁914）

又如許有壬〈清平樂‧題郭思誠山居〉云

西巖仙老。身在蓬萊島。竹月松雲塵不到。況有清風自掃。
（頁980）

就隱逸文化的內涵觀之，「隱」的實質在於保持精神的寧靜、獨立和
自由，不受現實的束縛和世俗的污染，獨與天地精神相往來。以上幾
首吟詠桃源詞作即體現詞人不必玉質仙才，悠遊山中日月，懷抱濠濮
間想，〔註251〕身似潛魚嬾上鉤，萬緣都向靜中消融，自然知命而逍
遙，保有精神上的獨立自主，與超然物外之情。

（三）高蹈遊仙，全性葆真

元代因為統治政策的寬鬆，對宗教採取兼容並蓄的優禮政策，成
為諸教並興，宗教文化發達的朝代。其中尤以金末元初興起的全真道
教，以其祈禱齋醮之術，撫慰人心面對生命無常之感，提供亂世中人
民安身立命的隱身所，影響當時社會百姓與文人儒士最大，與詞的關
係也最為密切。由於全真教派在思想信仰上援儒、釋為輔，以不獨居
一教為原則，每渡徒眾，則勸人誦讀《般若心經》、《道德清靜經》及
《孝經》，因而普遍獲得文人儒士的接受，且與當時元代社會普遍充斥
的一股隱逸潛歸的氛圍相契合，對當時文人創作和文學思想影響很大。

元詞中所體現的另外一種隱逸之志，起因於特定的政治社會背
景，文人儒士在亂世中無所依歸，因而他們選擇「苟全性命於亂世，

道士，居茅山。博學多藝，善談名理，與趙孟頫、楊載、虞集等為
文字交。詩文豪邁瀟落，體格遒上，有《句曲外史集》三卷。其《貞
居詞》亦清曠超脫，饒方外思致。
〔註251〕典出《莊子‧秋水篇》，莊子曾在濠水邊與惠子辯論魚樂，後在濮
水邊對楚王的使者，以神龜曳尾來比喻自己貴山海的放逸之心。
〔清〕王先謙撰：《莊子集解‧秋水》，卷4，頁151～152。〔南朝
宋〕劉義慶編撰，楊勇著：《世說新語校箋‧言語》曰：「簡文入華
林園，顧謂左右曰：『會心處不必在遠；翳然林水，便自有濠濮閒
想也，不覺鳥獸禽魚，自來親人。』」卷上，頁95。

不求聞達於諸侯」〔註252〕的「半隱半俗，亦隱亦俗」〔註253〕的生活
形態，入仕是一時的選擇，出世則是最終的歸宿，而終歸於道教隱逸
遁世之風。〔註254〕換言之，元代文人在世亂動盪的時代，選擇遠避
塵俗，遁跡山林，慕道遊仙，以求得全性葆眞的隱逸人生觀。

　　這種消極避世的人生觀其來有自，早在莊周時代，就提倡人應回
歸自然，斂藏自省，過著一種自我娛悅、親近大自然的生活，云：「就
藪澤，處閒曠，釣魚閒處，無爲而已矣。此江海之士，避世之人，閒
暇者之所好也。」〔註255〕道教繼承了這種思想，因而道教的宮觀大多
建築在風景秀麗的深山中，因此尋訪道觀，遊心玄虛，也化爲詞人筆

〔註252〕　〔蜀漢〕諸葛亮：〈出師表〉，收入〔清〕嚴可均輯：《全上古三代
　　　　　秦漢三國六朝文・全三國文》，卷58，頁1369。

〔註253〕　根據麼書儀對戴表元晚年迫於生計，出任新朝「教授」的態度所做
　　　　　的整理，他指出：「相對於出仕，他們常以隱者自居，而和眞正的隱
　　　　　士相比，他們或爲生計的原因不能出世，或因留戀塵俗不願棄世，
　　　　　實際上卻又過著世俗的生活」，這就是所謂的「半隱半俗，亦隱亦俗」
　　　　　的生活。見氏著：《元代文人的心態》，頁222〜242。又見鄧紹基：《元
　　　　　代文學史》（北京：人民文學出版社，2006年6月），頁145。

〔註254〕　趙維江：《金元詞論稿》析論：「金元詞中的隱逸思想，雖然包含有
　　　　　儒家和佛家的隱逸觀，但究其實質，它更接近於道家以全身避禍和
　　　　　享樂人生爲歸旨的遁世精神，體現一種個體生命意識的覺醒和對自
　　　　　由天性的追求。」頁38〜45。

〔註255〕　《莊子・刻意》記曰：「刻意尚行，離世異俗，高論怨誹，爲亢而
　　　　　已矣。此山谷之士，非世之人，枯槁赴淵者之所好也。語仁義忠信
　　　　　恭儉推讓，爲修而已矣。此平世之士，教誨之人，遊居學者之所好
　　　　　也。語大功，立大名，禮君臣，正上下，爲治而已矣。此朝廷之士，
　　　　　尊主強國之人，致功并兼者之所好也。就藪澤，處閒曠，釣魚閒處，
　　　　　無爲而已矣。此江海之士，避世之人，閒暇者之所好也。吹呴呼吸，
　　　　　吐故納新，熊經鳥申，爲壽而已矣。此道引之士，養形之人，彭祖
　　　　　壽考者之所好也。」按：莊子將人格形態析分爲五，即山谷之士、
　　　　　平世之士、朝廷之士、江海之士、道引之士。其中山谷、江海、道
　　　　　引三類，均爲隱者。莊子更進一步提出「體純素」、「恬淡」、「無爲」
　　　　　等方法，以超越現實政治體制，臻於逍遙無待，自由自在之理想精
　　　　　神世界。要之，道家的隱逸觀以莊子之說爲主，注重「時命」、「全
　　　　　身」等觀念，強調主動避世，以出世避禍爲目的。引見〔清〕王先
　　　　　謙撰：《莊子集解》，卷4，頁134〜136。

下追求隱逸生活的樂趣之一。如虞集〈法駕導引・廬山尋眞觀題〉云：

> 欄杆曲，正面碧崖嵬。嵐氣著衣成紫霧，墨香橫壁長蒼苔。
> 柏影掃空臺。　　江海客，欲去更徘徊。霧髮雲鬟何處在，
> 風泉雪磴幾時來。鶴翅九秋開。（頁861）

詞中繚繞一股紫霧嵐氣，清幽靜謐的道觀，染上濃濃的仙家氣，令人徘徊不忍離去。虞集另有一首〈贈彭致中游廬山〉詩云：「錦繡煙雲隨鳳起，珠璣淙瀑作龍跳。陶潛菊徑須頻往，李白松巢亦易招。」〔註256〕詩境與詞意相彷，均體現出虞集融釋道於一，心雖嚮慕仙境，身卻常住人間，以求得全身避禍、享樂人生的隱逸思想。

又如尹志平〔註257〕〈西江月・秋陽觀作〉云：

> 我愛秋陽地僻，松巖來往人稀。不勞打坐自忘機。兀兀陶
> 陶似醉。　　坐上有山有水，心間無是無非。朝朝常見白
> 雲飛。可以留連適意。（頁1167～1168）

開篇即云：「我愛秋陽地僻」，是主動避世的「山谷之人」。詞人因僻靜秋陽觀，日日仰望白雲舒展而忘機，因山水而滌盡塵慮，忘懷是非，適驗證老莊所倡，回歸自然得以全性葆眞之說。

又如姬翼〔註258〕〈青杏兒・詠菊〉云：

> 春夏競芬芳。天憐此秘惜藏光。紛華落盡方開展，疏叢淺

〔註256〕　〔元〕虞集：《道園類稿》（臺北：新文豐出版社，1985年，《元人文集珍本叢刊》，第6冊），卷8，頁361。

〔註257〕　尹志平（1169～1251），字太和，道號清和，萊州（今屬山東）人。年僅十四歲，從馬鈺（丹陽眞人）入道。金章宗明昌初，師事丘處機（長春眞人），特受器重；又學《易》於郝大通（太古眞人）。曾隨丘處機應元太祖成吉思汗之詔，遠赴西域。丘處機死後，嗣主長春宮，繼掌全眞教事。元世祖詔賜「清和妙道廣化眞人」，世稱清和眞人。有《葆光集》三卷。詳參陳宏銘：《金元全眞道士詞研究》（高雄：國立高雄師範大學中國文學系博士論文，1997年），頁384～396。

〔註258〕　姬翼（1192～1267），字輔之，入道後，名志眞，號知常子，澤州高平（今屬山西）人。幼穎悟，十三歲能賦詩，弱冠通天文地理陰陽曆律之學。蒙元入侵，流徙冀洲南宮，後遇棲雲王眞人，執弟子禮，賜今號名，從遊之。元世祖詔賜「文醇德懿知常眞人」。有《雲山集》八卷。詳參陳宏銘：《金元全眞道士詞研究》，頁397～410。

淡，孤標冷落，獨傲秋霜。　　好在水雲鄉。無人知、見
又何妨。賞心希遇陶元亮，新松相對，金英依舊，風逗天
香。（頁 1219）

此詞描寫眾芳凋零之後始開放的秋菊，詞中特別突出秋菊生長於水雲鄉，即使無人欣賞又何妨，但求得覓知音如陶淵明，不負其清幽天香。「孤標冷落，獨傲秋霜」，是秋菊孤傲不群的神韻，亦是詞人自況遠避塵俗，隱遁山林，潛心修道之志。尤其「逗」字用的靈活，秋菊性屬自然，回歸於自然，適性適所，適得天然眞趣。

又白樸亦曾記載遊仙祠，企望慕道登仙，如〈滿江紅・題呂仙祠飛吟亭壁，用馮經歷韻〉云：

雲外孤亭，空悵望、煙霞仙客。還試問、飛吟詩句，爲誰
留別。三入岳陽人不識，浮生擾擾蒼蠅血。道老精、知向
樹陰中，曾來歇。　　松穉在，虯枝結。皮溜雨，根盤月。
恨還丹不到，後來豪傑。塵世千年翻甲子，秋空一劍橫霜
雪。待他時、攜酒赤城遊，相逢說。（頁 632）

此爲白樸遊呂仙祠題飛吟亭〔註 259〕壁詞。呂仙祠，俗名黃粱夢祠，供奉呂洞賓，〔註 260〕在今河北邯鄲市黃粱夢鎮，據聞黃粱夢的故事即發生於此。白樸遊呂仙祠，有感於人間競逐名利如蒼蠅嗜血，紅塵翻滾如秋劍橫霜，亟需呂仙渡化凡塵俗子，惜呂翁已得道仙去，期待異日再攜酒重尋。

〔註 259〕〔宋〕羅大經：《鶴林玉露》：「世傳呂洞賓，唐進士也。詣京師應舉，遇鍾離翁於岳陽，授以仙訣，遂不復之京師。今岳陽飛吟亭，是其處也。」（揚州：廣陵書社，2007 年 12 月 1 版，《筆記小說大觀》，第 3 冊），卷 13，頁 2320。

〔註 260〕〔宋〕葉夢得撰：《蒙齋筆談》：「世傳神仙呂洞賓，名岩，洞賓其字也。唐呂渭之後。……自本朝以來，與權更出沒人間。權不甚多見，而洞賓蹤跡數見。好道者，每以爲口實，余記童子時，見大父魏公，自湖外罷官還，道岳州，客有言洞賓事者云，近歲常過城內一古寺，題二詩壁間而去。其一云：『朝遊北海暮蒼梧，袖有青蛇膽氣麤。三醉岳陽人不識，朗吟飛過洞庭湖。』」《筆記小說大觀》，第 4 冊，卷下，頁 2611。

　　至於李齊賢〈鷓鴣天‧鶴林寺〉則是對遊仙思想的一種反思，詞云：

　　　　夾道修篁接斷山。小橋流水走平田。雲間無處尋黃鶴，雪
　　　　裏何人聞杜鵑。　　誇富貴，慕神仙。到頭還是夢悠然。
　　　　僧窗半日閒中味，只有詩人得祕傳。（頁1025）

鶴林寺原名竹林寺，〔南朝宋〕武帝時改名鶴林寺，故址在今江蘇鎮
江南黃鶴山上，唐宋時成爲古跡，歷來題詠極多。起句即如一幅畫境，
茂林修竹，小橋流水，寺院清疏淡遠之景立即映入眼簾。接著轉入雲
間黃鶴、雪裡杜鵑的冥思遐想，爲下片「誇富貴，慕神仙」的主題作
鋪墊，意謂人生富貴如繁花凋敝，仙境帝鄉渺如黃鶴一去不復還，既
然富貴非吾所願，帝鄉亦不可期，不如勘破仙界之虛無，放意自適於
宇宙自然之中，獨得坐擁天地閒隱之情味。

　　當人在現實環境中無法得到滿足與適意，當人所生存的環境遭到
外來文化的侵略與摧殘，滿心壓抑的苦悶無處宣洩，生存現世如無形
牢籠使人堙窒違礙，大多數元代文人選擇回歸自然，遁入遊仙世界，
以破除生死、達到萬物與我爲一的境界，企圖解除人有限形體的禁
錮，突破時空的樊籬，使個體形骸與人格精神融入宇宙自然，獲得完
全的釋放與自在，以保全本性，遠避時禍，因而成爲元代詠物詞隱逸
思想中極具時代意義與價值的一大特色。

小　結

　　綜合以上元代詠物詞之題材分析，與寄意內涵之探討，可以得到
以下幾點結論：

　　其一，具現元代詠物題材多元化的特色。筆者根據《全金元詞》
逐一檢索分析元詞三千七百二十一首，得詠物詞八百六十首，佔元詞
總數的百分之二十三點一一。詠物詞題材涵蓋天象、地理、動物、植
物、器用、建築、其他等七大類型，約一百五十種品類。其中以詠植
物類最多，共二百八十二首，尤其詠花詞二百六十首占其中最大多

數；其次爲詠建築類一百七十九首；詠地理類一百五十三首，多爲聯章唱和之作，詠天象類一百零首；以器用爲題材之詠物詞有八十首；凡無法歸類者，皆納入其他題材，共三十二首；以動物爲題材之詞，數量最少，只有二十六首。以上七大類型，具現元代詠物詞題材的多元化，也由此可見，詠物詞寄託的極至，確實到元代大爲興盛，不只在數量上或內容上，具可見出元代詠物詞在詞史上的意義與價值。

其二，流露出元代詞人的人格性靈與生命情調。詠花之作多藉花象喻人格之高潔超逸與孤芳自賞之幽獨情懷。詠建築類，多結合詠史及懷古之思，興發亡國之慨，或詠道觀表現詞人超然物外的清淡之風。詠地理類則多藉詠溪、湖、桃源及名山高峯，寄寓詞人隱逸歸鄉之志。詠天象類多詠雨、雪、月詞等，頗能發揮物象的物性與功能。以器用爲題材之詠物詞多以繁複華麗之詞刻繪物象。至於其他題材，則以詠酒及詠茶詞爲多，或藉酒澆胸中塊壘，或以茶滌盡塵慮，表現靜定神閒之趣。由此可見元代詞人或託物言志，或詠物遣興，在在流露出元代詠物詞人的人格性靈與生命情調。

其三，體現蒙元時代的精神風貌。就元代詠物題材與內涵觀之，元代詠物詞承繼《詩三百》以來抒情寫志之社會功能，發揚主體性，創作量較多的大都屬於第一期詞人，由於不仕異族與儒士失尊的雙重失落，以致詞人轉而追求在廣闊的宇宙空間和內在的精神世界的超越中，尋求心靈的安慰與寄託，多藉詠物寄寓興亡之感與身世之悲，故所作較宋詞多一份高曠與孤憤。元代中葉以後，政治社會相對穩定，文風鼎盛，文化重心南移，社會經濟復甦，吹起一股閒適恬淡，歸隱田園之風，詞人或構建園林書齋，或投身山林，結合音樂、文學、繪畫、茶藝等藝術內涵，營造出優遊自在的「遊於藝」的生活型態，體現理學家遊心物外的生活美學。同時，「仕」或「隱」一直是元代詞人心理最難突破的衝突與掙扎，以致元代詠物詞中普遍充溢著田園情調與山林氣息，反映出一種時代情緒，與普遍的文人精神狀態，這種「思潮化」的傾向，因而形成元代詠物詞隱逸思想中一個極重要的特徵。

第六章　元代詠物詞的藝術特色

　　中國古典文學的傳統基本上是一個抒情的傳統，[註1] 導源於《詩三百》，感物而動，緣情而作，形成一種以「詩言志」為主軸而開展出來的抒情傳統。秉持此一「抒情」理念，數千年來古典文學的美學議題即不斷地探討如何「以藝術媒介整體地表現個人的心境與人格」。[註2] 換言之，就古典詩歌與詩論傳統而言，詩的意義往往是以詩人個人內在的情感意念為重心，同時間接借助於語言文字所呈示的對象事物加以烘襯，由是而形成一種獨特的審美意趣。[註3] 而此一抒情主體到抒情傳統的典範建立，其所指涉的已不只是一種特定的詩體或文體，更可以提升至整個文化史中某一群人具體表現其「價值」、「理想」的方式，[註4] 因此，「一種廣義的『志』和廣義的『言』最

〔註1〕 陳世驤：〈中國的抒情傳統〉，《陳世驤文存》（臺北：志文出版社，1972 年 7 月初版），頁 31〜37。

〔註2〕 意本高友工：〈文學研究的美學問題（下）：經驗材料的意義與解釋〉，《中外文學》第 7 卷第 12 期（1979 年 5 月），頁 44〜51。

〔註3〕 蔡英俊：〈抒情美典與經驗觀照：沉鬱與神韻〉，收入王安祈等著：《中國文學新境界》（臺北：立緒文化事業公司，2005 年 3 月初版），頁 178。

〔註4〕 呂正惠：《抒情傳統與政治現實》：「從『言志』到『緣情』，絕對不只是從人倫、刑政到一般性的個人哀樂，而是從社會群體的和諧問題轉到個人的死生問題。因此，『緣情』說不能泛泛而論，必須從「抒情主體」的重新界定這一角度去掌握，才能得其真髓。」（臺北：大

能描寫中國『抒情』傳統的基本精神」。﹝註5﹞此一論點又關涉兩大議題：其一是詩人的心境與人格如何被詮釋？另一則是詩人如何運用語言文字的藝術手法予以整體地表現？是故千載以降，歷經不同的時代、文化歷史的流衍與發展，如何以有限的語言媒介傳寫那極爲流動精微的情感或意念，便成爲一項備受關注的課題。﹝註6﹞

藝術的本質是語言形式與情感內容的有機組合，劉勰《文心雕龍‧情采》釋曰：「立文之道，其理有三：一曰形文，五色是也；二曰聲文，五音是也；三曰情文，五性是也。五色雜而成黼黻，五音比而成韶夏，五性發而爲辭章，神理之數也。」﹝註7﹞其中「形文」、「聲文」皆是語言形式的藝術表現手法；「情文」則是思想情感的內在本質，二者互爲表裏，相輔相成，必致情采生輝。王易《詞曲史》亦云：「文章之內美，曰四端焉：曰理境也，情趣也，此美之託於神者也；曰格律也，聲調也，此美之託於形者也。託於神者也，爲一切文體所同需；託於形者，則詩歌詞曲之所特重也。」﹝註8﹞由是知，詩歌詞曲不同於一般文體，在於其特別注重語言形式的藝術表現手法，而詞之藝術形式「尤稱微妙難識，繁複難理」。﹝註9﹞詞體興起於晚唐五代花間酒邊之酬酢吟詠，情致低徊要眇、婉轉而幽微。北宋以後詞體彬彬稱盛，名家輩出，在柳永、蘇軾、周邦彥、辛棄疾等名家手中得到高度的提升與發展，﹝註10﹞成爲一代文學之勝。南宋偏安江左，國勢

安出版社，1989年9月），頁36。

﹝註5﹞ 高友工：〈文學研究的美學問題（下）：經驗材料的意義與解釋〉，頁44～51。

﹝註6﹞ 詳參蔡英俊：《中國古典詩論中「語言」與「意義」的論題──「意在言外」的用言方式與「含蓄」的美典》（臺北：臺灣學生書局，2001年4月初版），頁161～214。

﹝註7﹞ 〔南朝梁〕劉勰原著，王更生注譯：《文心雕龍讀本》（臺北：文史哲出版社，1988年9月初版），下編，卷7，頁77。

﹝註8﹞ 王易：《詞曲史‧導言》（臺北：廣文書局，1988年8月），頁3。

﹝註9﹞ 詹安泰撰，詹伯慧編：《詹安泰詞學論集》（汕頭：汕頭大學出版社，1997年10月1版），頁236～237。

﹝註10﹞ 鄭騫：〈柳永蘇軾與詞體的發展〉一文中分析，柳永、蘇軾是推動詞

日衰，君民習於宴樂苟安，極意聲色，詞人雅集度曲，聯吟結社，角技逞采，專務字句聲律之美，趨向唯美典雅之風，而詠物題材最宜鬥新競巧，遂應時丕盛，〔註11〕間接促使詠物詞的藝術表現形式更臻於極致。元代去宋金未遠，改朝易代之黍離傷慟，儒士失尊之苦悶抑鬱，屬於雅文學傳統的詞體，以其幽約怨悱之藝術特質在元代持續發展，加以蒙元草原遊牧文化清剛之風的激盪，詞人「感物吟志」以反映社會現實，寄寓亡國之悲與身世之感，並積極提升詞體藝術的表現手法，呈現鮮明之時代意識與精神風貌。

　　前文已針對元代詠物詞的題材類型與寄意內涵深入探討分析其時代意義與特徵，本章關於元代詠物詞的藝術特色析論，主要著眼於突出物象本身所反映出的時代意義與審美特徵，因此試圖通過對意象、典故與修辭技巧等方面予以探賾分析，藉此了解元代詠物詞人在世異時變之下的心靈圖象與審美趨向。

第一節　意象之運斤

　　意象是中國古典文學中一個具有豐富意涵的範疇，萌芽於先秦，形成於兩漢。《周易‧繫辭》引孔子之言說明意與象之關係，曰：「聖人立象以盡意，設卦以盡情偽，繫辭焉以盡其言。」〔註12〕〔東漢〕王充《論衡‧亂龍》首見「意象」二字並稱，曰：「夫畫布為熊麋之象，名布為侯，禮貴意象，示義取名也。」〔註13〕此處王充稱含有寓

　　　　體發展的重要作家，二人於詞的開創性，一在形式，一在內容。柳
　　　　永工於形式技巧，開姜、張一派婉約詞風；蘇軾則由胸襟氣度方面，
　　　　開陸、辛一派豪放詞風。詳參氏著：《景午叢編》（臺北：臺灣中華
　　　　書局，1972 年 3 月），上編，頁 119～127。
〔註11〕 王偉勇：《南宋詞研究》（臺北：文史哲出版社，1987 年 9 月初版），
　　　　頁 161。
〔註12〕 〔魏〕王弼注，〔唐〕孔穎達疏，〔清〕阮元校勘：《周易正義‧繫辭
　　　　上傳》（臺北：藝文印書館，1955 年，《十三經注疏》本），卷 7，頁
　　　　157。
〔註13〕 〔東漢〕王充原著，黃暉校：《論衡校釋》（臺北：臺灣商務印書館，

意的圖象爲「意象」，作用在於「示義」，並非將之用於探討文學創作的理論。魏晉時期，王弼《周易略例・明象》論曰：「夫象者，出意者也。言者，明象者也。盡意莫若象，盡象莫若言，言生於象，故可尋言以觀象。象生於意，故可尋象以觀意。意以盡象，象以言著。故言者，所以明象。」〔註14〕明確肯定言、意、象三者的辯證關係。而劉勰則是第一位將「意象」一詞引進文學理論的範疇，〔註15〕《文心雕龍・神思》曰：

> 是以陶鈞文思，貴在虛靜，疏瀹五臟，澡雪精神，積學以儲寶，酌理以富才，研閱以窮照，馴致以繹辭。然後使玄解之宰，尋聲律而定墨；獨照之匠，闚意象而運斤；此蓋馭文之首術，謀篇之大端。〔註16〕

劉勰將意象置於文學創作的過程中，與作家虛靜澄明的心靈、學識及語言能力聯繫一起，並且視之爲「馭文之首術，謀篇之大端」。可見意象之運斤，與聲律之諧美，同屬文學創作中極重要的組成部分。而文學藝術意象之創造，不僅止於外在物象的融會，同時亦關涉作家個人的生活經驗、學養、性格、情感與思想等相結合之後所展示出形象的意義與神采。因而，形象的意義、神采，是一個時代或文化精神的凝聚與累積，所形成的一個包蘊豐富而又充滿生機的文化意涵。透過對此一文化意涵的探討尋繹，可以勾勒出一個時代的精神風貌與文人的心靈圖象，這就是所謂的「意象」。〔註17〕簡言之，「意」即是詩人的

1983 年 12 月），卷 16，頁 702。

〔註14〕〔魏〕王弼：《周易略例》（臺北：成文書局，1976 年，《無求備齋易經集成》，第 149 冊），頁 21～22。

〔註15〕陳植鍔：《詩歌意象論》（北京：中國社會科學出版社，1990 年 8 月），頁 18。

〔註16〕〔南朝梁〕劉勰原著，王更生注譯：《文心雕龍讀本》，下編，卷 6，頁 3～4。

〔註17〕關於「意象」一詞，現代文學評論者多著眼於心靈與外物的相結合，如陳植鍔：《詩歌意象論》釋曰：所謂「意，即作者主觀方面的思想、觀念、意識，是思維的內容；象，即客觀物象，包括自然界以及人身以外的其他社會聯繫的客體。」又曰：「意象是指作者根據主旨

主觀情感、思想等；「象」即是客觀物象，包含自然界的景物與事象。
當作者主觀的情意與客觀的物象相結合，便產生心靈化的意象。因此，
在探討詩歌藝術內涵的同時，亦不可輕忽意象對詩歌藝術創造的重要
性。吳曉曰：「意象成份越充分，詩的成份也就越充分。」〔註18〕是以

進行構思、取材，通過感受在內心形成的象，即有意義的形象，經
由情感染化的象。」頁 15、18；又王夢鷗：《中國文學理論與實踐‧
意象傳達的層次》說：「一般心理學者常用這個名詞來指稱人們過去
的感覺，或已被知解的經驗，在心裡再現或記起的『心靈現象』……
簡括來說，它卻有點像佛書所講，由六『根』造成的六『境』。其
中有嗅覺的、味覺的、觸覺的、以及潛意識的，動或靜的種種意象。」
（臺北：時報文化出版公司，1997 年 4 月），頁 164；袁行霈：《中
國詩歌藝術研究‧中國古典詩歌的意象》認為：「意象是融入了主
觀情意的客觀物象，或者是借助客觀物象表現出主觀的情意。」又
說：「物象是意象的基礎，而意象卻不是物象的客觀的機械的模仿。
從物象到意象是藝術的創造……而意境是詩人的主觀情意和客觀物
象互相交融而形成的藝術境界。」（臺北：五南圖書公司，1989 年
5 月），頁 61～63；邱燮友：〈詩歌意象的表現〉說：「所謂意象，
是用在詩歌中，詩人憑心靈的活動，喚回以往的記憶，與內心的情
意結合，造成暗示或象徵的效果，是為意象。因此也可以說：意象
是『心靈的眼』，或『心靈的電腦』。」《幼獅文藝》第 47 卷第 6
期（1978 年 6 月），頁 30～31；黃永武：《中國詩學──設計篇‧
談意象的浮現》曰：「『意象』是作者的意識與外界的物象相交會，
經過觀察、審思與美的釀造，成為有意境的景象。然後透過文字，
利用視覺意象或其他感官意象的傳達，將完美的意境與物象清晰地
重現出來，讓讀者如同親見親受一般。」（臺北：巨流圖書公司，
1978 年 6 月），頁 3；又劉若愚著，杜國清譯：《中國詩學》說：
「在英文中『image』（意象）這個詞用以表現種種不同的意思……
用於文學批評中……一方面『image』用以指喚起心象（mental picture）
或者感官知覺（不一定是視覺的）的語言表現。在另一方面，這個
詞用以指像隱喻、明喻等包含兩個要素的表現方式。」（臺北：幼
獅文化事業公司，1977 年 6 月初版），頁 151。綜合以上各家的詮
釋觀點可知，意象是作者透過客觀的物象、事象，表達其主觀抽象
的情思，透過語言文字的摹寫，形成一幅心靈的圖象。意象的表現
方式，往往與傳統賦、比、興的觀念相結合，而予人美的感受與情
感的觸發，由是創造出美感的藝術境界。

〔註18〕吳曉：《詩歌與人生：意象符號與情感空間‧導論》（臺北：書林出
版社，1995 年 3 月），頁 3。

探討元代詠物詞的寄意內涵，勢必對其物象的意義、神采有更深入的分析與瞭解，藉窺元代詠物詞豐富的文化意涵與精神風貌。〔註19〕

意象作爲一種審美形象，其中蘊含豐富的文化密碼，形成一種文化意涵。因此，這些意象無論是物或人，都被賦予特殊的美學品格。例如屈原筆下的橘與娥皇、女瑛二妃，曹植筆下的洛神，陶淵明筆下的菊、酒與飛鳥，王維筆下的明月與清泉，李白筆下的月與蜀道，杜甫筆下的馬與鷹，林逋筆下的梅等等，可謂形神歷歷在目，光彩動人。這些審美意象所傳達出的文化密碼，均予人無盡的美感想像，觸動人心幽微要眇之情思，以致遞相沿襲，成爲定型指涉的文化意涵。元代詠物詞中，不同的題材，均有適合於表現此一題材的意象類型，緣於各個詞人表現手法之殊異，可謂異采紛呈，反映出時代的特色與審美趨向。以下即簡括元代詠物詞中具有時代意義與文化意涵之原型意象，〔註20〕包括梅花、

〔註19〕徐信義：〈詠物詞的聲色──談詠物詞的表現方式〉：「詠物詞，不管是『體物寫志』或是『感物言志』（即託物寄興），其最終目的，都是要表達『志』，表達情感或是人世常理。因此，不可停留在物的表象與物理性質的描寫；而要描寫意象。即是描述物的精神或物的聲色所展現的美感與詩意；表達詩人因物而起的人生經驗或歷史經驗所凝聚的情緒。」《中國學術年刊》第11期，（1990年），頁159～176。

〔註20〕「原型」（archetype）一詞從榮格（Carl Gustav Jung, 1875～1961）「神話原型」理論系統汲取而來，是一種人類的「集體潛意識」，它負載著「集體」心理的觀點。其後由弗萊（Northrop Frye, 1912～1991）等人發展完成原型理論。所謂「原型」，弗萊說：「我們使用『原型』這個詞，是指那些在文學中反覆使用，並因此而具有約定性的文學意象。」榮格和弗萊關於原型的闡述，揭示了文學史上一些值得注意，但一直被忽略的基本事實：不同民族的不同時代的文學作品中，意象的反覆出現，是以「約定性」和「已知的聯想物」爲基礎的，並且常常反映著民族文化的、歷史的、心理的某些深層的東西。見葉舒憲：《神話──原型批評》（西安：陝西師範大學，1987年7月），頁16。此外，榮格說：「每一個原型意象中都有著人類命運的一塊碎片，都有著在我們祖先的歷史中重覆了無數次的歡樂和悲哀的一點殘餘，並且總的說來始終遵循同樣的路線。它就像心理中的一道深深開鑿過的河床，生命之流在這條河床中突然奔湧成一條大江，而不是像先前那樣在寬闊然而清淺的溪流中漫淌。」換言之，「原型」存在於民族的歷史文化中，存在於民族的心理深處，它不屬於

荷花、登高、南浦、雁等五種，分別舉例說明如次：

一、梅花意象──孤根如寄，高標自整

　　百花之中，詩人多鍾情於梅，以致歷來詠梅詩篇之夥，亦居百花之冠。梅花之廣被喜愛，始於宋人，詠梅文學發展至南宋，臻於鼎盛。〔註21〕可見在傳統中國植物意象之中，梅花的文化象徵意義，無疑是最為深厚且崇高的。尤其宋元時期，梅花意象突破一般芳菲物色的審美意涵，上升為思想精神的重要象徵，成為民族品格的寫意符號，是梅花文化象徵形成的重要時期。〔註22〕宋代以梅象徵幽逸高雅、堅貞不屈的品格，成為宋元梅花審美意識發展的核心思想。元代承其餘緒，首先在繪畫領域取得突破性的收穫，在文人畫風繁榮熾盛的影響下，墨梅藝術趨向簡率寫意，詩、畫合一的創作意態與風格，或簡淡疏雅，蘊含墨戲意趣，如吳鎮等；或千花萬蕊，氣勢張揚，如王冕等。同時，元人墨梅與詩詞、書法穿插佈局，相映生輝，將文人畫墨戲適情、率真寫意之特性推展到極致。元代詠梅文學因此轉向題序畫梅為主的新格局。〔註23〕

　　元代詠物詞七大類型中，以詠植物之作二百八十二首為最多，其中詠梅詞即有九十四首，佔詠物詞總數的百分之十點九三。梅花意象自北宋以來，歷經自然物色到人格象徵的深化與昇華，具有豐富多元的文化意涵，在南宋成為豔冠群芳的名花，成為完美的人文精神的象徵。元代詠梅詞在異族統治的遊牧文化衝擊與影響下，其象徵意涵有所承繼，亦有時代變異之下特殊文化意涵的呈顯。以下即分述其意象內涵如次：

個人，而屬於全人類，「它喚起一種比我們自己的聲音更強的聲音。」引見童慶炳：《中國古代心理詩學與美學》（北京：中華書局，1992年3月1版），頁170～171。

〔註21〕黃文吉：《宋南渡詞人》（臺北：臺灣學生書局，1985年5月），頁77。

〔註22〕程杰：《中國梅花審美文化研究》（成都：巴蜀書社，2008年8月1版），頁50。

〔註23〕程杰：《中國梅花審美文化研究》，頁115～117。

（一）報春的使者

梅花性本耐寒，梅蕊更是破寒衝雪，獨占春魁。〔註24〕〔宋〕
范成大（1126～1193）《梅譜》云：

> 杜子美詩云：「梅蘂臘前破，梅花年後多。」惟冬春之交，
> 正是花時耳。〔註25〕

由於梅花綻放於冬春之交，居百花之先，故自宋代以來梅花即被冠以
「百花魁」、「狀元花」及「第一春」等美譽。范成大《梅譜》亦云：

> 梅，天下尤物，無問智賢愚不肖，莫敢有異議也。學圃之士，
> 必先種梅，且不厭多。他花有無多少，皆不繫重輕。〔註26〕

由此可見，宋代植梅風氣極盛，梅花廣受各個階層人士的喜愛與歡
迎。人們稱其為「花魁」，即取其「向暖南枝，最是他瀟灑，先帶春
回」，〔註27〕有先天地而春，管領群芳之意。正由於梅花先天下而春，
故被視為報春的使者，甚至是春天的象徵，贏得人們對其崇高的禮
讚。元代詠梅詞中時見稱之為報春的使者，如：

> 春日前村，一枝香徹江頭路。（張弘範〈點絳脣·賦梅〉，頁730）
>
> 疏枝冷蘂，臘前時初破。（姚燧〈洞仙歌·對梅〉，頁738）
>
> 孤根自是春憐惜。一苞生意何曾息。（程文海〈菩薩蠻·次韻
> 郭安道探梅〉，頁793）
>
> 江畔人家，籬外一枝開早。雪中回首處，春猶好。（邵亨貞
> 〈感皇恩·憶梅〉，頁1100）
>
> 舊約尋梅，蹉跎過、小春時節。忽隴頭人至，一枝先折。（謝
> 應芳〈滿江紅·送馬公振〉，頁1069）
>
> 一種清香，占斷百花春。（張埜〈江城子·和元復初賦玄圃梅花〉，

〔註24〕陳俊愉、程緒珂編：《中國花經》（上海：上海文化出版社，1990年
8月1版），頁113。

〔註25〕〔宋〕范成大：《梅譜》（臺北：臺灣商務印書館，1983年，《景印文
淵閣四庫全書》，第845冊），頁33。

〔註26〕〔宋〕范成大：《梅譜》，頁33。

〔註27〕〔宋〕盧炳：〈漢宮春〉，收入唐圭璋編：《全宋詞》（臺北：中華書
局，1976年10月初版），第3冊，頁2168。

頁 902）

由以上詞人習用「一枝」、「占斷」、「初破」等詞，突出梅花承天地大德「生氣」之美，先春而發，獨領風騷，不僅消極地耐寒，更具有積極回春的力量，〔註28〕生動地勾勒出梅花獨占春魁，迎春報信的使者形象。

（二）美人的風韻

　　花是美的象徵，美的化身，以花喻美人，是傳統詠花文學的一貫特色，元代詠梅詞亦不例外。梅花本身具有淡雅冷凝的性格和美感，因而被形塑成詞人心目中理想的美人形象。〔註29〕梅花最早與美人相聯繫，始於南朝宋武帝壽陽公主梅花妝的故實，《太平御覽》記曰：

> 《宋書》：「武帝女壽陽公主，人日臥於含章簷下，梅花落
> 公主額上，成五出之華，拂之不去。皇后留之，自後有梅
> 花妝，後人多效之。」〔註30〕

由壽陽公主額上飄墜之梅花，聯想及於美人溫婉閒靜如梅花之幽獨清雅，這種共性的美的發現與認同，正是人花共喻的一個基石，因而成為文學中屢見不鮮的描摹手法，即使老調重彈，人們仍喜聞樂見，不厭其煩。〔註31〕如白樸〈秋色橫空‧詠梅〉云：

> 含章睡起宮妝褪，新妝淡淡豐容。冰蕤瘦，蠟蔕融。便自
> 有翛然林下風。肯羨蜂喧蝶鬧，豔紫妖紅。（頁641）

詞中以具象手法刻繪梅形，而以虛筆、及映襯筆法描寫美人睡醒之淡

〔註28〕蕭翠霞：《南宋四大家詠花詩研究》（臺北：文津出版社，1994 年 5月初版），頁 72。

〔註29〕賴慶芳：《南宋詠梅詞研究》分析梅花成為美人的形象，原因有二：其一，基於傳統有關梅花故事的承襲；其二，基於梅花外在的形貌，讓人聯想美人的儀容姿態。（臺北：臺灣學生書局，2003 年 8 月初版），頁 58。

〔註30〕引見〔宋〕李昉撰：《太平御覽‧果部七‧梅》，《景印文淵閣四庫全書》，第 901 冊，卷 970，頁 570。

〔註31〕何小顏：《花與中國文化》（北京：人民出版社，1999 年 1 月 1 版），頁 3～4。

淡妝容，清新雅逸，突出梅花迥然出群之風韻神態。元代詠花詞中常見以擬人化手法，具體表現美人形態樣貌，凸顯幽獨閒雅之美人風韻，如：

> 醉紅肌骨，豔紅妝束，能有許時新。也待不搔脣。忍孤負、風流玉人。（張之翰〈太常引・紅梅〉，頁720）

> 誰教淺笑輕顰。恰如鏡裏傳神。不用瑤天雪月，眼前瓊樹常新。（許有壬〈清平樂・瓶梅〉，頁979）

> 玉人梔貌堪憐，曉妝一洗鉛華盡。此花應是，菊分顏色，梅分風韻。萼點駝酥，口攢金磬，心凝檀粉。甚女貞染就，仙女絕勝，蜂兒童，鵝兒嫩。（張翥〈水龍吟・鄭蘭玉賦蠟梅，工甚，予拾其遺意補之〉，頁1008）

以上詞作借用擬人筆法細膩描摹梅花酣醉豔紅之倩影，含苞欲放之嬌嫩，或清麗雅潔之柔婉。不僅呈現美人意象，亦突顯出詠梅詞的盎然生趣。

梅花的形象不只是『美』，而且『逸』，只有超凡脫俗的仙女才堪比擬，〔註32〕是以歷來詠梅之作，往往將美人與神仙形象相絪縕，更添梅花清逸出塵之姿。如以下詞云：

> 姑射肌膚，朝霞散入春風髓。（張雨〈燭影搖紅・紅梅〉，頁911）

> 天寒雲淡，月弄黃昏色。綽約真仙貌姑射。占得百花頭上，積雪層冰，捱不去，只恁地瑝瑝白。（洪希文〈洞仙歌・早梅〉，頁944）

> 玉人誰使似冰肌？酒罷歌闌一晌又相思。（宋褧〈虞美人・福州北還雨中觀梅〉，頁1054）

> 誰將翠帷雙卷，擁紅妝、臨水照娉婷。縹緲凌波仙子，依稀羅襪塵生。（王惲〈木蘭花慢・送史誠明總管還洛陽，春日飲餞任氏園亭，時紅梅爛開〉，頁660）

> 年年江上見寒梅。幾枝開。暗香來。疑是月宮，仙子下瑤

〔註32〕顏崑陽：〈試論宋詞中三個梅花意象〉，收入《古典詩文論叢》（臺北：漢光文化事業公司，1983年4月初版），頁126。

臺。（姚燧〈江梅引·謝王子勉提刑送江梅二首〉之二，頁 738）

玉堂深處護仙真。怕京塵。染芳魂。一種清香，占斷百花
春。只恐東君偏愛惜，桃與李，卻生瞋。（張埜〈江城子·和
元復初賦玄圃梅花〉，頁 902）

蕚綠仙人，孤山雪後相逢處。舊時村路。璨璨琅玕樹。（邵
亨貞〈點絳唇〉，頁 1100）

蕚綠仙妹慶誕辰。酡顏暈酒粲朱脣。霞綃翦袂雲裁佩，絳
雪為肌玉作神。　超俗態，斷凡塵。飄然風韻奪天真。能
堅北嶺冰霜操，不競南園桃李春。（沈禧〈鷓鴣天·詠紅梅壽守
節婦〉，頁 1039）

以上詞作中將梅花與藐姑真仙〔註33〕、淩波仙子〔註34〕、瑤臺仙子
〔註35〕、蕚綠仙人〔註36〕等聯繫一起，眾家仙子超凡脫俗，傲視群
芳之姿，與梅格相映襯，可謂形象鮮明，意象突出而生動。

〔註33〕詳參本書第三章第二節，註102，頁 134～135。

〔註34〕〔北魏〕酈道元撰，〔清〕戴震校：《水經注·洛水》記曰：「昔王子
晉好吹鳳笙，招延道士，與浮丘同遊伊洛之浦，含始又受玉雞之瑞
于此水，亦洛神宓妃之所在也。」（臺北：世界書局，1978 年 5 月），
卷 15，頁 199。

〔註35〕典出〔宋〕李昉撰：《太平御覽·居處部七·闕》記曰：「王子年
（王嘉）《拾遺記》：『崑崙，第九層山形漸狹小，下有芝田蕙圃，
皆數百頃，群仙種耨焉。傍有瑤臺十二，各廣千步，皆五色玉為
臺基。最下層有流精闕直上四十丈，有風雲雷雨師闕。』」《景印
文淵閣四庫全書》，第 894 冊，卷 179，頁 714。〔唐〕李白〈清
平調三首〉之一：「若非群玉山頭見，會向瑤臺月下逢。」引見〔唐〕
王琦集注：《李太白詩集》（臺北：中華書局，1979 年 3 月初版），
卷 5，頁 304。

〔註36〕〔梁〕陶弘景撰：《真誥·運象》：「蕚綠華者，自云是南山人，不知
是何山也？女子年可二十上下，青衣，顏色絕整。」《景印文淵閣四
庫全書》，第 1059 冊，卷 1，頁 314。又據〔宋〕范成大：《梅譜》
記曰：「綠蕚梅，凡梅花紂蒂，皆絳紫色，惟此純綠，枝梗亦青，特
為清高，好事者比之九嶷僊人蕚綠華。京師艮嶽有蕚綠華堂，其下
專植此本。人間亦不多有，為時所貴重。」《景印文淵閣四庫全書》，
第 845 冊，頁 34。

（二）隱者的高標

冰天雪地之中，一樹寒梅，傲然兀立，其孤子獨絕之姿，千載以來，成爲隱者的最佳代言。梅花隱者的形象，源自宋代隱士林逋，其性格澄澹高逸，隱居西湖孤山，終身不仕，不娶，以植梅養鶴爲樂，世稱梅妻鶴子。其詠〈山園小梅二首〉之一，詩云：

> 眾芳搖落獨暄妍，占盡風情向小園。疏影橫斜水清淺，暗香浮動月黃昏。霜禽欲下先偷眼，粉蝶如知合斷魂。幸有微吟可相狎，不須檀板共金尊。〔註37〕

此詩向來被視爲詠梅之絕唱，它不僅傳神地刻繪出梅花的姿態，還營造出一種超凡入勝的審美意境的極致。尤其推崇梅枝「疏影參差，橫伸斜屈」的風骨神韻，盡在「疏影橫斜」四字中道盡。〔註38〕一如范成大《梅譜・後序》記云：「梅以韻勝，以格高，故以橫斜疏瘦與老枝怪奇者爲貴。」〔註39〕即說明梅花橫斜疏瘦、老枝怪奇的高格奇韻，最能體現隱者秀異高潔的形象。由於林逋隱者的身分，使梅花與隱者相結合，因而更形增加梅花的意象內涵。〔註40〕賴慶芳曾分析梅花在宋人心目中的形象有三種：一、自甘寂寞，不求賞識；二、清高孤立，恥與俗爭；三、退居僻處，遠離塵俗的隱士。〔註41〕而這種隱逸形象由於林逋的強化，以致「梅花與隱士之間的聯想，在林逋之後的詞中，便益形密切。於是梅花在美人意象之外，又標立了隱士意象」。〔註42〕

蒙元以異族身分入主中原，對文人儒士多所排擠打壓，導致社會上普遍興起一股隱逸思潮，因而對林逋隱者的形象產生高度的認同與欽慕之情。元代詠物詞人普遍推崇林逋隱者之清高孤絕，顯現出一種

〔註37〕北京大學古文獻研究所編：《全宋詩》（北京：北京大學出版社，1991年7月1版），第2冊，卷106，頁1218。

〔註38〕何小顏：《花與中國文化》，頁91。

〔註39〕〔宋〕范成大：《梅譜》，頁35。

〔註40〕歐純純：〈林和靖詠梅詩對後世相關詩題創作的影響〉，《東海大學文學院學報》，第44卷（2003年7月），頁91。

〔註41〕賴慶芳：《南宋詠梅詞研究》，頁101。

〔註42〕顏崑陽：〈試論宋詞中三個梅花意象〉，頁132。

葳蕤自潔，孤獨不群的高標〔註43〕精神。相較於宋人熱衷於藝梅愛梅，賞玩梅花幽靜淡泊之風度神韻；元代詠梅詞受到政治環境的影響，更添一份傲峭不屑、以及睥睨和抗爭的梅格氣節，〔註44〕蘊含隱者孤潔高標的憤世情懷，如：

> 誰堪歲寒爲友，伴仙姿、孤瘦雪霜痕。翠竹森森抱節，蒼松落落盤根。（白樸〈木蘭花慢‧復用前韻，代友人宋子冶賦〉，頁638）

> 絕憐玉骨清姿。不隨紅紫芳時。要識天然標格，竹籬茅舍橫枝。（李仁山〈西江月〉，頁648）

> 愛清香疎影，問誰識，歲寒心。稱月底溪橋，水邊籬落，雪後園林。仙家亦憐幽獨。（胡祗遹〈木蘭花慢‧酬宋鍊師贈梅〉，頁696）

> 孤根如寄，高標自整。（劉敏中〈鵲橋仙‧盆梅〉，頁771）

> 纖條漸見稀稀蕾。孤根旋透溫溫水。但得一枝春。誰嫌老瓦盆。（劉敏中〈菩薩蠻‧盆梅〉，頁772）

> 花主惜春乃好事，作詩清似林逋。冰葭雪萼正敷腴。（蒲道源〔註45〕〈臨江仙‧次解東庵學士詠梅韻〉，頁837）

> 孤山歲晚，石老樹查牙。逋仙去。誰爲主。自疏花。破冰芽。（張翥〈六州歌頭‧孤山尋梅〉，頁997）

> 瀟灑生意自足。有高標、不厭矮籬低屋。（凌雲翰〈獅兒詞‧賦梅和仇山村韻〉，頁1147）

由以上詞作描寫的時空背景觀之，無論江梅、瓶梅、盆梅或樹梅，都

〔註43〕高標，意指清高脫俗的風格。典出〔南朝宋〕劉義慶原撰：《世說新語‧德行》：「李元禮風格秀整，高自標持。」見楊勇著：《世說新語校箋》（臺北：宏業書局，1976年2月），上卷，頁4。

〔註44〕程杰：《中國梅花審美文化研究》，頁117～118。

〔註45〕蒲道源（1260～1336），字得之，號順齋，興元南鄭（今屬陝西）人。博學強記，究心濂洛諸儒之學。初爲郡學政，罷歸，絕意仕進。晚年以遺逸徵入翰林，改國子博士，後稱病引退。詩文不假修飾，平實顯易。存詞三十餘首，多爲次韻、祝壽及頌聖之作。事跡見《新元史》卷238。

展現出荒遠冷寂，超出塵表之姿。且詞中無不標舉林逋隱逸形象之大纛，以襯托一己之幽寂情懷；或直抒梅花孤傲不群、高標自持的精神，即使屈居矮籬低屋，亦堅持不改易操守。從遣詞用語上可以見出其中有三個共通點：其一，慣用「誰堪」、「誰憐」、「誰識」等詞，表達詞人桀驁不馴，睥睨物表的孤傲心態；其二，以「高標」、「孤高」、「幽獨」，突出詞人迥然出群的性格；其三，借用「孤根」〔註46〕意象喻指梅花，表現梅花在嚴寒酷冬中自開自落的孤獨、孤靜義，也有耐寒不屈的獨特義，充分展現出詩人的精神與梅花合而為一的人格特質，〔註47〕含藏梅花暗香疏影，閒靜淡泊，滄桑歷練，老健蒼勁的高標隱者的精神內蘊。換言之，元人筆下的詠梅詞，可以說進一步強化了梅花象徵的「野逸品格和傲峭個性」。〔註48〕

（三）貞士的情操

花根植於傳統文化中，其與人文精神縮結於一的最大特色，即是人品與花格的相互滲透。何小顏說：「花之人格的極致，便是人將花當作人來看視，當作人來對待，並在這過程中體驗和感悟著自我的人生。」〔註49〕人們愛梅，固然緣於其色、香、姿、神、韻俱佳，更因為梅花不畏風雪的異稟勁節，反映出現實人生受創的苦悶靈魂的詩人心聲。是以每一個時代的文人都可以從梅花的形象，得到心靈的慰藉，尋覓靈魂的出口，梅花因而成為歷代詩人筆下最常吟詠的主題。〔金〕趙秉文（1159～1232）〈同英粹中賦梅〉云：「寒梅雪中春，高節自一奇。」〔註50〕其以「奇絕」稱許梅花耐寒衝雪之品格，可見文

〔註46〕〔宋〕林逋：〈梅花二首〉之二：「孤根何事此柴荊，村色仍將臘候並。橫隔片煙爭向靜，半黏殘雪不勝清。等閒題詠誰為愧，仔細相看似有情。搔首壽陽千載後，可堪青草雜芳英。」《全宋詩》，第 2 冊，卷 108，頁 1243。

〔註47〕歐純純：〈林和靖詠梅詩對後世相關詩題創作的影響〉，頁 94。

〔註48〕程杰：《中國梅花審美文化研究》，頁 118。

〔註49〕何小顏：《花與中國文化》，頁 10～11。

〔註50〕〔金〕趙秉文撰：《閒閒老人滏水文集》（臺北：臺灣商務印書館，

人對梅花之欽慕崇仰，迥異群倫。而〔宋〕文同（1018～1079）〈賞梅唱和詩序〉亦云：

> 梅獨以靜豔寒香，占深林，出幽境，當萬木未竟華侈之時，寥然孤芳，閒澹簡潔，重爲恬爽清曠之士所矜賞。〔註51〕

今人黃永武亦讚賞梅花說：

> 梅最令人欽佩之處，當然是由於它能衝寒犯雪、保持其迥然出羣的性格，冰霜爲他的節操作證，桃李因他的冷豔失色。〔註52〕

由此可知，梅花除了具有前述老健蒼勁的高標隱者的意象之外，其凌寒傲雪，剛毅堅貞，氣節凜然，不屈不撓的高士品格，亦象徵著士人君子堅貞卓絕的精神氣骨。顏崑陽於〈試論宋詞中三個梅花意象〉分析說：

> 任何一種物象，經過吾人主觀情意的觀照和詮釋，都可能產生多種的象徵意義……以梅花而論，它存在的特殊時空背景，可以詮釋爲冷寂自處、孤獨不群的隱逸精神，也可以詮釋爲堅貞弘毅、不畏艱苦的君子情操。因爲它在嚴寒的風雪中，傲雪耐寒，獨放清香。〔註53〕

正由於梅花具有耐寒衝雪之「清香」高格，梅花因此成爲花中的勇者，文人心中的「貞士」。所謂「貞」，根據《禮記・檀弓下》記曰：「昔者衛國有難，夫子以死衛寡人，不亦貞乎！」〔註54〕又〔明〕方孝孺（1357～1402）《家人箴・慮遠》曰：「貧賤而不可無者，志節之貞也。」〔註55〕可見貞士是指在朝爲官，以身衛國盡忠死節之士；在野爲民，

　　　1967 年，《四部叢刊初編》，第 283 冊），卷 4，頁 65。

〔註51〕〔宋〕文同：《丹淵集》（北京：商務印書館，2005 年，《文津閣四庫全書》，第 366 冊），卷 25，頁 540。

〔註52〕黃永武：《中國詩學——思想篇》（臺北：巨流圖書公司，1979 年4 月 1 版），頁 25。

〔註53〕顏崑陽：〈試論宋詞中三個梅花意象〉，頁 132。

〔註54〕〔漢〕鄭玄注，〔唐〕孔穎達疏，〔清〕阮元校勘：《禮記正義・檀弓下》（臺北：藝文印書館，1955 年，《十三經注疏》本），卷 10，頁 186。

〔註55〕〔明〕方孝孺：《遜志齋集》（臺北：中華書局，1981 年，《四部備要》，第 519 冊），卷 1，葉 22b。

則為貧賤不移之君子。

這一類藉梅花比擬貞士情操之作，如管道昇〔註56〕〈漁父詞四首〉之一詠梅云：

> 遙想山堂數樹梅。凌寒玉蕊發南枝。山月照，曉風吹。只為清香苦欲歸。（頁809）

管道昇為趙孟頫之妻，趙孟頫雖位極榮顯，卻志遇難伸，且時遭人忌，常因內咎難消而心情鬱悶，潛心於書畫以自遣。管氏曾填〈漁父詞〉四首，勸其歸去。造語淡雅馨逸，意趣天然，〔註57〕胸懷瀟灑超脫。由詞末「只為清香苦欲歸」句，概可想見其不慕榮華，清高自持，與殷切思歸之無奈。

又如張之翰〈江城子・瓶梅〉云：

> 隔簾風動玉娉婷。見來曾。眼偏明。手揀芳枝，自插古銅瓶。六載烏臺飢欲倒，猶為汝，未忘情。　　幽姿芳意正盈盈。可憐生。欲卿卿。更取青松為友竹為朋。今夜黃昏新月底，還卻怕，太孤清。（頁708）

由詞中「六載烏臺」可以推斷，此詞當作於張之翰任職御史臺第六年，儘管仕途清貧欲倒，但見梅花幽姿芳意，反思一己出仕之初衷，仍決心堅貞自持。「更取青松為友竹為朋」，則更進一步表達詞人不與世俗同流合污，堅守高潔品格的決心。詞人雖決心高標自整，亦不免憂心太過孤清，難以見容於世，為其日後隱退高郵埋下伏筆。

又如以下兩首以梅介壽詞，沈禧〈風入松・紅梅慶六十壽〉云：

> 陽回潛谷起頹虯。萬斛燦琳球。芳姿占得先春意，冰霜操、甘抱清幽。野店溪橋託質，蒼松翠竹為儔。（頁1040）

〔註56〕管道昇（1262～1301），字仲姬，一字瑤姬，吳興（今浙江吳興）人。趙孟頫妻，仁宗延祐四年封魏國夫人，世稱「管夫人」。稟質聰明，能詩善畫，更善書法，堪稱多才多藝。今存〈漁父詞〉四首。

〔註57〕張子良：《金元詞述評》：「有元女詞人之足稱者，有管道昇與劉燕哥。……其（管道昇）〈漁父詞〉四闋，則淡雅馨逸，意趣天然，蓋勸歸之作也。」（臺北：華正書局，1979年7月），頁211～212。

及周權〔註58〕〈滿江紅‧葉梅友八十〉云：

> 試問梅花，自逋仙後知音少。還又向、石林深處，結清邊
> 友。心事歲寒元不改，一生清白堪同守。歷冰霜、老硬越
> 孤高，精神好。（頁879）

二詞中均顯示出梅花因其傲霜凌寒，占春先開之特性，更凸顯出梅花之「孤」高「清」韻，予人特立獨行，英勇無畏的深刻印象。詞人尤其推崇梅花盤曲的虯枝老幹，在雪影冰姿中充分顯示其高標勁節的本色，堪稱士人君子堅貞志節的最佳比德之象。沈禧將梅花與松、竹類比，正是突出「歲寒三友」〔註59〕不畏冰雪的堅貞性格與精神；而梅花衝雪報春之特異風骨，更凸顯梅花傲峭、幽獨之人格象徵意涵。因而詞人習於以梅介壽，形神兼備，意義深長。而周權詞中則特別突出梅花之「孤」，反映詞人寄身現實困境之無奈與壓抑；至於「清」〔註60〕字，則更加突顯出元代文人在儒士失尊的社會現象下的一個普遍身影，「清」亦因此成為整個元代文人精神性格的真實寫照，反映於詠梅詞作中，讓我們看到一個時代的文人清剛勁節與高標性格。

二、荷花意象——仙風道骨，生香真色

荷花，別名蓮花、芙蓉、芙蕖、水芙蓉等，是中國文學作品中最

〔註58〕周權（約1280～1330），字衡之，號此山，松陽（金浙江西屏）人。平生著意於詩，早年不得志，嘗攜詩稿北遊京師，袁桷深重之，薦為館職，未獲批准。然詩名日起，與趙孟頫、虞集、揭傒斯、歐陽玄等唱和，趙孟頫親書「此山」二字為額以贈。詩風簡淡平和，語多奇雋。存詞三十四首，多為長調，清雄放曠。有《此山集》十卷。

〔註59〕程杰：〈"歲寒三友"緣起考〉文中認為梅花與松、竹並稱「歲寒三友」的原因之一是梅花與嚴寒風雪對立，其「鬥雪開」之精神堪與松竹媲美；二是三者植於一途、相依相伴的形象，正符合「歲寒三友」說的基本精神。見《中國典籍與文化》第3期（2000年3月），頁31～37。

〔註60〕胡曉明：《中國詩學之精神》：「『清』乃是詠梅最愛用的一個詞……『清』不僅僅是中國古代隱士的性格，而且是士大夫的傳統文化性格，梅花所映現的是詩人共有的一個面影。」（南昌：江西人民出版社，1991年5月），頁270～271。

常見的花卉意象之一，蘊含豐富的文化意涵與情感色彩。從《詩經·陳風·澤陂》〔註61〕首先以荷花比擬女子，奠定荷花與女子之間的隱喻、類比關係，孕育後世詩文中以荷花比喻女子的抒寫模式，並直接影響漢魏樂府中採蓮詩的表現手法與內涵。至屈原開創「香草美人」的比興傳統，荷花成為文人芳潔之志的象徵。東漢初，隨著佛教傳入中國，蓮花的佛教寓意也進入中土，〔註62〕佛教藉蓮花解釋生與死、仕與隱、欲與戒等問題，蓮花因而成為清淨不染的象徵。至於荷花與道家的關係，六朝時已漸形成，荷花被賦予仙風道骨的形象。唐代隨著道教發展至極盛，荷花的道瑞屬性〔註63〕體現於道教生活的各個層面，成為珍祥的象徵。荷花在釋、道融合、互動發展的過程中，甚且充當「信使」的角色。〔註64〕宋代理學勃興，宋人追求既「清」且「貞」的人格理想，〔註65〕蓮花的自然美和神韻美在宋代因此得到高度的發揮，自周敦頤〈愛蓮說〉中讚賞蓮花「出淤泥而不染」之標格，並稱美「蓮，花之君子者也」，〔註66〕大大提升荷花的人格象徵意涵，成

〔註61〕《詩經·陳風·澤陂》：「彼澤之陂，有蒲與荷，有美一人，傷如之何，寤寐無為，涕泗滂沱。　　彼澤之陂，有蒲與蕑，有美一人，碩大且卷，寤寐無為，中心悁悁。　　彼澤之陂，有蒲菡萏，有美一人，碩大且儼，寤寐無為，輾轉伏枕。」引見〔清〕陳奐：《詩毛氏傳疏》（臺北：臺灣學生書局，1981 年 11 月），頁 338～339。

〔註62〕據陳俊愉、程緒珂考證代表印度佛教聖物的蓮花在物種學上屬於睡蓮，與原產自中國的荷花，同科不同屬，在中國睡蓮的分布遠不及荷花普遍，所以印度佛教在中國本土化的過程中，將佛教聖物蓮花入境隨俗地置換為中國的荷花，以致訛誤至今，二者分際難明。見氏編：《中國花經》，頁 153。

〔註63〕所謂「道瑞」，一說是指「老子安坐蓮臺」，據〔清〕汪灝等著：《廣群芳譜》記曰：「《真人關令尹喜傳》：老子曰：『天涯之洲，真人遊時，各坐蓮花之上，花輒徑十丈：有返香生蓮，逆水聞三千里。』」引見，《景印文淵閣四庫全書》，第 846 冊，卷 29，頁 76。

〔註64〕詳參俞香順：《中國荷花審美文化研究》（成都：巴蜀書社，2005 年 12 月 1 版），頁 37～87。

〔註65〕程杰：〈梅花象徵生成的三大原因〉，《江蘇社會科學》第 197 期（2001 年 4 月），頁 162～163。

〔註66〕〔宋〕周敦頤：《周元公集》，《景印文淵閣四庫全書》，第 845 冊，

為士大夫人格的完美象徵，蓮花的人格象徵也在此時完成確立，由宗教層面進而提升至哲學層面，表現成為一種藝術審美意識，體現於文學創作上，荷花意象轉變為內心世界外在化的一種象徵，成為士人在現實人生困陷中無所依託的心靈慰藉與解脫的象徵，詠荷詩文因而興盛繁榮。

元代詠物詞承繼唐宋詠荷詩文中的象徵意涵，具有以下三個特色：其一，以荷花喻示女子，尤其著重喻為仙女，形容其超凡脫俗的仙姿靈態，寄託詞人高潔幽獨的心志。此與當時佛道興盛，文人儒士仕宦無門，轉而遁世棲隱釋道以尋求心靈的解脫，故多藉荷花託象喻志。

荷花根植於水下，而花開於水面，「自荷錢出水之日，便為點綴綠波，及其勁葉既生，則又日高一日，日上日妍，有風既作飄颻之態，無風亦呈嫋娜之姿。」〔註67〕許顗《彥周詩話》亦云：「世間花卉無踰蓮花者，蓋諸花皆藉喧風暖日，獨蓮花得意於水月，其香清涼，雖荷葉無花時，亦自香也。」〔註68〕於此可知，夏荷開放時，亭亭翠蓋，漱波而立，上托芳華，澹香幽姿，隨風搖曳，楚楚可人，是以詩人往往將之喻為美女佳人，託寓詩人高潔之志。元代詠物詞中詠荷之作有三十三首，最常見以荷花比擬為凌波仙子、藐姑真仙、藥珠仙子、洛神、嫦娥、西施等，除了西施、楊貴妃以外，餘皆為仙界美人，可見荷花形象在元代受到宗教影響極深，充滿仙風道骨的空靈意象。喻之為西施者，如：

> 愛活色生香，芙蓉標格……別來吳姬粉面，比舊年、風韻轉芬芳。似覺生紅鬧意，未容說與東皇。（王惲〈木蘭花慢‧賦芙蓉杏花〉，頁663）

> 妖嬈厭紅紫，來賞玉湖秋。亭亭水花凝佇，萬斛冷香浮。初訝西風靜婉，又似五湖西子，相對更風流。翠潤寶釵滑，

卷2，頁147。

〔註67〕〔清〕李漁：《閒情偶寄》（臺北：明文書局，2002年8月1版），頁253。

〔註68〕〔宋〕許顗：《彥周詩話》，《文津閣四庫全書》，第494冊，頁639。

重整玉搔頭。（胡祗遹〈水調歌頭・賞白蓮招飲〉，頁 695）

喻爲楊貴妃者，如：

兩株雲錦翻空，換根元有丹砂祕。繡幃重繞，銀紅高照，
故家風味。翠羽生紅，霧紗肌玉，風流誰比。記沉香亭暖，
眞妃半醉，雲鬢亂，耽春睡。（王惲〈水龍吟・賦蓮花海棠〉，
頁 651）

擬太一眞仙，共浮滄海，一葉任掀舉。（王惲〈摸魚子・賦白
蓮〉，頁 668）

悵波翻太液，誰留住，蕊珠仙。向水殿雲廊，玉容花貌，
幾度爭鮮。（凌雲翰〈木蘭花慢・賦白蓮和字舜臣韻〉，頁 1146）

喻爲藐姑眞仙、蕊珠仙子、嫦娥〔註69〕者，如：

姑仙綽約如冰雪，次第相從微步。（許有壬〈摸魚子・洹堂盆池
紅日蓮開，予適臥病城居，六月一日始往一觀，落者雖多，開者方未
已，喜而賦此〉，頁 962）

靚妝仙子謝纖穠。獨立水雲紅。綽約畫闌東。似姑射、冰
肌雪容。　　翠盤承月，玉杯擎露，粲粲蕊珠宮。眞賞有
鄰翁。盡添入、霓裳曲中。（許有孚〈太常引〉，頁 990）

澹妝素服更纖穠。清致不須紅。……嫦娥昨夜，飛出廣寒
宮。（許楨〈太常引〉，頁 996）

以仙子比擬荷花，則是將荷花的形象提升到最極至。除了上述將荷花
喻爲西施、楊貴妃、藐姑眞仙、蕊珠仙子、嫦娥等美人仙女之外，元
代詠物詞中則最常見以荷花比擬爲凌波仙子，共有十一首，如：

羅襪凌波微步，澹香高韻幽姿。（王惲〈木蘭花慢・賦白蓮和王
西溪〉，頁 664）

凌波羅襪生塵，翠旌孔蓋凝朝露。仙風道骨，生香眞色，
人間誰妬。（趙孟頫〈水龍吟・次韻程儀父荷花〉，頁 803）

〔註69〕典出〔漢〕劉安撰，高誘注：《淮南子・覽冥訓》：「羿請不死之藥於
西王母，姮娥竊以奔月。」高誘注：「姮娥，羿妻。羿請不死之藥於
西王母，未及服之，姮娥盜食之，得仙，奔入月中，爲月精也。」《四
部備要》，第 419 冊，卷 6，葉 10b。

> 平湖十里，寒生紈素。羅襪塵輕雲冉冉，彷彿凌波仙女。
> 雪豔明秋瓊肌沁露，香滿西陵浦。（張埜〈念奴嬌·白蓮用仲殊
> 韻〉，頁 895）

> 南風十里平湖外。夜舞凌波隊。（邵亨貞〈虞美人·泖濱泛荷〉，
> 頁 1096）

> 水宮仙子歸來，為誰獨立西風背。凌波夢斷，可憐零落，
> 一匳環佩。（張翥〈水龍吟·西池敗荷〉，頁 1007）

> 鴛鴦浦，淒斷凌波夢裏。空憐心苦絲脆。（張翥〈摸魚兒·王
> 季境湖亭，蓮花中雙頭一枝，邀予同賞，而為人折去。季境悵然，請
> 賦〉，頁 1000）

以上諸作中形容荷花於水面上凌波微步的瑰麗意象，可謂精緻靈動而
又典雅。

　　其二，元代詠荷詞三十三首中，有十首詠白蓮詞。白蓮是純潔素
雅的象徵，自中唐以後，白居易尚植蓮，且多植江南的白蓮，吟詠白
蓮風氣漸起。洎南宋遺民詞人詠蓮以白蓮居多，尤其《樂府補題》所
錄諸作即特別以白蓮為題吟詠之，白蓮成為遺民詞人的人格化象徵，
是高潔之志、孤寂之感、清白之心的對象化載體，並且融入深沉的家
國之悲。〔註 70〕元代詠白蓮詞承此亦別有喻指。如王惲兩首詠白蓮
詞，突出白蓮不與紅蓮爭豔，高潔不群的形象，惜結根非其適所，反
遭世俗欺妒，如：

> 愛玉華仙供，偶移影，下瑤池。悵野渚蒼煙，結根非所，
> 繁豔爭欺。（〈木蘭花慢·賦白蓮和王西溪〉，頁 664）

> 澹亭亭、影搖溪水，芳心知為誰吐。玉華寶供年年事，消
> 得一天消露。私自語。君不見仙家，玉井無今古。澹妝誰
> 妒。（〈摸魚子·賦白蓮〉，頁 668）

白蓮清淨不染之姿閒立於清漣之上，不與凡塵俗花為伍，雖顯現其幽
獨之質，卻不免孤清幽寂，其零落孤獨之姿，令人嘆息。如：

〔註70〕俞香順：〈"無情有恨何人覺"——白蓮象徵意義探討〉，《瀋陽師範
　　大學學報》（社會科學版）第 27 卷第 4 期（2003 年），頁 12～16。

雪豔明秋瓊肌沁露，香滿西陵浦。……誰念玉佩飄零，翠
房淒冷，幾度相思苦。……倚欄終日凝竚。(張埜〈念奴嬌・
白蓮用仲殊韻〉，頁895)

仙家搖曳水雲鄉。高韻卻濃妝。看脈脈盈盈，何消解語，
已斷人腸。(曹居一〈木蘭花慢・白蓮〉，頁951)

其三，荷花之根稱為「藕」，「藕」與「偶」諧音，意指「配偶」；另
有「藕斷絲連」一詞，「絲」與「思」諧音，因又寓意「男女相思」；
而荷花品種中有所謂的「並蒂蓮」，則又為「恩愛夫妻」之象徵；至
於「蓮」又與「憐」諧音，因而亦有「愛憐」之意。元代詠物詞中有
張翥、張雨先後以〈摸魚兒〉一調詠並蒂蓮相唱和，張翥原作及賞析
已見本文第四章，此不再贅述，張雨〈摸魚兒・雙蓮一幹，為人折去，
仲舉邀予賦之〉云：

問凌波、並頭私語，夜涼誰共料理。柔情早被鴛鴦妒，怕
擊水晶如意。香旖旎。待微雨清塵，略為新妝洗。騷辭漫
擬。羨水末芙蓉，同心輕絕，未說已先醉。　空折損，
又墮偷香夢裏。藕絲不斷新脆。吳娃小艇無蹤跡，也怪半
池萍碎。還略紀。是月冷、鷗眠鷺宿曾驚起。高荷恨倚。
總回首西風，露盤輕瀉，清淚似鉛水。(頁907)

此詞出語即不俗，以「問」字開啟心中關切之情，同時將花比擬凌波仙
子，「並頭私語」突出並蒂蓮嬌柔旖旎之態。美人嬌花本易遭人妒羨，
並蒂蓮終遭折損，然而「藕絲不斷」，牽惹詞人睹物寄恨。詞人言詞間
反覆細心地呵護，似是為蓮花遭人摧折釋疑，實則深寓憐惜與無奈意。

此外，李治有一首〈摸魚兒〉，與〔金〕元好問同調同題「雙蕖
怨」之作，〔註71〕也是敘寫兒女私情，而別有寓寄之作，詞云：

為多情、和天也老，不應情遽如許。請君試聽雙蕖怨，方
見此情真處。誰點注。香潋灩銀塘，對抹胭脂露。藕絲幾
縷。絆玉骨春心，金沙曉淚，漠漠瑞紅吐。　連理樹。

一樣驪山懷古。古今朝暮雲雨。六郎夫婦三生夢，腸斷目
成眉語。須喚取。共鴛鴦翡翠、照影長相聚。西風不住。
恨寂寞芳魂，輕煙北渚。涼月又南浦。（頁604）

此詞題序云：「大名有男女以私情不遂赴水者。後三日，二尸相攜出
水濱。是歲陂荷俱並蒂。」詞人敏於感物，起句即切入「情」字，接
著鋪陳一幅豔麗的紅荷並蒂生長於香遠清幽水面上的圖景，來頌讚這
段「情眞處」的愛情故事，哀感頑豔，觸人心弦。換頭繼以「連理樹」
喻生死不渝的愛情，而以「朝暮雲雨」〔註72〕、「蓮花六郎」〔註73〕
等故實應合題序所言「私情不遂」之悲，而以北渚南浦，秋風涼月等
淒惋高華之景作結，餘韻悠然。全詞以抒情取代記事，用詞華美清新。
雖爲和作，卻有自家面貌，情感綿密深沉，神韻幽婉淒清。尤其「玉
骨春心」、「漠漠瑞紅吐」二句除寓寄故國之恨，亦表現一種進退出處、
難以自持的心態，〔註74〕宜乎反映出宋元易代之際，詞人心中面對仕
隱衝突難以抉擇的隱痛與無奈。

　　如果說梅花，是元人孤清性格之象徵；荷花，則是元人瑰麗深情
之玄想。元人詠荷多寄情於佛道仙鄉之玄想，以刻繪荷花之仙姿靈
態，突出詞人清淨不染之高格；同時，融入浪漫瑰麗之愛情故事，藉

〔註72〕「朝暮雲雨」用宋玉〈高唐賦〉記楚懷王晝寢夢巫山神女典，引見
　　　　〔唐〕李善注：《昭明文選》〈賦癸・情・高唐賦〉（臺北：文化圖書
　　　　公司，1977年10月初版），卷19，頁249。
〔註73〕典出〔唐〕劉肅撰：《大唐新語・諛佞》：「張易之兄同休，嘗請公卿宴
　　　　於司禮寺，因請御史大夫楊再思曰：『公面似高麗，請作高麗舞。』再
　　　　思欣然，帖紙旗巾子，反披紫袍，作高麗舞，略無慚色。再思又見易之
　　　　弟昌宗以貌美被寵，因諛之曰：『人言六郎似蓮花。再思以爲不然，只
　　　　是蓮花似六郎耳。』有識咸笑之。」後遂以「六郎」爲蓮花的代稱。（北
　　　　京：中華書局，1985年，《叢書集成初編》，第2742冊），卷9，頁102。
〔註74〕嚴迪昌嘗評比此詞與元好問之異同曰：「從情感的力度言，元詞漩急，
　　　　有某種烈度；李詞吞吐回環之勢，較舒緩；以情意的深度來說，元詞一
　　　　擊兩響，故國之思滲於表裏數層；李詞緊貼『情愛』的聚散，隱曲地抒
　　　　述一種難以盡言的悵惘與苦衷。所以元詞風格蒼茫悲涼，李詞幽婉淒
　　　　清，前者雄峭，後者綿密。」引見孫映逵主編：《中國歷代詠花詩詞鑑
　　　　賞辭典》（江蘇：科學技術出版社，1989年），頁881。

哀感頑豔之兒女私情，寄寓家國之恨與忠貞之志，語淺情摯，華而不豔，託寓深遠。

三、登高意象——閒登絕頂，徘徊凝竚

「登高」是古典詩詞中最常用來抒寫愁怨的原型意象之一。「登高」成為傳統文人的一種生命情結，肇始於孔子。孔子與子路、顏淵遊景山時，曾曰：「君子登高必賦，小子願者何？」〔註75〕時至漢代，登高賦詩成為文人士大夫之間相沿成習的一種風尚。《漢書‧藝文志》記曰：「不歌而誦謂之賦，登高能賦可以為大夫。」〔註76〕由於登高可以突破日常生活所居的狹小空間，開闊人類的視野，向廣大的宇宙時空擴張延伸，〔註77〕同時在有形的登高動作之中，亦使人的精神在無形中得到大幅提升，從而獲致一種內在的鼓舞、舒展與滿足。因此，登高題材的詩歌逐漸形成一大品類，江山勝跡，才人懷抱，美人閨思，皆寓於此。方回《瀛奎律髓》首次列出「登覽類」，曰：「登高能賦，則為大夫，於傳識之。名山大川，絕景極目，能言者眾矣。」〔註78〕古代的登高之作又可分為登山、登樓、登臺、登閣等類型，從而形成一組形式不同而意義相同的登高意象。登高意象亦是一個極具張力的原型意象，《文心雕龍‧詮賦》云：「原夫登高之旨，蓋睹物興情。」〔註79〕故古人登高或嘆老、或思

〔註75〕 〔漢〕韓嬰著，〔清〕周廷寀校注：《韓詩外傳》，《叢書集成初編》，第 524 冊，卷 7，頁 97。

〔註76〕 〔東漢〕班固撰，〔唐〕顏師古注：《漢書‧藝文志》記曰：「傳曰：『不歌而誦謂之賦，登高能賦可以為大夫。』言感物造耑，材知深美，可與圖事，故可以為列大夫也。」（臺北：藝文印書館，1958 年），卷 30，頁 902。

〔註77〕 〔漢〕韓嬰著，〔清〕周廷寀校注：《韓詩外傳》曰：「登高臨深，遠見之樂，臺榭不若邱山所見高也；平原廣望，博觀之樂，沼池不如川澤，所見博也。」卷 5，頁 67。

〔註78〕 〔元〕方回編：《瀛奎律髓》，《景印文淵閣四庫全書》，第 1366 冊，卷 1，頁 3。

〔註79〕 參見〔南朝梁〕劉勰原著，王更生注譯：《文心雕龍讀本》，上編，卷 2，頁 134。

鄉、或懷人、或言志，可以與各樣的情懷相聯繫，因此在古典詩歌中出現的頻率極高。發展至魏晉時期，王粲〈登樓賦〉因見異鄉風物之美而興思鄉懷士之情，具體深化登高意象表徵士人身處亂世、壯志難酬之寓意，登高之作遂成為古典文學中的一座高峰，迤邐不絕。

　　登高意象在元代詠物詞中多體現於登山、登臺、登閣、登樓、登亭等題材類型，其中又以詠樓詞十八首佔最多數。袁行霈說：「中國詩歌藝術的發展，從一個側面看來就是自然景物不斷意象化的過程。」〔註80〕換言之，以「重屋」〔註81〕為特徵的樓，也是在不斷地意象化。樓，自古以來不僅是人們棲身生活的建築空間，更是傳統文人流連忘返的詩意處所，登樓可以憑欄靜立，緬懷世事，吁噓獨語，文人可以從樓欄處獲得最佳的藝術感受，並找到羈旅、閨怨、愁情、哀傷的最美的感覺。〔註82〕樓，因此具有一種特殊的審美價值，它可以把山水日月吸引到人們眼前，人們通過它可以從有限的空間看無限的空間，在吐納萬物中擴展自己的精神。〔註83〕簡而言之，樓是古代文人生活棲止之所，更是情感的興發地。

　　元代詠物詞藉由登高意象開展一系列以憂念為基調的豐富多彩的感情世界，尤其樓是其中一個蘊蓄特別情感的象徵符號，元代詠物詞中登高意象又以登樓意象佔最多數，因此本文關於登高意象之探討即以登樓意象為主，同時參酌其他登高意象，具體分析元代詠物詞中創作主體的心理意識與文化意蘊。

　　《楚辭‧九歌‧哀郢》云：「登大墳以遠望兮，聊以舒吾憂心。」〔註84〕〔唐〕李嶠〈楚望賦‧序〉亦云：「夫情以物感，而心由目暢，

〔註80〕袁行霈：《中國詩歌藝術研究》，頁 2。

〔註81〕〔清〕段玉裁注：《段氏說文解字注》：「樓，重屋也。」（臺北：宏業書局，1973 年），卷 6，頁 182。

〔註82〕古光亮：〈唐宋詞中的樓欄意象和詞人的藝術感覺〉，《雲南師範大學學報》第 29 卷第 4 期（1997 年），頁 26。

〔註83〕宗白華：《美學散步》（臺北：洪範書店，1982 年 3 月），頁 36～38。

〔註84〕〔宋〕洪興祖補注：《楚辭補注》（臺北：漢京文化事業公司，1983

非歷覽無以寄杼軸之懷，非高遠無以開沉鬱之緒，是以騷人發興於臨
水，柱史詮妙於登臺，不其然歟！」〔註85〕登高遠眺，目極千里，總
在不經意間牽引人的情懷思緒，遙對望而不可及的故鄉，離恨愈行愈
遠還生。張之翰〈婆羅門引‧病中對菊〉嘗云：「宦遊最難，算長在
別離間。」（頁 712）對於長期仕宦遊徙不定而不得不遠別故鄉親人
的元代文人來說，出仕不易，卻又屈抑下僚，心裡滿懷的苦悶抑鬱，
唯暫藉登高望遠傾吐胸中愁怨，撫慰漂泊不安的靈魂。如：

> 洞庭春水如天，岳陽樓上誰開宴。飄零鄭子，危欄倚遍，
> 山長恨遠。……人生幾許，悲歡離聚，情鍾難遣。（白樸〈水
> 龍吟‧登岳陽樓，感鄭生龍女事，譜大曲薄媚〉，頁 629）

> 重陽何處登臨，玉驄慣識南山路。……瓊臺寶瑟，不堪重
> 記，泛觴流羽。笑撚黃花，閒尋紅葉，故人何處。倚危闌
> 北望，燕雲晻靄，又征鴻暮。（張埜〈水龍吟‧皇慶癸丑重九，
> 登南高峰，寄柳湯佐同知〉，頁 893）

> 翠微曾共登臨，冷光澂灩三千頃。……湖海高情，林泉清
> 意，幾人能領。算知音只有，中宵涼月，浸蓬萊影。（張埜
> 〈水龍吟‧題湖山勝槩亭〉，頁 890）

> 漫登臨贏得，征鞍倦客，離思亂，鄉心苦。一夢繁華何許。
> 空留得悲涼今古。（張埜〈水龍吟‧登滕王閣〉，頁 892）

> 結樓高倚晴空，人間何限思親處。白雲誰遣，等閒出岫，
> 悠悠來去。（許有壬〈水龍吟‧題賈氏白雲樓，次牧庵韻〉，頁 965）

以上詞作中，多為登高思念遠人之作，其中表現遊宦離苦最為深重難
耐的則屬張埜之作，黃拔荊最為稱賞張埜登臨懷古紀勝之作，曰：
「……內容渾厚，感情充沛，氣勢豪邁，頗得南宋豪放派之餘脈。」
〔註86〕觀其所作，無論登滕王閣、登南高峰或登勝槩亭，所詠皆有一

年 9 月初版），頁 134。

〔註85〕〔唐〕李嶠：〈楚望賦〉，收入〔清〕董誥等編：《全唐文》（上海：
上海古籍出版社，1990 年）第 2 冊，頁 1079。

〔註86〕黃拔荊：《中國詞史》（福州：福建人民出版社，2003 年 5 月），頁

股孤獨飄零、重尋無著的悲涼意緒。緣於張埜一生南北遊宦，遷徙不定，故詞作中往往流露「風波何限，功名良苦」（〈水龍吟‧暇日過田學士村居，乃父爲司徒〉，頁 892）與「身世飄零，勛業何成」（〈沁園春〉，頁 899）之悲嘆，普遍傳達出元代文人因仕宦遠別故鄉親人，孤身飄零如寄，無所依託的心聲。

　　隨著遊宦不定而來的情緒，則是藉由登高引發感士不遇之慨，如：

　　　　東山高臥，梁甫長吟。人未老，鬢毛侵。平生多古意，落日更登臨。倚危闌，窮遠目，恐傷心。（王惲〈三奠子‧登河中迎煦樓，樓故址即唐崔徽白樓也〉，頁 674）

　　　　登臨把酒，問黃樓人去，幾番風雨。……西風鼕鼓。昔日爭雄懷楚霸，百萬屯雲貔虎。世事茫茫，山川歷歷，不盡憑闌思。城頭今古，黃河日夜東去。（周權〈百字謠‧東坡昔守彭城，既治決河，乃修築其城，作黃樓城上，以臨河以土實制水，因以黃名樓。樓成，子由作賦，坡翁爲書之，刻于石。予回自京師登樓懷古，並感項籍遺事，末章及之〉，頁 882）

　　　　人生樂事古難并。清興卷滄溟。恨老矣劉郎，病餘司馬，慵舉瑤觥。登臨不留一語，怕風煙、笑我太無情。收拾新詩未了，錢塘落日潮生。（張埜〈木蘭花慢‧陪安參政宴吳山盛氏樓〉，頁 897）

詞人落日登臨，眼前一片遲暮殘景，竚立樓頭思古傷今，不禁興嘆千古英雄而今寥落爾安歸？通過對歷史的觀察，反思人生社會，人未老，鬢髮殘，世事茫茫，詞人更加肯定自我的人生信念，既然今與古截然不同，「行藏」出處自是千差萬別，故無須強求，誠如王旭 〔註87〕

615。
〔註87〕王旭（生卒年不詳），字景初，東平（今屬山東）人。家貧力學，教授四方，終生未仕，以文章知名於時。與同郡王構、王磐俱以文章名世，號爲「三王」，王構、王磐仕宦至顯，獨王旭潦倒一生，故詩文中往往流露懷才不遇情緒，表達對人生的感慨。詩格體氣超邁，時見性靈。詞則多應酬之作，惟登臨、感遇數篇，嘆慨遙深，亦有可觀。有《蘭軒集》二十卷。

所云:「今古異,行藏別。身易退,腰難折。」(〈滿江紅〉,頁 885)
不如歸去矣!

此外,元代詠物詞中的登高意象,往往亦結合詠史及懷古之思,
興發亡國之慨。如:

> 夕陽王謝宅。對草樹荒寒,亭臺欹側。烏衣舊時客。渺雙
> 飛萬里,水雲寬窄。東風羽翅,也迷卻、當時巷陌。向尋
> 常百姓人家,孤負幾回春色。(白樸〈瑞鶴仙·登金陵烏園來
> 燕臺〉,頁 633)

> 飛樓縹緲,礙行雲、勢壓鯨川雄傑。賓主落成登眺日……
> 且向尊前呼翠袖,歌取陽春白雪。千古興亡,百年哀樂,
> 天遠孤鴻滅。酒闌人散,角聲吹上明月。(王旭〈大江東去·
> 登鯨川樓〉,頁 889)

> 翠微秋晚,試閒登絕頂,徘徊凝竚。……遙想霸略雄圖,
> 蟻封蝸角,畢竟無人悟。六代興亡都是夢,一樣金陵懷古。
> 宮井朱闌,庭花玉樹,偏費騷人句。此情誰會,舻聲搖月
> 東去。(張埜〈滿江紅·登石頭城清涼寺翠微亭〉,頁 896)

> 百尺危樓堪眺望,抖擻征衫塵土。又惹起、悲涼今古。……
> 莫唱當年朝士曲,怕黃花、紅葉俱淒楚。愁正在,雁飛處。
> (張埜〈賀新郎·九日同柳湯佐梁平章弟總管攜歌酒登古臺,乃金之
> 七圍也〉,頁 901)

歷經仕途坎坷的詞人,面對千古江山恆常不易的現實,亦不免尋思突
破個人遭際的侷限,跨越時空,發出歷史興亡,宇宙無限之思,大有
「青山依舊在,幾度夕陽紅」之悲慨!

綜合上述詞作觀之,登高之作既是抒發情愁,亦且興發悲愁,甚
而使人因愁怯登,種種複雜心理,因詞人所處的時空背景不同而互有
差異。對此心境不同的變化,〔唐〕李嶠〈楚望賦〉析之頗有理云:

> 故夫望之為體也,使人慘悽伊鬱,惆悵不平,興發思慮,
> 震盪心靈。其始也,周兮若有求而不致也,悵乎若有待而
> 不至也。悠悠揚揚,似出天壤而步雲莊,逡逡巡巡,若失

其守而忘其眞。群感方興，眾念始并。既情招而思引，亦
目受而心傾。浩兮漫兮，終逾遠兮，肆兮流兮，宕不返兮。
然後精回魂亂，神荼志否，憂憤總集，莫能自止。〔註88〕
李嶠文中將登高者的心理明顯區分爲三個階段：期待、感思、神荼。
〔註89〕由初時登高，目極千里，心境霎時開闊，登時快意自足。然這
種心境暫時的舒解，只是虛擬的補償，登高者的內心仍是有所期待。
而當期待落空時，心情頓時陷落，此時思慮交迫更甚平日，舉目山川
平野茫茫蕩蕩，天地悠悠無已時，人不禁感到個體生命的短暫渺小，
因而「慘悽伊鬱，惆悵不平」。如王勃〈滕王閣詩・序〉云：「天高地
迥，覺宇宙之無窮；興盡悲來，識盈虛之有數。」〔註90〕百感交集之
餘，萬千愁緒盡意傾瀉，更加添內心的躊躇恨恨，最終「贏得銷魂無
語」。〔註91〕

　　元代詠物詞中創作主體的心理亦經歷如前述一般的過程，但是基
於政治環境的迥異，文人儒士的人生理想徹底被顛覆，整個社會價值
觀亦經歷極大的變異。歷此世變，發之爲詞，在登高意象的文化意涵
上，元代詠物詞人有所傳承，亦有新變，其不同於前代文人登臨興悲
的意涵，〔註92〕在於元代文人登高興悲與當時社會上普遍興起的隱逸

〔註88〕〔唐〕李嶠：〈楚望賦〉，收入〔清〕董誥等編：《全唐文》，第 2 冊，
　　　　頁 1079。
〔註89〕嚴雲受：《詩詞意象的魅力》（合肥：安徽教育出版社，2003 年 2 月
　　　　1 版），頁 87〜90。
〔註90〕〔唐〕王勃著，〔明〕張燮輯：《王子安集》，《文津閣四庫全書》，第
　　　　355 冊，卷 5，頁 31。
〔註91〕〔宋〕柳永：〈竹馬子〉：「登孤壘荒涼，危亭曠望，靜臨煙渚。對雌
　　　　霓挂雨，雄風拂檻，微收煩暑。漸覺一葉驚秋，殘蟬噪晚，素商時
　　　　序。覽景想前歡，指神京，非霧非煙深處。　　向此成追感，新愁
　　　　易積，故人難聚。憑高盡日凝竚。贏得消魂無語。極目霽靄霏微，
　　　　暝鴉零亂，蕭索江城暮。南樓畫角，又送殘陽去。」收入唐圭璋編：
　　　　《全宋詞》（臺北：中華書局，1976 年 10 月初版），第 1 冊，頁 43。
〔註92〕據孫維城：〈辛棄疾"登高望遠"詞的生命悲慨〉文中分析：「古人
　　　　的『登臨興悲』有兩大走向：一者抒發生命活力不能舒展的傷悲，
　　　　是入世者的生命之悲，如曹操、陳子昂、杜甫、辛棄疾、陸游的作

思潮相結合，於期待、感思之餘，藉嚮慕歸隱，滌盡塵慮，遠離世俗，而歸結以高曠之情。試看以下詞作：

> 晴倚層闌，飄飄醉上青鸞背。飛雲崩墜。萬疊銀濤碎。　　青嶂白波，非復人間世。人懷霽。夕陽有意。返照千山外。（王惲〈點絳唇·後六月二十二日，同府僚宴飲白雲（朱校云雲字疑衍）樓，時積雨新晴，川原四開，青嶂白波，非復塵境。忽治中英甫堅索鄙語，酒酣耳熱，以樂府歌之〉，頁 691）

> 我來無伴獨幽尋。高處更登臨。但白髮衰顏，羸驂倦僕，幾度長吟。人生百年適意，喜今年、方始遂歸心。醉引壺觴自酌，放歌殘照清林。（胡祇遹〈木蘭花慢·春日獨遊西溪〉，頁 697）

> 瀟灑雲林，微茫煙草，極目春洲闊。城高樓迥，恍然身在寥廓。……風景不殊，溪山信美，處處堪行樂。（鮮于樞〔註93〕〈念奴嬌·八詠樓〉，頁 820）

> 晚來碧海風沉，滿樓明月留人住。瓊花香外，玉笙初響，修眉如妒。十二闌干，等閒隔斷，人間風雨。望畫橋簷影，紫芝塵暖，又喚起、登臨趣。　　回首西山南浦。問雲物、爲誰掀舞。關河如此，不須騎鶴，儘堪來去。月落潮平，小衾夢轉，已非吾土。且從容對酒，龍香浣繭，寫平山賦。

> （貫雲石〔註94〕〈水龍吟·詠揚州明月樓〉，頁 950）

品：一者表現生存狀態的不自由，是出世者的生命之悲，如王羲之〈蘭亭集序〉，李白的大量遊仙詩，以及宋代婉約的許多篇章。」見氏著：《宋韻——宋詞人文精神與審美形態探論》（合肥：安徽大學出版社，2002 年 5 月 1 版），頁 190。

〔註93〕鮮于樞（1259～1301），字伯機，號困學民、又號直寄老人，漁陽（今屬河北）人。元世祖至元中以才選，爲江浙行省都事，官至太常寺典簿。晚年築困學齋，閉門謝客，致力著述。善詞賦及曲，工行書及畫，精鑑書法名畫及古器物。與趙孟頫交深，文望相伯仲。有《困學齋集》、《困學齋雜錄》。存詞四首，清曠能豪，與其性格、書品相近。事跡見《新元史》卷 237。

〔註94〕貫雲石（1286～1324），高昌畏兀（即今維吾爾族）人，原名小雲石海涯，因父名貫只哥，遂以貫爲姓，號疏仙，又號酸齋、蘆花道人。出身維吾爾貴族，祖父阿里海爲元初大將軍，隨世祖征戰有功，

醉膽望秋寒。星斗闌干。小窗人影月明閒。客裏不知歸是
夢，只在吳山。　　行路自來難。長鋏休彈。黃塵到底涴
儒冠。一片白鷗湖上水，閒了漁竿。（張翥〈浪淘沙・臨川文
昌樓望月〉，頁 1020）

王惲〈點絳脣〉，由醉中靜觀萬物，脫去凡塵俗累，神遊象外，與
山川靈氣共浮沉，頗得超然物外之趣。胡祗遹〈木蘭花慢〉，則藉
登高舒暢歸隱山林的閒適之趣，飲酒放歌，何等愜意！鮮于樞〈念
奴嬌〉，融情入景，以景顯情，在憑今弔古之中，抒發人生感慨，
表現出曠達不羈的胸懷，云：「溪山信美，處處堪行樂。」對此不
圓滿的人生，仍是充滿樂觀的期待。貫雲石〈水龍吟〉，則突出明
月樓之高峻與夜宴高樓之玲瓏雅趣，登樓徙倚，恍如置身仙境般。
最後以「且」字勒住世事無常之嘆，表現其豪爽不羈的性格。張翥
長期隱居不仕，年五十五歲始被薦入朝，仍不免於慨嘆：「行路自
來難。」由〈浪淘沙〉可見出其一心嚮往隱逸歸鄉，惜「閒了」一
句破其理想，寄其悵恨。

　　綜合以上詞作可見，元代詠物詞人運用登高意象所表現出異於前
朝的時代意涵，登高興悲本是尋常，但是元代詠物詞人卻慣常在歷經
世事滄桑之變，「酒浪翻杯，塊壘頻澆未肯平」（周權〈沁園春〉，頁
876）之餘，藉由「登高處，倚西風長嘯，任我疏狂」（周權〈沁園春〉，
頁 883），另啓一條豁達通脫之路，忘懷塵俗，高曠自持。

四、南浦意象——南浦歸帆，為誰掀舞

　　自《詩三百》以來，「水」頻頻出現於詩篇吟詠之中，「水」之源
遠流長、奔流不盡等特質，激發詩人內在細膩柔婉的情思，《文心雕

父曾任江西行省平章政事。少時膂力過人，善騎射，稍長折節讀書。
初襲父職，為兩淮萬戶達魯花赤，後讓爵於其弟，北上師從姚燧，
深受漢文化薰陶。英宗朝選為潛邸說書秀才，仁宗時拜翰林學士兼
修國史，時年僅二十八歲，故人稱「小翰林」。後稱疾辭官，定居
杭州，泰定元年卒，諡文靖。富才情，詩、文、曲及書法均自成一
家。事跡見《元史》卷 143。

龍・神思》云：「登山則情滿於山，觀海則意溢於海。」〔註95〕詩人臨淵觀水，除了滿足於欣賞自然形式的美感之外，更賦予其深厚的人文與歷史的意涵，在不同的題材、不同的意象組合中，呈現出極其多樣的形態，各具異彩，別有情韻，遞相累積，相互承繼而成爲特定的文化意涵，「南浦」即是其中之一。

古代送別傷離的詩篇中，時見「南浦」一詞。溯其源應始於屈原《楚辭・九歌・河伯》云：「子交手兮東行，送美人兮南浦。」〔註96〕其後江淹〈別賦〉引申此語而作曰：「春草碧色，春水綠波。送君南浦，傷如之何！」〔註97〕自是而後，「南浦」一詞即被賦予豐富的象徵意涵。「南浦」，原指南面的水邊，〔東漢〕許愼《說文解字》釋曰：「浦，水瀕也，瀕下曰水涯，人所賓附也。浦，從水。甫聲。滂古切。五部。」〔註98〕可知「浦」字本義爲水濱，後常用稱爲送別之地，也用以喻指分離送別，以及別離的悲涼心境。「南浦」在唐代逐漸發展成爲詩人創造意境的特定詩歌意象，只是當時並不普遍；直到宋代才逐步形成豐富飽滿的詩歌意象，宋代詞人不僅在詞的創作中運用「南浦」意象，並據唐《教坊記》〈南浦曲子〉，另倚新聲，命名曰〈南浦〉。根據《詞譜》記載，〈南浦〉爲雙調，分爲一百零二字平韻，及一百零五字仄韻二體，惟宋元人塡者較少，且多塡仄韻體，而以張炎詞作

〔註95〕〔南朝梁〕劉勰原著，王更生注譯：《文心雕龍讀本》，下編，卷6，頁4。
〔註96〕「交手」是指古人執手分別，不忍相離之意。「子」、「美人」，皆指河伯。原文出自《楚辭・九歌・河伯》云：「與女遊兮九河，衝風起兮橫波。乘水車兮荷蓋，駕兩龍兮驂螭。登崑崙兮四望，心飛揚兮浩蕩。日將暮兮悵忘歸，惟極浦兮寤懷。魚鱗屋兮龍堂，紫貝闕兮朱宮。靈何爲兮水中，乘白黿兮逐文魚。 與女遊兮河之渚，流澌紛兮將來下。子交手兮東行，送美人兮南浦。波滔滔兮來迎 ，魚鱗鱗兮媵予。」〔宋〕洪興祖補注：《楚辭補注》（臺北：漢京文化事業公司，1983年9月初版），頁78。
〔註97〕〔南朝梁〕蕭統編撰，〔唐〕李善注：《昭明文選》（臺北：文化圖書公司，1977年10月初版），卷16，頁223。
〔註98〕〔清〕段玉裁注：《段氏說文解字注》，卷11，頁393。

譜。〔註99〕

　　元代詠物詞中關於「南浦」意象的運用，除了承繼前代吟詠傷別離憂、黯然消魂，如：

　　　西風不住。恨寂寞芳魂，輕煙北渚。涼月又南浦。(李治〈摸魚兒·大名有男女以私情不遂赴水者。後三日，二尸相攜出水濱。是歲陂荷俱並蒂〉，頁604)

　　　驚回一枕當年夢，漁唱起南津。畫屏雲嶂，池塘春草，無限消魂。(倪瓚〈人月圓〉，頁1073)

　　　依依楊柳，青絲縷、掩映綠波南浦。(虞薦發〔註100〕〈如此江山·泛曲阿後湖〉，頁1143)

或寄寓人事滄桑、遊子思歸，如：

　　　江空歲晚，故園秋老，行色莫依違。特地與君期。趁南浦、蓴鱸正肥。(薛昂夫〔註101〕〈太常引·題朝宗亭督孟博早歸〉，頁951)

　　　南浦歸帆暮。喜重看、螺江煙柳，鶴汀雲樹。畫棟朱簾歌舞地，風景已非前度……舊時猶記登臨處。共詩朋、賦友同歡，詠今懷古。兩鬢星星今老矣……招我隱，有佳趣。(梁寅〈金縷曲·泊南浦〉，頁1083)

又喻指時光流逝，物華不再等意涵外，如：

　　　絃索夜深船，淒涼聽、還似西風溢浦。征鴻去盡，夢回明月生煙樹。如此山川無限恨，都付一尊懷古。(張翥〈南浦·艤舟南浦，因賦題〉，頁1005)

〔註99〕　〔清〕王奕清等編纂，孫通海、王景桐校點：《欽定詞譜》(北京：學苑出版社，2008年6月1版)，頁1582～1585。

〔註100〕　虞薦發(生卒年不詳)，鄉貢生，後遷居武進、無錫。著有《雲陽集》。《全金元詞》，頁1143。

〔註101〕　薛昂夫(約1273～1250)，本名薛超吾，回鶻(即今維吾爾族)人，漢姓馬，字昂夫，號九皋。祖先隨蒙古族入據中原，定居南昌，師從劉辰翁。大德間以父蔭為江西行省令史，後遷太平路總管、池州路總管、建德路總管。至正五年，以秘書監致仕。與張可久、虞集、薩都剌等往來密切，散曲風格通脫豪爽，存詞三首，收入《全金元詞》。

> 回首西山南浦。問雲物、爲誰掀舞。……月落潮平，小衾
> 夢轉，已非吾土。(貫雲石〈水龍吟·詠揚州明月樓〉，頁950)

此外，南浦意象在元代進而與時代情緒相結合，寄寓詞人隱居生活的閒適意趣，如陶宗儀〔註102〕以〈南浦〉詞調所歌詠的隱居生活美學之作，詞云：

> 如此好溪山，羨雲屏九疊，波影涵素。暖翠隔紅塵，空明
> 裏，著我扁舟容與。高歌鼓枻，鷗邊長是尋盟去。頭白江
> 南，看不了，何況幾番風雨。　　畫圖依約天開，蕩清暉，
> 別有越中眞趣。孤嘯拓篷窗、幽情遠，都在酒瓢茶具。水
> 葒搖，晚月明，一笛潮生浦。欲問漁郎無恙否。回首武陵
> 何許。(頁1131)

此詞題序云：

> 會波村，在松江城北三十里。其西九山離立，若幽人冠帶
> 拱揖狀。一水兼九山南過村外，以入於海。而溝塍畎澮，
> 隱翳竹樹間。春時桃花盛開，雞犬之聲相聞，殊有武陵風
> 概，隱者停雲子居焉。一舟曰水光山色，時放乎中流，或
> 投竿，或彈琴，或呼酒獨酌，或哦詠陶謝韋柳詩，殆將與
> 功名相忘，嘗坐余舟中作茗供，襟抱清曠，不覺度成此曲。
> 主人即譜入中呂調，命洞簫吹之，與童子櫂歌相答，極鷗
> 波縹緲之思云。

題序中展示出詞人隱居生活的藝術美學，淡語中有豐富的生活樂趣，淺筆中含蘊有高曠的幽居情懷。落筆直接稱道溪山「好」，令人「羨」，接著狀繪美景，舒綣情懷，頗有引人入勝之感。接著寫放流江中之樂，與鷗鳥爲友，鼓枻高歌，忘懷功名，無懼人生風雨，但求覓得仙家路，不負此生清約。上片著重描繪詞人「扁舟容與」的閒雅之態，下片則

〔註102〕陶宗儀（生卒年不詳），字九成，號南村，臺州黃岩（今屬浙江）人。元末舉進士不第，遂絕意仕進。出遊浙東、西，師事張翥、李孝光、杜本等。家貧，躬親稼穡，教授自給。元末屢辭辟舉，明洪武中曾出任教官。勤於記述典章制度，編有《南村輟耕錄》三十卷。工書法，善詩詞，有《南村詩集》、《滄浪棹歌》。其詩格力遒健，詞則超曠瀟脫，附於《南村詩集》後。

側重於揭示其高遠之幽情，一心嚮慕陶潛的武陵仙境，反映出時代的心聲與人生理想的追求。〔註103〕全篇情景交融，委婉深曲，「以淡語收濃詞者，別是一法。內有一片深心」。〔註104〕

五、雁意象——稻粱謀拙，弋人何慕

「雁」意象亦是古典詩詞中眾所熟知而常見的原型意象之一。雁為候鳥，春日南飛，秋日北歸，隨時令播遷流徙，居無定所，此一特徵與古人思鄉懷歸的情愫相契合，因而形成漂泊流浪、思歸故土的原始意涵。最早以「雁」興寄離別意象的，首見《詩經·小雅·鴻雁》云：「鴻雁于飛，肅肅其羽。之子于征，劬勞于野。」〔註105〕雁習居於北方，因征戍遠別家鄉而使人見之傷悲，是以寒塘雁影、孤鴻哀鳴，都寄託詞人思念親人、羈旅漂泊之思。元代詠物詞以「雁」意象表徵離別思親之情者，如：

> 長空澹澹，無言目送，飛鴻千里。（劉敏中〈水龍吟·賦含暉亭〉，頁760）
>
> 渺寒雲萬裏，孤舲載雪，逐雁渡三湘。（朱晞顏〈渡江雲·題鄭天趣三湘集〉，頁856）
>
> 燕子東歸，鴻賓南下，滿眼蘆花雪。（白樸〈念奴嬌·壬戌秋泊漢江鴛鴦灘〉，頁632）
>
> 橫吹聲沉，騎鯨人去，月滿空江雁影寒。（白樸〈沁園春·金陵鳳凰臺眺望〉，頁633）
>
> 莫是冥鴻，銜子遠飛來。紫陌遊人多不識，但驚看，青天霽，一樹開。（姚燧〈江梅引·謝王子勉提刑送江梅二首〉，頁738）

「雁」既含寓對故鄉的思盼，亦是隻身漂泊的遊子的寫照。如：

〔註103〕 陳海霞：〈論元末隱士詞人〉：「這不僅是陶宗儀自己的桃源理想，同時也是元末隱士詞人共同追尋的精神家園。」《青島大學師範學院學報》第25卷第2期（2008年6月），頁7。

〔註104〕 〔清〕李漁：《窺詞管見》，《詞話叢編》第1冊，頁556。

〔註105〕 〔清〕陳奐：《詩毛氏傳疏》，頁469。

目斷瑤臺，夢繞金屋。雁歸猶未卜。（邵亨貞〈霓裳中序第一·中秋後二夕對月〉，頁 1119）

渺雪雁南飛，雲濤東下，歲晏欲何處。（程文海〈摸魚兒·次韻盧疎齋憲使題歲寒亭〉，頁 789）

湘水冷涵秋，行雲平貼。時見驚鴻度蘋末。霧鬟煙佩，微步一川涼月。（張翥〈感皇恩·題趙仲穆畫淩波水仙圖〉，頁 1016）

國亡家破，當時豪俊，魚沉雁渺。王霸紛更，乾坤搖蕩，廢興難曉。（曹伯啓〔註106〕〈水龍吟·用楊修甫學士登岳陽樓韻〉，頁 813）

千古興亡，百年哀樂，天遠孤鴻滅。（王旭〈大江東去·登鯨川樓〉，頁 889）

人如孤雁寄身於天地逆旅，詞人除了感傷家國興亡之悲，亦憐孤身無所依託。又如薩都剌〔註107〕〈卜算子·泊吳江夜見孤雁〉云：

明月麗長空，水淨秋宵永。悄無烏鵲向南飛，但見孤鴻影。

自離邊塞路，偏耐江波靜。西風鳴宿夢魂單，霜落蒹葭冷。（頁 1090）

詞中以孤雁自喻，首先鋪陳出秋江邊清寂冷凝的景象，一隻孤鴻零落江邊，繼而借曹操「烏鵲南飛」〔註108〕一典，寄寓自己無所依託的

〔註106〕 曹伯啓（1255～1333），字士開，濟寧碭山（今屬安徽）人。師從李謙，累官蘭溪主簿、西臺御史、刑部侍郎、集賢學士、御史臺侍御史、浙西廉訪史等。泰定初北歸，再召不赴。至順四年卒，諡文貞。性莊嚴，奉身清約。詩風平易流暢，嫻雅平和，時有仕宦之慨。存詞三十餘首，多寫人生感慨。著有《曹文貞公詩集》十卷。事跡見《新元史》卷 202。

〔註107〕 薩都剌（1308～？），字天錫，號直齋。回族人，一說蒙古族人。其祖、父以世勳鎮雲、代（今山西代縣），遂為雁門（今代縣一帶）人。元泰定帝四年（1327）進士，歷官京口錄事長、南行臺掾、閩海廉訪知事、河北廉訪經歷等。嘗因彈劾權貴而受黜。性好遊歷山水，深巖丘壑，無不窮其幽微。嘗登司空山太白臺，嘆曰：「此老真山水精也。」遂結廬其下。工詩詞，有《雁門集》。

〔註108〕 曹操〈短歌行〉：「月明星稀，烏鵲南飛，繞樹三匝，無枝可依。山不厭高，海不厭深，周公吐哺，天下歸心。」引見逯欽立輯校：《先秦漢魏晉南北朝詩·魏詩》（臺北：木鐸出版社，1983 年 9 月初版），

失落之情，將孤雁的處境與心態和盤托出。

　　雁既被視爲離別的象徵，觸動人心思鄉懷歸之情，其安慰人心的力量亦因爲其獨具飛越空間的能力，而被賦予特殊傳遞信息的使命。以雁傳書之說最早見於《漢書・蘇武傳》載漢與匈奴和親，漢室欲召還蘇武，「匈奴詭言武死」，漢使詐稱「天子射上林中，得雁，足有繫帛書，言武等在某澤中」，單于不得不遣還蘇武，故有「鴻雁傳書」一典。〔註 109〕後人即以「雁足」、「魚雁」、「雁書」等代指書信，成爲遠別分離的征夫思婦之間情感之所繫。如張翥〈菩薩蠻・贈雁〉云：

　　人隨雁雁俱南去。雁應先到憑傳語。若問錦書無。人歸不
　　得書。（頁 1022）

雁性喜群飛，雁群遷徙時通常結陣爲「人」字或「一」字，行伍齊整，頗似兄弟相隨，故以「雁行」喻指兄弟，兄弟一旦分散，形單影隻，如雁失其群，如李齊賢〈巫山一段雲・平沙落雁〉云：

　　玉塞多繒繳，金河欠稻粱。兄兄弟弟自成行。萬里到瀟湘。
　　　　遠水澄拖練，平沙白耀霜。波頭人散近斜陽。欲下更
　　悠揚。（頁 1028）

詞中隱約暗示仕途多艱，憂患難測，兄弟各自紛飛，遠別萬里。下片以遠水平沙遼闊之景，開啓高曠的人生境界，勸慰詞人遠離浪湧紅塵，日暮棲身平沙，歸影將更形悠揚雅逸。故李齊賢又云：

　　心安只合此爲家。何事客天涯。（〈巫山一段雲・平沙落雁〉，頁
　　1029）

棲身山林水邊，也許是鴻雁權宜之變的聰明抉擇。詞中暗寓仕宦的危機感，在元代皇室政權急遽變動，文人仕途多蹇的惡劣政治環境裡，普遍興起一股思歸故里的隱逸之風。「雁」意象在元代除了抒發故園

　　卷 1，頁 349。
〔註 109〕　〔東漢〕班固：《漢書・蘇武傳》：「昭帝即位。數年，匈奴與漢和親。漢求武等，匈奴詭言武死。後漢使復至匈奴，常惠請其守者與俱，得夜見漢使，具自陳道。教使者謂單于，言天子射上林中，得雁，足有係帛書，言武等在某澤中。」（臺北：藝文印書館，1958年），卷 54，頁 1151。

鄉愁的眷戀外,亦有以鴻雁自比孤傲不群的性格,寄託隱逸思歸之志,如姚燧〈清平樂‧聞雁〉,〔註110〕對比白鷺與冥鴻的生活習性,顯現出雁、鷺求生存與謀稻粱的迥異人生態度,興寄思歸山林之意。又朱晞顏〈賀新郎‧歸雁用劉季和韻〉云:

> 雲影低平楚。看翩翩、離群避暖,去尋孤戍。猶記登樓看瘦字,零落西風無數。把往事、書將空處。乍別榆關秋夢迴,向江南、睡足菰蒲雨。天欲暝,雪初絮。　　江空歲晏衡陽度。盡冥冥、稻粱謀拙,弋人何慕。行斷驚飛悲弔影,誰念嘹風最苦。算只有、天涯羈旅。莫聽城笳迷去翮,被落花、飛絮相縈住。翰海燕,笑遲暮。(頁858)

此詞題詠歸雁,上片著力描寫北雁南飛時的翩翩孤鴻影,即使安然棲身江南水鄉,仍驚懼天暝欲雪,暗示政治環境之險惡。下片寫客遊異鄉之苦,既拙於謀稻粱,又有弋人之威嚇,處境實艱。最後以海燕相激,促其早日歸鄉,寄寓詞人思歸故園之旨。這正是「雁」意象不同於前代,成為元代詠物詞中體現時代意義與反映社會思潮的特殊意涵。「雁」在元代詠物詞中被賦予人格化的象徵意義,詞人由「雁」及於自身,感受到在異族統治之下出仕為官的孤寂心情,猶如「萬裏長空風雨路」(姚燧〈清平樂‧聞雁〉)般前路冥冥,不過天涯羈旅,隨俗遷徙罷了。詞中的孤鴻弔影不僅是亂離時代中詞人的自我寫照,更是整個時代文人儒士仕宦困塞的縮影。「雁」意象因而成為元代詠物詞中一個符號化的重要意象,具有特殊的審美意蘊與文化意涵。

第二節　典故之鎔裁

　　典故是詞人將現時的經驗和過去的史實作一對比,〔註111〕以最

〔註110〕　見本書第五章第二節,頁269～270。
〔註111〕　楊宿珍:〈觀物思想的具現──詠物詞〉說:「典故是詩人以現時的經驗和過去的史實作一對比,因此用典必須包含二個基項:一為詩人當時的現身經驗,一為過去發生的史實;其間的關係可能是類似,也可能是對比。」收入蔡英俊、劉岱編:《中國文化新論‧文

精鍊的語言文字，運用類似或對比的關係，直接或間接、明言或隱語指涉過去史實，達到「以少總多，情貌無遺」〔註 112〕的表意效果，呈現精鍊典雅之風貌。〔清〕沈祥龍《論詞隨筆》云：「詞不能堆垛書卷，以誇典博，然須有書卷之氣味。胸無書卷，襟懷必不高妙，意趣必不古雅，其詞非俗即腐，非粗即纖。」〔註 113〕可知用典有其必要性，尤其詞體要眇宜修，婉約典雅，巧於因襲用典，「據事以類義，援古以證今」，〔註 114〕足使文旨富贍，形象鮮明，語言精鍊，意蘊深遠。李清照（1084～1151？）《詞論》亦曰：「賀（鑄）苦少典，秦（觀）則專主情致而少故實，譬如貧家美女，雖極豔麗豐逸，而終乏富貴態。」〔註 115〕由此可見，適當使用典故，可以增強語言文字的力量與色澤，猶如點石成金般，煥發文采，熠熠生輝。

詞中運用典故之風尚，漸興於宋室南遷，偏安江左之後，一時湖山宴樂，雅集唱和，南宋詞人滿懷感慨幽憤無處宣洩，往往結社分題吟詠，借物擬人，以古諷今，用典託寓，直接助成詠物詞的興盛發展。〔註 116〕由於詠物詞最適宜展現爭奇鬥妍之技巧，而「寄託」又為詠物詞之最高境界，吳梅《詞學通論》曰：

> 詠物之作，最要在寄託，所謂寄託者，蓋借物言志，以抒
> 忠愛綢繆之旨。《三百篇》之比興，〈離騷〉之香草美人，
> 皆此意也。〔註 117〕

　　學篇二・意象的流變》（臺北：聯經出版事業公司，1982 年 10 月），頁 391。

〔註 112〕　〔南朝梁〕劉勰原著：《文心雕龍・物色》，參見王更生注譯：《文心雕龍讀本》，下編，卷 10，頁 302。

〔註 113〕　〔清〕沈祥龍：《論詞隨筆》，《詞話叢編》，第 5 冊，頁 4058。

〔註 114〕　〔南朝梁〕劉勰原著：《文心雕龍・事類》曰：「事類者，蓋文章之外，據事以類義，援古以證今者也。」參見王更生注譯：《文心雕龍讀本》，下編，卷 8，頁 168。

〔註 115〕　引見〔清〕馮金伯：《詞苑萃編》，《詞話叢編》，第 2 冊，卷 9，頁 1972。

〔註 116〕　王偉勇：《南宋詞研究》，頁 185。

〔註 117〕　吳梅：《詞學通論》（上海：上海古籍出版社，2006 年 4 月 1 版），

由此可知，詠物詞興於南宋，以及詠物詞多用典故之因。元代詠物詞承繼南宋詞託物寓志之風，亦善用典故以婉曲寄意。如周權〈水調歌頭〉詠亭云：

> 亭小可容膝，眞似寄鷦枝。客來休訝迫窄，老子只隨宜。
> 鳧鶴短長莫問，鵬鷃逍遙自適，何暇論成虧。萬事一尊酒，
> 齊物物難齊。　　　種株梅，移箇竹，鑿些池。添他無限風
> 月，儘可著吾詩。世上黃雞白日，門外紅塵野馬，役役付
> 兒癡。起舞一揮手，天外片雲飛。（頁 882）

詞中密集運用《莊子》中的典故以寄意，如「鳧鶴短長」，用《莊子·駢拇》：「長者不爲有餘，短者不爲不足。是故鳧脛雖短，續之則憂；鶴脛雖長，斷之則悲。」〔註118〕喻凡事宜順其自然；「鵬鷃逍遙」，典出《莊子·逍遙遊》，鵬是扶搖直上就萬里的大鳥，而鷃卻是飛不高的小雀，莊子以二者比喻凡物有大小，不相齊一，無法強求；〔註119〕「齊物物難齊」，則反用《莊子·齊物論》篇旨，齊是非、齊物我之論，寄寓眞實人生「物難齊」之無奈與感慨；「紅塵野馬」，用《莊子·逍遙遊》：「野馬也，塵埃也，生物之以息相吹也。」〔註120〕「役役」，用《莊子·齊物論》：「終身役役，而不見其成功。」〔註121〕二句用來喻示人生碌碌，勞苦終日一事無成，何不梅竹爲伴，吟風賞月，揮別紅塵紛擾，如雲自由無礙飛去。通篇雖出入《莊子》書中，卻能以意貫串，〔註122〕不覺涉獸，〔註123〕全篇思致流暢，意脈明晰，適足以反映

頁 3。

〔註118〕〔清〕王先謙：《莊子集解》（臺北：世界書局，2001 年 11 月二版），卷 3，頁 76。

〔註119〕〔清〕王先謙：《莊子集解》，卷 1，頁 1～3。

〔註120〕〔清〕王先謙：《莊子集解》，卷 1，頁 1。

〔註121〕〔清〕王先謙：《莊子集解》，卷 1，頁 12。

〔註122〕〔清〕周濟：《宋四家詞選目錄序論》：「詠物最爭托意隸事處以意貫串，渾化無痕。」《詞話叢編》，第 2 冊，頁 1644。

〔註123〕〔清〕況周頤：《蕙風詞話·續編》：「問：『詠物如何始能佳？』答：『未易言佳，先勿涉獸。一獸典故，二獸寄託，三獸刻畫、襯托。去之三者，能成詞不易，矧復能佳，是眞佳矣。』」又云：「以性靈

出元代詞人在理性思維觀照之下，對人生世相的徹悟與通達之見。

　　詠物用典固為時尚習性之所趨，仍應以意貫串，蘊蓄深遠，藉收援古證今之效，方為妥貼適切。元代詠物詞中鎔裁歷史故實、聖哲典型、傳奇寓言、高人逸事、遊仙綺想等典故者，不勝枚舉。以下即以主題式分類法，歸納元代詠物詞中較具時代意義的典故，並舉例分析，以明其旨要。

例一，寫家國興亡之悲，用黍離興悲、銅駝荊棘、日近長安遠、前度劉郎、後庭花、王謝堂前燕、新亭對泣、金銅仙人典。

【出處】

1. 「黍離興悲」典故源出《詩經·王風·黍離》，參本文第五章第二節。

2. 《晉書·索靖列傳》：「索靖字幼安，敦煌人也。累世官族，父湛，北地太守。靖少有逸群之量，與鄉人氾衷、張甝、索紾、索永俱詣太學，馳名海內，號稱『敦煌五龍』。四人並早亡，唯靖該博經史，兼通內緯。州辟別駕，郡舉賢良方正，對策高第。傅玄、張華與靖一面，皆厚與之相結。……靖有先識遠量，知天下將亂，指洛陽宮門銅駝，歎曰：『會見汝在荊棘中耳！』」「銅駝」，原為宮室前具有代表性的裝飾品，在國勢凌替之際，卻成了王室興亡的一個見證。

3. 《世說新語·夙惠》記曰：「晉明帝數歲，坐元帝膝上。有人從長安來，元帝問洛下消息，潸然流涕。明帝問何以致泣，具以東渡意告之。因問明帝：『汝意謂長安何如日遠？』答曰：『日遠。不聞人從日邊來，居然可知。』元帝異之。明日，集羣臣宴會，告以此意，更重問之。乃答曰：『日近。』元帝失色，曰：『爾何故異昨日之言邪？』答曰：『舉目見日，不見長安。』」

語詠物，以沉著之筆達出，斯為無上上乘。」《詞話叢編》，第 5 冊，卷 5，頁 4527～4528。

4. 《本事詩‧事感》：「劉尙書自屯田員外左遷郎州司馬，凡十年始徵還。方春，作〈贈看花諸君子〉詩曰：『紫陌紅塵拂面來，無人不道看花回。玄都觀裏桃千樹，盡是劉郎去後栽。』其詩一出，傳於都下。有素嫉其名者，白於執政，又誣其有怨憤。他日見時宰，與坐，慰問甚厚。既辭，即曰：『近者新詩，未免爲累，奈何？』不數日，出爲連州刺史。其自敍云：『貞元二十一年春，余爲屯田員外，時此觀未有花。是歲出牧連州，至荊南，又貶朗州司馬。居十年，詔至京師，人人皆言有道士手植仙桃滿觀，盛如紅霞，遂有前篇，以記一時之事。旋又出牧，於今十四年，始爲主客郎中。重遊玄都，蕩然無復一樹，唯兔葵燕麥，動搖於春風耳。因再題二十八字，以俟後再遊。時太和二年三月也。』詩曰：『百畝庭中半是苔，桃花淨盡荼花開。種桃道士歸何處？前度劉郎今獨來。』」

5. 杜牧〈泊秦淮〉：「煙籠寒水月籠沙，夜泊秦淮近酒家。商女不知亡國恨，隔江猶唱後庭花。」

6. 劉禹錫〈烏衣巷〉：「朱雀橋邊野草花，烏衣巷口夕陽斜。舊時王謝堂前燕，飛入尋常百姓家。」

7. 《世說新語校箋‧言語》：「過江諸人，每至美日，輒相邀新亭，藉卉飲宴。周侯中坐而歎曰：『風景不殊，正自有山河之異！』皆相視流淚。唯王丞相愀然變色曰：『當共戮力王室，克復神州，何至作楚囚相對？』」

8. 李賀〈金銅仙人辭漢歌〉并序：「魏明帝青龍元年八月，詔宮官牽車西取漢孝武捧露盤仙人，欲立置前殿。宮官既拆盤，仙人臨載，乃潸然淚下。唐諸王孫李長吉遂作金銅仙人辭漢歌。」歌云：「茂陵劉郎秋風客，夜聞馬嘶曉無跡。畫欄桂樹懸秋香，三十六宮土花碧。魏官牽車指千里，東關酸風射眸子。空將漢月出宮門，憶君清淚如鉛水。衰蘭送客咸陽道，天若有情天亦老。攜盤獨出月荒涼，渭城已遠波聲小。」

【例句】

前度劉郎，重來訪、玄都燕麥。(張翥〈滿江紅・錢舜舉桃花折枝〉，頁 1013)

重念禹跡茫茫，兔狐荊棘，感慨悲歌發。(安熙〈酹江月・登古容城有感，城陰則靜修劉先生故居〉，頁 848)

看取長安日近，春風搖蕩鳴珂。(〈木蘭花慢〉詠焦氏樂器，頁 661)

劉郎只見慣，金陵興廢，贈得行人鬢白。又爭如復到玄都，兔葵燕麥。(白樸〈瑞鶴仙・登金陵烏衣園來燕臺〉，頁 633)

隔江誰唱後庭花。煙淡月籠沙。(耶律鑄〈眼兒媚・醴泉和高齋，過隋煬故宮〉，頁 623)

宮井朱闌，庭花玉樹，偏費騷人句。(張埜〈滿江紅・登石頭城清涼寺翠微亭〉，頁 896)

鷩作陳家宮井，澆出後庭玉樹，直使國俱亡。(許有壬〈水調歌頭・胭脂井次湯碧山教授韻〉，頁 954)

甚千年事往，野花雙塔，依然是，騷人詠。(白樸〈水龍吟・登邯鄲叢臺〉，頁 653)

夕陽王謝宅。對草樹荒寒，亭臺欹側。烏衣舊時客。(白樸〈瑞鶴仙・登金陵烏衣園來燕臺〉，頁 633)

收取晉人腮上淚，千載後，幾新亭。(劉秉忠〈江城子〉詠瓊華島，頁 611)

華表鶴來，銅盤人去，白日青天夢一場。(白樸〈沁園春〉賦桃，頁 634)

半壁酸風，兩淮寒月，古今興廢。(楊載〈水龍吟〉詠鴻溝，頁 850)

例二，寄志東山，用謝安、貢禹、傅說典。

【出處】

1. 《世說新語・排調》記曰：「謝公在東山，朝命屢降而不動。後

出爲桓宣武司馬，將發新亭，朝士咸出瞻送。高靈時爲中丞，亦往相祖。先時，多少飲酒，因倚如醉，戲曰：『卿屢違朝旨，高臥東山，諸人每相與言："安石不肯出，將如蒼生何？"今亦蒼生將如卿何？』謝笑而不答。」

2. 《漢書·貢禹傳》曰：「吉與貢禹爲友，世稱『王陽在位，貢公彈冠』，言其取舍同也。元帝初即位，遣使者徵貢禹與吉。」

3. 《尚書·商書·說命下》：「王曰：『來，汝說。台小子舊學於甘盤，既乃遯于荒野入宅於河。自河徂亳，暨厥終罔顯。爾惟訓于朕志，若作酒醴，爾惟麴櫱；若作和羹，爾惟鹽梅。爾交脩予，罔予棄，予惟克邁乃訓。』」

【例句】

東山高臥，梁甫長吟。人未老，鬢毛侵。（白樸〈三奠子〉詠迎煦樓，頁 674）

不學東山高臥，也不似鹿門長往。（劉因〈玉漏遲·泛舟東溪〉，頁 780）

白首無成，蒼生應笑，不是當年老謝安。（謝應芳〈沁園春〉詠雪，頁 1061）

空無語，還自笑。恐當年、貢禹錯彈冠。（劉敏中〈木蘭花慢·曉過盧溝〉，頁 751）

莫問調羹心事，且論笛裏平生。（朱晞顏〈一萼紅·盆梅〉，頁 857）

例三，懷志不遇，英雄無覓，用屈原、杜甫、項羽典。

【出處】

1. 《楚辭補注·漁父》：「屈原既放，游於江潭，行吟澤畔，顏色憔悴，形容枯槁。漁父見而問曰：『子非三閭大夫與？何故至於斯？』屈原曰：『舉世皆濁我獨清，眾人皆醉我獨醒，是以見放。』」

2. 杜甫〈哀江頭〉：「少陵野老吞聲哭，春日潛行曲江曲。……人生

有情淚沾臆，江水江花豈終極？黃昏胡騎塵滿城，欲往城南望城
北。」

3. 《史記‧項羽本紀》：「項王軍壁垓下，兵少食盡，漢軍及諸侯兵
圍之數重。夜聞漢軍四面皆楚歌，……項王乃悲歌慷慨，自爲詩
曰：『力拔山兮氣蓋世，時不利兮騅不逝。騅不逝兮可奈何，虞
兮虞兮奈若何！』」

【例句】

楚江雲錦三千頃，笑殺靈均話獨醒。（李治〈鷓鴣天〉詠蓮花
白，頁604）

結貽憔悴笑靈均，蘭苕盈襟袖。（姚燧〈燭影搖紅〉詠海棠，頁
741）

人間世、無物有香如許。靈均遺恨千古。芙蓉杜若何堪佩，
憔悴行吟沅浦。（姚燧〈摸魚子‧賦玉簪〉，頁742）

靈均不信，木末搴芙蓉。徒自潔，好奇服，芰荷縫。（姚燧
〈六州歌頭‧賦木蓮花〉，頁742）

擬賦招魂九辯，空目斷雲樹煙蘿。渺湘靈不見，木落洞庭
波。撫卷長哦。（盧摯〈六州歌頭‧題萬里江山圖〉，頁727）

澧蘭沅芷曾親擷，返醒魂、猶帶騷香。（朱晞顏〈渡江雲‧題
鄭天趣三湘集〉，頁856）

堪羨也宜劍佩，此生不遇湘靈。（沈禧〈朝中措‧蘭詞〉，頁1046）

無花無酒仍無月，愁殺耽詩杜少陵。（劉秉忠〈鷓鴣天‧酒〉，
頁615）

可憐杜老，肯飛送、江頭只岸花。爭似我、夜醉長沙。（許
有壬〈望月婆羅門引〉詠雪，頁972）

拔山力盡英雄困，垓下尚擁兵戈。（白樸〈秋色橫空‧贈虞美人
草〉，頁641）

昔日爭雄懷楚霸，百萬屯雲貔虎。（周權〈百字謠〉詠黃樓，頁
882）

青娥舞罷，重瞳飲泣，斷腸聲裏。（楊載〈水龍吟〉詠鴻溝，頁850）

例四，蔑視功名，用黃粱夢熟、爛柯仙子、南柯一夢典。

【出處】

1. 《太平廣記》「異人二・呂翁」條，記載唐開元十九年，道者呂翁，經邯鄲道上邸舍中，遇少年盧生，自嘆困窮，呂翁乃探囊中枕以授之曰：「子枕此，當令子榮適如志。」是時主人蒸黃粱為饌，盧生夢入枕中，享盡榮華富貴。及醒，黃粱尚未熟，怪曰：「豈其夢寐耶？」呂翁笑曰：「人世之事，亦猶是矣。」盧生憮然曰：「夫寵辱之數，得喪之理，生死之情，盡知之矣。此先生所以窒吾欲也，敢不受教。」再拜而去。

2. 《述異記》：「信安郡有石室山，晉時王質伐木，至，見童子數人棋而歌，質因聽之，童子以一物與質含之，不覺饑。俄頃，童子謂曰：『何不去？』質起視，斧柯爛盡，既歸，無復時人。」

3. 李公佐《南柯太守記》記述淳于棼醉臥槐樹下，夢至大槐安國，出仕南柯太守，盡享榮華富貴。夢醒後，始覺大槐安國原是蟻穴。淳于棼遂覺悟人生短暫，皈依道門，戒酒絕色，三年而往。

【例句】

對殘釭影澹，黃粱飯了，聽征車動。（王惲〈水龍吟・登邯鄲叢臺〉，頁653）

少年狂夢，黃粱早已先熟。（吳鎮〈酹江月・酒邊〉，頁944）

門外行人遙指似。好箇爛柯仙子。（劉因〈清平樂・圍棋〉，頁782）

歎昨日秦宮，今朝漢苑，一夢槐安。（李德基〈木蘭花慢〉詠洞霄，頁723）

例五，追慕晉風，用陶潛、阮籍、王羲之、庾亮、劉伶、子猷愛竹典。

【出處】

1. 《晉書‧陶潛傳》：「潛少懷高尚，博學善屬文，穎脫不羈，任眞自得……遇酒則飲，時或無酒，亦雅詠不輟。嘗言夏月虛閑，高臥北窗之下，清風颯至，自謂羲皇上人。性不解音，而畜素琴一張，弦徽不具，每朋酒之會，則撫而和之，曰：『但識琴中趣，何勞弦上聲！』」

2. 《晉書‧阮籍傳》記曰：「籍本有濟世志，屬魏晉時期，天下多故，名士少有全者，籍由是不與世事，遂酣飲爲常。」又曰：「籍聞步兵廚營人善釀，有貯酒三百斛，乃求爲步兵校尉。」又曰：「時率意獨駕，不由徑路，車跡所窮，輒痛哭而返。」又曰：「嘗於蘇門山遇孫登，與商略終古及栖神導氣之術，登皆不應，籍因長嘯而退。至半嶺，聞有聲若鸞鳳之音，響乎巖谷，乃登之嘯也。遂歸著大人先生傳」

3. 《晉書‧王羲之傳》：「羲之既去官，與東土人士盡山水之遊，弋釣爲娛。又與道士許邁共修服食，采藥石不遠千里，遍游東中諸郡，窮諸名山，泛滄海，歎曰：『我卒當以樂死。』謝安嘗謂羲之曰：『中年以來，傷於哀樂，與親友別，輒作數日惡。』羲之曰：『年在桑榆，自然至此。頃正賴絲竹陶寫，恆恐兒輩覺，損其歡樂之趣。』」

4. 《晉書‧劉伶傳》：「身長六尺，容貌甚陋。放情肆志，澹默少言，不妄交游，……常乘鹿車，攜一壺酒，使人荷鍤而隨之，謂曰：『死便埋我。』其遺形骸如此。」

5. 《晉書‧庾亮傳》：「亮在武昌，諸佐吏殷浩之徒，乘秋夜往共登南樓，俄而不覺亮至，諸人將起避之。亮徐曰：『諸君少住，老子於此處興復不淺。』便據胡床與浩等談詠竟坐。其坦率行己，多此類也。」此典喻示魏晉時人重返自然之怡然童趣。

6. 《晉書‧王子猷傳》：「時吳中一士大夫家有好竹，欲觀之，便出坐輿造竹下，諷嘯良久。主人洒掃請坐，徽之不顧。將出，主人

乃閉門，徽之便以此賞之，盡歡而去。嘗寄居空宅中，便令種竹。或問其故，徽之但嘯詠，指竹曰：『何可一日無此君邪！』」

【例句】

長鋏休彈，瑤琴時鼓，倦鳥誰教強去來。（許有壬〈沁園春〉，頁 956）

高風未論陶元亮，豪氣應吞阮步兵。（許有壬〈鷓鴣天・次韻李沁州寄酒〉，頁 973）

流行坎止何憂喜，笑泣窮途阮步兵。（劉秉忠〈鷓鴣天・酒〉，頁 615）

迷晚色，散秋馨。兵廚曉溜玉泠泠。（李治〈鷓鴣天・中秋同遺山飲倪文仲家蓮花白，醉中賦此〉，頁 604）

辛年來、阮籍慣窮途，無心哭。（謝應芳〈滿江紅・吳江阻風〉，頁 1062）

長嘯登臨，望不盡、海門修碧。（周權〈滿江紅・次韻邵本初登富春山〉，頁 879）

老懷陶寫惟絲竹，有捧觴、林下芉容。傍人任笑，疏狂不減，我輩情鍾。（許有壬〈金菊對芙蓉・宿程松墼月香亭次韻〉，頁 970）

象筵寶瑟何由見，與誰共羽觴浮。蘭亭遺迹長蓬蒿。（梁寅〈燕歸慢・上巳雨〉，頁 1080）

從今萬八千場醉，莫酹劉伶荷鍤墳。（姚燧〈鷓鴣天・遐觀堂暮飲〉，頁 736）

問南樓月，癡老子，興不淺，意如何。（盧摯〈六州歌頭・題萬里江山圖〉，頁 727）

看竹何須問主？尋村遙認松蘿。（劉因〈西江月〉，頁 783）

例六，歸隱田園、遯跡山林，用陶潛、范蠡、三高、劉阮典。

【出處】

1. 陶淵明〈飲酒〉詩之五：「結廬在人境，而無車馬喧。問君何能

爾？心遠地自偏。采菊東籬下，悠然見南山。山氣日夕佳，飛鳥相與還。此中有真意，欲辯已忘言。」

2. 陶淵明〈歸去來兮辭〉：「雲無心以出岫，鳥倦飛而知還。」

3. 陶淵明〈遊斜川詩序〉：「辛酉正月五日，天氣澄和，風物閑美，與二三鄰曲，同遊斜川。……若夫曾城，傍無依接，獨秀中皋，遙想靈山，有愛嘉名。欣對不足，率爾賦詩。悲日月之遂往，悼吾年之不留。」

4. 《史記·貨殖列傳》：「范蠡既雪會稽之恥，……乃乘扁舟浮於江湖，變名易姓，適齊為鴟夷子皮，之陶為朱公。朱公以為陶天下之中，諸侯四通，貨物所交易也。乃治產積居。與時逐而不責於人。故善治生者，能擇人而任時。十九年之中三致千金，再分散與貧交疏昆弟。此所謂富好行其德者也。後年衰老而聽子孫，子孫脩業而息之，遂至巨萬。故言富者皆稱陶朱公。」此典喻示追慕前賢，崇尚古風之意。

5. 《吳郡志》：「三高祠，在吳江縣垂虹橋南，即王氏朣庵之雪灘也。昔堂在垂虹南圮，極偏仄，乾道三年，縣令趙伯窓徙之雪灘，三高者，范蠡、張翰、陸龜蒙也此。祠人境俱勝，名聞天下。」

6. 《幽明錄》：「漢明帝永平五年，剡縣劉晨、阮肇共入天台山取穀皮，迷不得返，經十三日，糧食乏盡，飢餒殆死。遙望山上有一桃樹，大有子實，而絕巖邃澗，永無登路。攀援藤葛，乃得至上。各噉數枚而飢止，體充。復下山持杯取水，欲盥漱，見蕪菁葉從山腹流出，甚鮮新，復一杯流出，有胡麻飯糝，相謂曰：『此知去人徑不遠。』便共沒水，逆流二三里，得度山出一大溪，溪邊有二女子，姿質妙絕，見二人持杯出，便笑曰：『劉阮二郎，捉向所失流杯來。』晨肇既不識之，緣二女便呼其姓，如似有舊，乃相見忻喜。問：『來何晚邪？』因邀還家……十日後欲求還去，女云：『君已來是，宿福所牽，何復欲還邪？』遂停半年。氣候草木是春時，百鳥啼鳴，更懷悲思，求歸甚苦。女曰：『罪牽君

當可如何？』遂呼前來女子有三四十人，集會奏樂，共送劉阮，指示還路。既出，親舊零落，邑屋改異，無復相識。問訊得七世孫，傳聞上世入山，迷不得歸。」

【例句】

地偏心遠，日與聖賢晤語。市聲飛不到、橫披處。（王惲〈感皇恩〉詠心遠堂，頁671）

悠然一見南山後，便覺世多塵句。（許有壬〈摸魚子〉詠圭塘，頁963）

芳鈿簇簇。曾印鮫綃裙六幅。萬朵天眞。我是東籬富貴人。（袁易〈減字木蘭花慢·銷金菊〉，頁843）

白雲誰遣，等閒出岫，悠悠來去。（許有壬〈水龍吟·題賈氏白雲樓，次牧庵韻〉，頁965）

青天外，斜陽澹澹，倦鳥正飛還。（許有壬〈滿庭芳·登廣思樓〉，頁971）

歷歷武陵如在目。幾時同藉仙源宿。（凌雲翰〈蝶戀花〉詠清溪，頁1146）

乾坤遺此方臺，賦詩名字從吾起。（劉敏中〈水龍吟〉詠別墅，頁760）

一笑斜川癡老子，奇峰。便入南窗詩句中。（沈禧〈南鄉子·觀雲〉，頁1056）

自鷗夷去後，狂瀾未息，從此壓，潮頭倒。（鮮于樞〈水龍吟〉詠拱北樓，頁820）

莫將西子比西湖。千古一陶朱。（張雨〈太常引〉詠畫舫，頁915）

風帘下，扁舟泊。（許有壬〈滿江紅·次湯碧山清溪〉，頁969）

萬古清風范蠡，一輪明月蘇州。（張可久〈木蘭花慢·重過吳門〉，頁930）

三高祠下天如鏡，山色浸空濛。蓴羹張翰，漁舟范蠡，茶竈龜蒙。（張可久〈人月圓〉詠垂虹亭，頁925）

一別仙源無覓處，劉郎鬢欲成絲。（劉秉忠〈臨江仙・桃花〉，頁612）

只恐明朝，玉驄迷卻，武陵溪路。儻劉郎不厭，醒時來訪，醉時歸去。（張埜〈水龍吟〉詠野春亭，頁893）

例七，高蹈避世，用滄浪之水、鯤鵬萬里、濠梁遺意、曳尾塗中典。

【出處】

1. 《孟子・離婁上》：「有孺子歌曰：『滄浪之水清兮，可以濯我纓；滄浪之水濁兮，可以濯我足。』孔子曰：『小子聽之！清斯濯纓，濁斯濯足矣，自取之也。』」

2. 《莊子・逍遙遊》：「北有冥海者，天池也。有魚焉，其廣數千里，未有知其修者，其名為鯤。有鳥焉，其名為鵬，背若太山，翼若垂天之雲，摶扶搖羊角而上者九萬里，絕雲氣，負青天，然後圖南，且適南冥也。斥鴳笑之曰：『彼且奚適也？我騰躍而上，不過數仞而下，翱翔蓬蒿之間，此亦飛之至也。而彼且奚適也？』此小大之辯也。」

3. 《莊子・秋水》，莊子曾在濠水邊與惠子辯論魚樂，後在濮水邊對楚王的使者，以神龜曳尾來比喻自己貴山海的放逸之心。

4. 《世說新語校箋・言語》曰：「簡文入華林園，顧謂左右曰：『會心處不必在遠；翳然林水，便自有濠濮閒想也，不覺鳥獸禽魚，自來親人。』」

【例句】

今宵到此知何處，對冷月、清興猶狂。愁未了，一聲漁笛滄浪。（邵亨貞〈渡江雲〉詠霜月，頁1107）

每醉時低唱，滄浪一曲，閒時高臥，紅日三竿。（謝應芳〈沁園春〉詠梅、竹，頁1062）

聽滄浪一曲，漁人歌罷，對夕陽暮。（王惲〈水龍吟〉賦雨，頁653）

只北山逋客負塵纓,滄浪濯。(姚燧〈滿江紅・賦南園〉,頁 738)

鴻鵠翱翔,雲霄寥廓,斥鷃蓬蒿莫見猜。(許有壬〈沁園春〉詠綽然亭,頁 955)

邇來心事,無慚猿鶴,更齊鵬鷃。(許有壬〈水龍吟〉賦亭,頁 965)

物齊各自逍遙,何知鷃小鯤鵬大。(劉敏中〈水龍吟〉詠神麕峯,頁 760)

信有平生濠濮想,悠悠。身似潛魚嬾上鈎。(張雨〈南鄉子・題李紫篔山居〉,頁 914)

魚如解語。道惠子忘言,莊周忘象,豈識水中趣。(馬熙〈摸魚子〉詠圭塘,頁 992)

例八,隱逸遊仙,用莊子、列子、乘槎、浮海、蓬萊典。

【出處】

1. 《莊子・齊物論》:「昔者莊周夢爲胡蝶,栩栩然胡蝶也,自喻適志與!不知周也。俄然覺,則蘧蘧然周也。不知周之夢爲胡蝶與,胡蝶之夢爲周與?周與胡蝶,則必有分矣。此之謂物化。」

2. 《列子・黃帝》:「海上之人有好漚鳥者,每旦之海上,從漚鳥游,漚鳥之至者百住而不止。其父曰:『吾聞漚鳥皆從汝游,汝取來,吾玩之。』明日之海上,漚鳥舞而不下也。故曰,至言去言,至爲無爲。齊智之所知,則淺矣。」

3. 《拾遺記》曰:「堯登位三十年,有巨查浮於西海,查上有光,夜明晝滅,海人望其光,乍大乍小,若星月之出入矣。查常浮繞四海,十二年一周天,周而復始,名曰貫月查,亦謂挂星查。羽人棲息其上,群仙含露以漱,日月之光則如暝矣。虞夏之季,不復記其出沒,遊海之人,猶傳其神偉也。」後以此典形容天上遨遊。

4. 《論語・公冶長第五》:「子曰:『道不行,乘桴浮於海。從我者,其由與?』」

5. 《史記・封禪書》：「自威、宣、燕昭使人入海求蓬萊、方丈、瀛洲。此三神山者，其傳在勃海中，去人不遠；患且至，則船風引而去。蓋嘗有至者，諸仙人及不死之藥皆在焉。其物禽獸盡白，而黃金銀爲宮闕。未至，望之如雲；及到，三神山反居水下。臨之，風輒引去，終莫能至云。」喻指海中仙境或人間勝境。

【例句】

別夢遊蝴蝶，離歌怨竹枝。（趙孟頫〈巫山一段雲・松鶴峰〉，頁807）

彼知忘此此忘而，海上多矰繳，翁鷗乃、兩忘機。想蝶夢莊周，周迷蝶夢，蓬蓬自適無非己。（朱晞顏〈哨遍・題坐忘齋〉，頁858）

沙洲外，輕鷗落。（許有壬〈滿江紅・次湯碧山清溪〉，頁969）

高歌鼓枻，鷗邊長是尋盟去。（陶宗儀〈南浦〉，頁1131）

白鷗自在。待日落潮平，游人歸盡，飛過富陽瀨。（吳存〈摸魚兒・賦潮〉，頁830）

任煙波，多少凄涼，分付輕鷗。（袁易〈高陽臺・鴛鴦菊〉，頁840）

八表神游，一槎高泛，逸興方超絕。（劉因〈念奴嬌・飲山亭月夕〉，頁779）

我欲乘槎，直窮銀漢，問津深入。（許有壬〈水龍吟・過黃河〉，頁965）

何當駕我以長風。便欲乘桴、浮到日華東。（趙孟頫〈虞美人・浙江舟中作〉，頁805）

待約靈槎，銀河秋夕，訪牛尋女。（韓奕〈水龍吟・海荓許氏舟名〉，頁1157）

風吹遠瀛洲。記水淺蓬萊，塵揚滄海，一醉都休。（耶律鑄〈木蘭花慢〉詠永安宮，頁623）

更休尋、玉山瑤草，蓬萊知在何處。（姚燧〈摸魚子・賦玉簪〉，

頁 742）

百歲真同昏與曉。羽化何人，一見蓬萊島。(李齊賢〈蝶戀花‧漢武帝茂陵〉，頁 1026)

西巖仙老。身在蓬萊島。竹月松雲塵不到。況有清風自掃。
（許有壬〈清平樂‧題郭思誠山居〉，頁 980）

例九，詠梅用林逋、陸凱、壽陽公主典。

【出處】

1. 林逋〈山園小梅二首〉之一云：「疏影橫斜水清淺，暗香浮動月黃昏。」

2. 《荊州記》記曰：「陸凱與范曄相善，自江南寄梅一枝，詣長安與曄。并贈花范詩曰：『折花逢驛使，寄與隴頭人。江南無所有，聊贈一枝春。』」

3. 《宋書》記曰：「武帝女壽陽公主人日臥於含章簷下，梅花落公主額上，成五出之華，拂之不去。皇后留之，自後有梅花妝，後人多效之。」

【例句】

瀛嶼月，偏來照，影橫斜。瘦爭些。(張翥〈六州歌頭‧孤山尋梅〉，頁 997)

試問梅花，自逋仙後知音少。還又向、石林深處，結清邊友。(周權〈滿江紅〉詠梅，頁 879)

但得一枝春。誰嫌老瓦盆。(王惲〈菩薩蠻‧盆梅〉，頁 772)

含章睡起宮妝褪，新妝淡淡豐容。(白樸〈秋色橫空‧詠梅〉，頁 641)

怕有人、誤認真花，欲點曉來妝額。(張翥〈疏影‧王元章墨梅圖〉，頁 1004)

例十，詠梅、荷重用凌波仙子、萼綠仙子、瑤臺仙子、藐姑真仙、羅浮仙子、嫦娥等典。

【出處】

1. 曹植〈洛神賦〉:「爾迺眾靈雜遝,命儔嘯侶。或戲清流,或翔神渚。或采明珠,或拾翠羽。從南湘之二妃,攜漢濱之游女。歎匏瓜之無匹兮,詠牽牛之獨處。揚輕袿之猗靡兮,翳脩袖以延佇。體迅飛鳧,飄忽若神。凌波微步,羅襪生塵。動無常則,若危若安。進止難期,若往若還。轉眄流精,光潤玉顏。含辭未吐,氣若幽蘭。華容婀娜,令我忘餐。」

2. 陶弘景《真誥‧運象》:「萼綠華者,自云是南山人,不知是何山也?女子年可二十上下,青衣,顏色絕整。」

3. 王嘉《拾遺記》記曰:「崑崙,第九層山形漸狹小,下有芝田蕙圃,皆有數百頃,群仙種耨焉。傍有瑤臺十二,各廣千步,皆五色玉為臺基。最下層有流精闕直上四十丈有風雲雨師闕。」

4. 《莊子‧逍遙遊》曰:「藐姑射之山,有神人居焉,肌膚若冰雪,綽約若處子。不食五穀,吸風飲露。乘雲氣,御飛龍,而遊乎四海之外。其神凝,使物不疵癘而年穀熟。吾以是狂而不信也。」

5. 《龍城錄》記曰:「隋開皇中,趙師雄遷羅浮。一日,天寒日暮,在醉醒間,因憩僕車於松林間酒肆傍舍,見一女子,淡妝素服,出迓師雄。時已昏黑,殘雪對月色微明。師雄喜之,與之語,但覺芳香襲人,語言極清麗。因與之扣酒家門,得數杯,相與飲。少頃,有一綠衣童來,笑歌戲舞,亦自可觀。頃醉寢,師雄亦懵然,但覺風寒相襲。久之,時東方已白。師雄起視,乃在大梅花樹下,上有翠羽啾嘈相顧,月落參橫。但惆悵而爾。」

6. 《淮南子‧覽冥訓》:「羿請不死之藥於西王母,姮娥竊以奔月。」高誘注:「姮娥,羿妻。羿請不死之藥於西王母,未及服之,姮娥盜食之,得仙,奔入月中,為月精也。」

【例句】

　　更留看飄然月下凌波步。風流自許。待載酒重來,淋漓醉墨,為寫洛神賦。(白樸〈摸魚子〉詠異塵堂,頁636)

萼綠仙姝慶誕辰。酡顏暈酒粲朱脣。霞綃剪袂雲裁佩，絳
雪為肌玉作神。（沈禧〈鷓鴣天・詠紅梅壽守節婦〉，頁 1039）

縹緲仙姝，飛下瑤臺，淡佇東風顏色。（張翥〈疏影・王元章
墨梅圖〉，頁 1004）

年年江上見寒梅。幾枝開。暗香來。疑是月宮，仙子下瑤
臺。（姚燧〈江梅引・江梅二首〉之二，頁 738）

天寒雲淡，月弄黃昏色。綽約眞仙虢姑射。占得百花頭上，
積雪層冰，捱不去，只恁地瑝瑝白。（洪希文〈洞仙歌・早梅〉，
頁 944）

昨夜幽歡，夢裏誰呼去。愁如許。覺來無語。青鳥啼芳樹。
（張弘範〈點絳脣・賦梅〉，頁 730）

記羅浮仙子，儼微步、過山村。（白樸〈木蘭花慢・覃懷北賞梅〉，
頁 638）

壽筵開處接瀛洲。彷彿見羅浮。（沈禧〈風入松・紅梅慶六十壽〉，
頁 1040）

澹妝素服更纖穠。清致不須紅。……嫦娥昨夜，飛出廣寒
宮。（許楨〈太常引〉，頁 996）

例十一，擬花詠美人嬪妃，用張麗華、楊玉環、館娃西施、佳人典。

【出處】

1. 《陳書・後主張貴妃傳》記曰：「後主每引賓客對貴妃等遊宴，
   則使諸貴人及女學士與狎客共賦新詩，互相贈答，採其尤豔麗者
   以為曲詞，被以新聲，選宮女有容色者以千百數，令習而歌之，
   分部迭進，持以相樂。其曲有〈玉樹後庭花〉、〈臨春樂〉等，大
   指所歸，皆美張貴妃、孔貴嬪之容色也。」

2. 《冷齋詩話》記曰：「東坡作〈海棠〉詩曰：『只恐夜深花睡去，
   更燒高燭照紅妝。』事見太眞外傳。上皇登沉香亭，詔太眞妃，
   時妃子卯醉未醒。命力士從侍兒扶掖而至，妃子醉顏殘妝，鬢亂

釵橫，不能再拜。上皇笑道：『豈是妃子醉，真海棠睡未足耳！』」

3. 《吳越春秋》：「十二年，越王謂大夫種曰：『孤聞吳王淫而好色，惑亂沈湎，不領政事，因此而謀，可乎？』種曰：『可破。夫吳王淫而好色，宰嚭佞以曳心，往獻美女，其必受之。惟王選擇美女二人而進之。』越王曰：『善。』乃使相者國中得苧蘿山鬻薪之女，曰西施、鄭旦。飾以羅穀，教以容步，習於土城，臨於都巷。三年學服而獻於吳。」

4. 杜甫：〈佳人〉：「絕代有佳人，幽居在空谷。自云良家子，零落依草木。……在山泉水清，出山泉水濁。侍婢賣珠回，牽蘿補茅屋。摘花不插發，采柏動盈掬。天寒翠袖薄，日暮倚修竹。」

【例句】

麗華鬒發如鑑，曾此笑相將。一旦江山瓶墜，猶欲夫妻同穴，甚矣色成荒。（許有壬〈水調歌頭・胭脂井次湯碧山教授韻〉，頁 954）

惆悵龍沉宮井，石上啼痕，猶點胭脂紅濕。（白樸〈奪錦標〉，頁 624）

記沉香亭暖，真妃半醉，雲鬟亂，耽春睡。（王惲〈水龍吟・賦蓮花海棠〉，頁 651）

憶真妃，春睡足，按霓裳。（白樸〈水調歌頭・十月海棠〉，頁 628）

擬太一真仙，共浮滄海，一葉任掀舉。（白樸〈摸魚子・賦白蓮〉，頁 668）

別來吳姬粉面，比舊年、風韻轉芬芳。（白樸〈木蘭花慢・賦芙蓉杏花〉頁 663）

待約西施同載酒，趁桃花、浪暖相追逐。尋勝地，訪遺俗。（邵亨貞〈賀新郎・題王德璉水村卷〉，頁 1113）

空谷佳人，獨耐朝寒峭，翠袖籠紗。（張翥〈六州歌頭・孤山尋梅〉，頁 997）

春豔濃分，朱鉛淺試，翠袖獨倚修篁。（陶宗儀〈一萼紅·賦
紅梅〉，頁 1131）

天寒日暮水雲邊，忍相捐。（邵亨貞〈江城子·水仙〉，頁 1100）
善用典故，委實不易爲。張炎《詞源·用事》曰：「詞用事最難。要體
認著題，融化不澀。」〔註124〕袁枚《隨園詩話》則曰：「用典，如水中
著鹽，但知鹽味，不知鹽質。」〔註125〕鹽溶於水而不著痕跡，卻味之
生津；典故的使用亦然，既不能太直犯題，又須時時提調，〔註126〕以
醒耳目。是以詞人宜善於檃括〔註127〕物題，隱然合於主旨意涵，使題
旨欲露不露，保持一種不即不離的關係，以達到「收縱聯密，用事合題」
〔註128〕之效。

綜合以上例證，顯示元代詠物詞在鎔裁典故的技巧上，具有以下
的特色：

〔註124〕　〔宋〕張炎：《詞源》，《詞話叢編》，第 1 冊，頁 261。
〔註125〕　〔清〕袁枚：《足本隨園詩話及補遺》（臺北：長安出版社，1978
　　　　　年 6 月），頁 126。
〔註126〕　〔宋〕周密：《樂府指迷》：「如詠物，須時時提調，覺不可曉，須
　　　　　用一兩件事印證方可。」《詞話叢編》，第 1 冊，頁 279。
〔註127〕　「檃括」一詞用於文學批評，始見於劉勰《文心雕龍·鎔裁》云：
　　　　　「檃括情理，矯揉文采也。」見王更生注譯：《文心雕龍讀本》，下
　　　　　編，卷 7，頁 92。檃括詞盛行於兩宋，張高評〈「破體出位」與宋
　　　　　代文學的整合研究——以詩、詞、檃括爲例〉一文，曾分析其創作
　　　　　目的云：「這是文類間『破體』效應，以尊重典範爲前提，又以挑
　　　　　戰典範爲手段。其要領在求變追新，其目的在自成一家：可以表現
　　　　　學養，可以揮灑才情，宋代文學之注重技巧，於此可見一斑。」收
　　　　　入氏著：《會通化成與宋代詩學》（臺南：國立成功大學出版社，2000
　　　　　年 8 月），頁 279。又王偉勇〈兩宋檃括詞探析〉一文則專就兩宋檃
　　　　　括詞之起始、數量、對象、技巧等深入探究分析，並於張氏「破題」
　　　　　說的觀點外，另揭示宋人創作檃括詞的目的有四：言志抒情、酬贈
　　　　　唱和、遣興娛賓、角技逞才，固不止於表現學養、揮灑才情而已。
　　　　　由是知，詠物詞如能善加運用檃括技巧，援古證今，必能變化生新，
　　　　　精鍊語言，豐富題旨，深化意境。詳參吳雪美編輯：《宋元文學學
　　　　　術研討會論文集》（臺北：東吳大學中文系出版，2002 年 3 月），頁
　　　　　221～288。
〔註128〕　〔宋〕張炎：《詞源》，《詞話叢編》，第 1 冊，頁 261，

　　其一，根據上述元代詠物詞各類題材中最常見的典故分析，元代詠物詞人承繼南宋以來角技逞才之詞風，使事用典已有「習慣性」，〔註129〕或實用，或虛用，或虛實交用，要以隱曲寄意，婉約致志；同時，元代詠物詞人往往在同一調中穿插多項典故以豐富內涵，抒懷寄志。如張翥〈摸魚兒・題熊伯宜藏梅花卷子〉、〈疏影〉二詞，貫串語典、事典以詠梅，句句關合題旨；又如李齊賢〈蝶戀花〉詠漢武帝茂陵，巧妙融合歷史故實、神話傳說，自然入妙；又如朱晞顏〈滿庭芳〉詠雪，全篇無一字言雪，而是借人、事詠物，抒寫宦遊不遇之慨等，都是善於鎔裁典故之例證。

　　其二，元代詠物詞人使用典故取材範圍極廣，涵蓋經史子語，但基本上不脫兩宋以來的範疇。其中較具時代意義的是，元代詠物詞人嚮慕魏晉風流，崇尚隱逸之風。由例五可知元人引用最多的是魏晉時人的典故，包括陶潛、阮籍、王羲之、庾亮、劉伶、謝安等，尤其欽慕陶潛。陶潛以「任真自得」〔註130〕之「真性情」，〔註131〕在動盪不安的混亂世代，樹立高潔恬淡、安貧樂道的形象，成為魏晉風流的最高典範，〔註132〕亦因此成為後代文人企慕的隱者典範。元代詠物

〔註129〕　王偉勇：《南宋詞研究》，頁199。

〔註130〕　〔南朝梁〕昭明太子：〈陶淵明集序〉，收入〔清〕嚴可均輯：《全上古三代秦漢三國六朝文・全梁文》（北京：中華書局，1958年12月1版），卷20，頁3067。

〔註131〕　宗白華：〈論《世說新語》和晉人的美〉曰：「晉人藝術境界的高，不僅是基於他們的意趣超越，深入玄境，尊重個性，生機活潑，更主要的還是他們的『一往情深』！無論對於自然，對探求真理，對於友誼，都有可述。」見氏著：《藝境》（北京：北京大學出版社，1999年），頁123。

〔註132〕　蘇珊玉：〈「比德說」在陶淵明〈飲酒〉組詩的審美深化〉一文引陳寅恪〈陶淵明思想與清談之關係〉一文指出：「陶淵明是位珍惜生命之人，所思唯善待人生，對生之執著，對名之憂患，以及心靈生活的審美化，皆源於此。（按：指陳文）陳言『惟求融合精神與運化之中』，陶淵明實可視為魏晉風流的最高代表。筆者以為『妙賞深情』四字，來概括其對人生的哲理思考及審美生存，實至名歸！由於對於生命的熱愛，珍惜美好的感情和事物，並用心體悟和賞

詞人亦經歷類似陶淵明時代的政治黑暗時期,陶淵明的身影如同鏡子一般,照亮他們幽暗的靈府,刺激他們的靈魂覺醒,以眞性情抒寫生命,歌頌自然萬物,既合於古人之精神,亦使主體精神得以彰顯。這正是元代詞人認同陶淵明的心理原因之一。另外,魏晉士人極力追求生命的自由,追求莊子逍遙境界的實現,二者最終在陶淵明身上得以實踐時代的精神。同樣的,渴望自由,追求逍遙境界,亦是元代詞人所極力追求的生命目標。這是元代詞人認同陶淵明的心理原因之二。基此二原因,元代詠物詞中多引用陶淵明的故實,表現追求逍遙自得、慕陶隱逸的人生思想,實踐人生的理想。

其三,當現實人生的理想落空,志業無著、時命不濟,值此進退失據的兩難困境之下,元代文人將眼目轉向更迥遠的宇宙時空,發揮綺思玄想,或追求「上窮碧落下黃泉」式的遊仙思想,以全性葆眞;或寄跡園林、放情山水,以避禍全身。因此元代詠物詞中多用乘槎浮海、滄浪濯纓、莊周夢蝶、鯤鵬萬里等典故,喻示人生短暫無常,富貴功名如黃粱一夢,不如悠遊山水,懷抱濠濮間想,追求精神上的獨立自主,知命逍遙度此殘生,具體顯現元代文人深受道家思想,尤其是莊子〈齊物論〉思想的影響。思想上雖消極避世,但其企圖以有限的生命形體,跨越時空的無極障礙,以解除精神的禁錮,破除生死的牢籠,達到萬物與我爲一的逍遙境界,反映出整個時代文人潛抑的心聲與無奈的悲鳴,這正是詞中用典託意而能達到脫化無迹之妙的最高境界的一種表現。

第三節　修辭之活化

彭孫遹《金粟詞話》云:「詠物詞極不易工,要須字字刻劃,字字天然,方爲上乘。即問一使事,亦必脫化無迹爲妙。」〔註133〕由

愛,故能『以文學品節居古今第一流』。」《高師大國文學報》第 8 期(2008 年 6 月),頁 48～49。

〔註133〕 〔清〕彭孫遹:《金粟詞話》,《詞話叢編》,第 4 冊,頁 2359。

此可知，詠物詞中用典要能巧妙鎔裁，不著痕跡，才能免除餖飣之譏。此外，詠物詞的藝術特色除了尋繹意象與典故的運用與鎔裁外，在修辭技巧的表現上，更須「字字刻劃，字字天然」。所謂「字字刻劃」，即指元代詠物詞的遣詞用語，要求婉麗典雅；至於「字字天然」，則是指元代詠物詞深受北曲質樸自然風格影響所形成的另一項修辭特色──化俗為雅。此二者皆能體現元代詠物詞在修辭方面的審美特徵──活脫自然、雅俗並濟。以下即分別由用語典麗，及化俗為雅兩個面向析述之。

一、用語典麗

　　詠物以物為描繪主體，藉由詞人主觀的情志、感官、思維，以抽象的藝術媒介──語言文字，描繪物的形態樣貌、意象神情，賦予物象以美學的意義，或賦予物情以生命的意義與情緒，呈現物的聲情之美。因此詠物不能脫離主觀的關照，但其寫物圖貌，則需借助各種客觀的藝術手法，如摹寫、轉化、對比、類疊等技巧的配合運用，才能巧妙地呈現物象的聲情之美。以下極簡括元代詠物詞遣詞用字的特色，包括摹寫自然、敷彩設色、轉化生動等藝術手法，分項舉例說明之。這三項藝術手法，最能體現元代詠物詞婉麗典雅的詞風。

（一）摹寫自然

　　詞人通過主觀的感情知覺，運用語言文字，將現實生活中豐富多彩、千變萬化的客觀事物或人物的聲音、色澤、氣味、景象、形狀、情態等，準確生動地描摹出來，稱作「摹寫」。詩詞中善用摹寫技巧，不僅能增強語言的感情色彩、直觀性、可感性和表現力，更能使人感同身受，如親歷其境一般真實，於渲染環境氣氛，刻劃人物性格等方面，效果顯著。而詠物之作，既要窮盡物之情態，摹狀寫形之際自當別具巧思，鍛鍊字句，具體表現人、物之形象性與生動性。以下即就元代詠物詞中因視覺、嗅覺、聽覺、觸覺等意象而「摹寫」之技巧，分別舉例說明如次：

1、以視覺意象摹寫

碧雲葉底。萬點黃金蕊。（王惲〈清平樂‧詠木樨花〉，頁 646）

朱唇初注櫻桃小。（袁易〈菩薩蠻‧和天民賦十月海棠〉，頁 841）

甚瑤臺、翠鸞雛小。（張翥〈摸魚兒‧錢萬户宜之邀予賦瑤臺景〉，頁 1001）

玉藥瓏璁，繞籬盈樹知誰種。（蒲道源〈點絳脣‧賦野荼蘼〉，頁 837）

翠竹森森抱節，蒼松落落盤根。（白樸〈木蘭花慢〉詠梅，頁 638）

緋榴開滿露井。竹映琅玕瑩。（錢應庚〈隔浦蓮‧水檻對雨〉，頁 1122）

縷縷鵝黃拂曉。弄煙輕嫋。宜春花外萬絲金。（邵亨貞〈一落索‧新柳〉，頁 1098）

暮天映碧，玻璨十頃蘸珠宮。金波湧出芙蓉。誰喚川妃微步，一色夜妝紅。（張翥〈婆羅門引〉詠水燈，頁 1015）

湖合鴛鴦，一道長虹橫跨水，涵波塔影見中流。終日射漁舟。（吳鎮〈酒泉子〉詠鴛鴦湖，頁 936）

2、以嗅覺、或味覺意象摹寫

一檻誰移春造化。鬱鬱香浮月下。（白樸〈清平樂‧李仁山檻中蟠桃梅〉，頁 646）

浣花溪，尚餘舊春，穠芳膩馥吟未了。（錢霖〈鎖窗寒‧題玉山草堂〉，誤頁 1122）

奈花老房空，蒻存心苦，藕斷絲連。（凌雲翰〈木蘭花慢‧賦白蓮和字舜臣韻〉，頁 1146）

山花帶露鮮。良朋共賞玉蟾圓。（尹志平〈巫山一段雲〉賦月，頁 1172）

仙人酌我流霞。夢中知在誰家。（顧阿瑛〈清平樂‧題桐花道人卷〉，頁 1122）

玉盤承露金杯勸。幾度和香嚥。（邵亨貞〈虞美人‧水仙〉，頁

1096）

一炷龍涎，滿甌春露。（王惲〈感皇恩〉賦心遠堂，頁671）

3、以聽覺意象摹寫

鐵撥鵾絲，劃然中有，繁音急調。（王惲〈水龍吟〉詠琵琶，頁
654）

華筵聽處，一揮銀甲，笙竽幽籟。（王惲〈水龍吟・賦箏〉，頁
655）

急雨響巖阿。（梁寅〈縱山月・雨夕〉，頁1079）

蝴蝶又來叢裏鬧，鶬鶊還占枝頭語。（凌雲翰〈滿江紅・詠梨
花鳥圖〉，頁1146）

4、以觸覺意象摹寫

冰痕冷沁苔枝雪，的皪數花纔試。（張翥〈摸魚兒・題熊伯宜藏
梅花卷子〉，頁1000）

暖透天心，冷穿月窟。（王惲〈酹江月・賦玉鸂鶒薰爐〉，頁656）

溪水迎霜冷。（尹志平〈巫山一段雲〉詠川溪，頁1172）

海棠憔悴怯春寒，風雨怎禁得。（薩都剌〈好事近・浙江樓聞笛〉，
頁1345）

5、綜合運用者：即以數種感官意象交互運用，以摹寫物象者。

（1）視覺、聽覺意象綜合運用

海波坌湧三千丈，蓬嶠落翻鼇背。（吳存〈摸魚兒・賦潮〉，頁
830）

春聲初動苔枝嫩。（虞集〈□□□・題梅花寒雀圖〉，頁861）

杏花初吐生紅。好喚一床金鴨，明朝來醉春風。（張翥〈清平
樂・寄山居道人約看杏花〉，頁1021）

燕子樓空，鳳簫人遠，幽恨悲黃鵠。（張玉孃〈念奴嬌・中秋
月次姚孝寧韻〉，頁871）

花外琵琶，柳邊鶯燕，玉佩搖金縷。（薩都剌〈酹江月・遊句

曲茅山〉，頁 1091）

慢卷方池雨，微微落飛簷影。（錢應庚〈隔浦蓮·水檻對雨〉，
頁 1122）

（2）視覺、嗅覺意象綜合運用

嵐氣著衣成紫霧，墨香橫壁長蒼苔。（虞集〈法駕導引·廬山
尋真觀題〉，頁 861）

海棠紅瘦，梨花香澹，似嫌春晚。（王惲〈水龍吟〉，頁 655）

翠袖翻香，朱顏暈酒，綽約冰肌潔。（王惲〈醉江月〉詠來禽，
頁 656）

一片藕花無數。纔欲語。香暗度。（白樸〈摸魚子〉賦異塵堂，
頁 636）

山橫眉黛淺，雲擁髻鬟愁。天香笑攜滿袖，曾向廣寒游。（袁
華〈水調歌頭·宴顧仲瑛金粟影亭賦桂〉，頁 1125）

（3）視覺、觸覺意象綜合運用

冰蕤雪萼正敷腴。（蒲道源〈臨江仙·次解東庵學士詠梅韻〉，頁
837）

玉肌清似削，爭奈許多寒。（許有壬〈臨江仙〉詠梅，頁 975）

江楓汀樹，掛寒雲零亂。（袁易〈洞仙歌〉詠雪，頁 844）

芳姿占得先春意，冰霜操、甘抱清幽。（沈禧〈風入松〉詠紅
梅，頁 1040）

（4）視覺、聽覺、觸覺意象綜合運用

睍睆黃鸝箇箇，陰森綠樹重重。（張可久〈木蘭花慢·德清縣圃
愛山亭〉，頁 931）

橫吹聲沉，騎鯨人去，月滿空江雁影寒。（白樸〈沁園春·金
陵鳳凰臺眺望〉，頁 633）

鼓子風喧，苔痕雨潤，還聽蛙聲鳴井。（錢應庚〈臺城路·寒
食後雨軒獨坐，次復孺韻〉，頁 1123）

鶯聲寂。鳩聲急。柳煙一片梨雲溼。（張翥〈摘紅英·春雨惜
花〉，頁 1020）

（5）視覺、嗅覺、觸覺意象綜合運用

寒香吹桂，暗芭綻橘，紅日曉窗溫。（張可久〈太常引‧黃山西樓〉，頁 931）

膽瓶溫水。一握春如洗。斗帳怯寒呼不起。嬌滴粉雲香裏。（許有壬〈清平樂‧瓶梅〉，頁 979）

看雪樹、翠交加。香透小窗紗。是昨夜、幽蘭放花。（許有壬〈太常引‧武昌別墅〉，頁 977）

萬疊山橫翠，千盤河曲長。居民安土樂農桑。流水落花香。（尹志平〈巫山一段雲〉詠養老庵，頁 1172）

（6）視覺、嗅覺、聽覺意象綜合運用

勢挾怒濤翻急雪，韻勝甘露透香風。（洪希文〈浣溪沙‧試茶〉，頁 940）

喬雲獻瑞，乳花鬭巧，松風飄沸。（洪希文〈品令‧試茶〉，頁 941）

□品香泉味好，須臾看、蠏眼湯翻。銀瓶注，花浮兔椀，雪點鷓鴣斑。（白樸〈滿庭芳〉詠茶，頁 642）

環佩珊珊香冉冉，誰敢與，鬭嬋娟。（邵亨貞〈江城子‧水仙〉，頁 1100）

由上述例證可見，物象之形貌，巧妙運用摹寫技巧，或動或靜，紅紫翠綠，花香霜寒，形聲意趣，躍然紙上。此外，元代詠物詞基於摹形寫物之需要，摹寫技巧呈現多元化運用的趨勢，尤其以視覺意象與其他感官意象交互運用最為常見，詞人無不窮妍競態摹寫物之形貌，活脫自然之狀。

（二）敷彩設色

色彩是光的本質，光則是生命的能量。人類生活的空間，存在著五彩繁麗的各樣色彩，人的生命因而隨之舞動變化。美學家李普思曾云：「所有的色彩不但或多或少各有各的勢力所在，可以說，每一種

色彩都有它們個別獨特的影響力存在著。」〔註 134〕〔德〕黑格爾亦云：「在藝術裡，感性的東西是經過心靈化了，而心靈的東西也借感性化而顯現出來。」〔註 135〕而黃永武〈詩的色彩設計〉亦云：

> 詩人對色彩的偏愛，以及詩人生活的時代環境等等，都影響到詩中明麗或黯淡的色澤，這就是色彩字自然流露出個人的性情與時代風尚。〔註 136〕

是以詠物詞中物象的色彩運用及變化，受到時代環境的影響，與詞人心靈的發展脈絡密不可分，同時亦反映出詞人的審美心理。元代詠物詞受到南宋復雅詞風的影響，善用色彩字刻繪物象，營造富麗典雅之風；同時花鳥繪畫藝術興盛發展，繪畫設色講究豔麗精緻，詞人於賦題吟詠之際，亦取法乎自然，用心設色，這可以從詠物詞作中顏色字的豐富多彩及互補色的高度運用，見出一斑。

1、色彩的運用

謝章鋌《賭棋山莊詞話》曰：「設色，詞家所不廢也。」〔註 137〕沈雄《古今詞話》亦曰：「詞稱綺語，必清麗相生，但避癡肥，無妨金粉。譬則肌理之與衣裳，鈿翹之與環鬢，互相映發，百媚斯生。」〔註 138〕可見詞中敷彩設色的重要性與要求麗字綺語以突出形象，烘托詞境，營造美感氣氛。茲舉數例如下：

> 黃蜂粉蝶莫生嗔。（劉秉忠〈臨江仙·海棠〉，頁 612）
> 黃雲巧綴飛霞綠。（倪瓚〈憶秦娥〉詠木犀，頁 1075）
> 滄海桑田，白衣蒼狗。（許有孚〈摸魚子〉詠圭塘，頁 988）
> 赤日紅塵，前日中條路。（王惲〈點絳唇〉題絳州花葶堂，頁 691）

〔註 134〕 林書堯：《色彩學》（臺北：三民書局，1989 年 8 月），頁 31。
〔註 135〕 〔德〕黑格爾著、朱光潛譯：《美學》（臺北：里仁書局，1981 年 5 月），第 1 冊，頁 51。
〔註 136〕 黃永武〈詩的色彩設計〉，見氏著：《詩與美》（臺北：洪範書店，1987 年 12 月），頁 21～22。
〔註 137〕 〔清〕謝章鋌：《賭棋山莊詞話》，《詞話叢編》，第 4 冊，頁 3421。
〔註 138〕 〔清〕沈雄：《古今詞話》，《詞話叢編》，第 1 冊，頁 852。

誰為伴，雞冠染紫，雁陣來紅。（凌雲翰〈鳳凰臺上憶吹簫・賦
鳳仙花〉，頁1147）

世上黃雞白日，門外紅塵野馬。（周權〈水調歌頭〉詠亭，頁
882）

春風一尺紅雲，粉蕤金粟重重起。（劉敏中〈水龍吟・同張大
經御史賦牡丹〉，頁761）

笑銀蝶交關，青鸞相對，紫燕雙棲。（張可久〈木蘭花慢〉賦
鶯，頁930）

銀匙藻井，粉香梅譜，萬瓦玉參差。（張可久〈太常引〉賦雪，
頁931）

百媚燕姬紅錦瑟，五花宛馬紫絲鞭。（邵亨貞〈浣溪沙〉詠西
湖，頁1097）

想前日芳苞，近來絳豔，紅爛燈枝。（王惲〈木蘭花慢〉詠牡
丹，頁663）

陌上東風初轉。暗黃猶淺。金鞭拂雪記章臺，是幾度、朱
門掩。（邵亨貞〈一落索・新柳〉，頁1098）

菊有黃華，惠然肯來，思量意愜。見秋容淡泊，寒香馥郁，
妖紅俗紫，愛惡由分。玉露金風，豚蹄豆酒，不論文尊與
義尊。（曹伯啓〈沁園春〉詠菊，頁818）

由上列詞作可見出，元代詠物詞敷彩穠麗，喜用紅、綠、黃、紫、金
等高亮度、暖色系、色彩感強烈的色系，且使用色彩字的密度極高，
同一調中同時運用各式色彩圖貌寫形，有如紅花綠葉相襯，使形象立
體生動，搖曳生姿。

2、色彩的互補

朱光潛《文藝心理學》云：「任何兩種補色擺在一塊時，視神經
可以受最大量的刺激，而受極小量的疲倦，所以補色的配合容易引起
快感。」〔註139〕所謂補色是指紅與綠、黃與紫、青與橙等對比色。

〔註139〕 朱光潛：《文藝心理學》（臺北：漢京文化事業公司，1984年），頁

元代詠物詞大量使用色彩的互補，對比出鮮活亮麗的詞句，使物象異彩紛呈，極盡研煉之工巧，彷彿詠物詞「不似此著色取致，便覺寡味」〔註140〕一般，反映出元代詞人承繼南宋以來詠物逞采的流風餘緒，注重外在形貌描繪的審美心理。

借問春花秋月，幾換[朱]顏[綠]鬢，荏苒歲華終。（白樸〈水調歌頭‧感南唐故宮，就隱括後主詞〉頁 626）

窗戶[青][紅]煙樹[綠]，焜耀[碧]山鄰里。（謝應芳〈金縷曲‧賀袁淑度新居〉，頁 1063）

澄[碧]生秋，鬧[紅]駐景，采菱新唱最堪聽。（張翥〈多麗〉詠西湖，頁 999）

[翠]袖翻香，[朱]顏暈酒，綽約[冰]肌潔。（王惲〈醉江月〉詠來禽，頁 656）

暮天映[碧]，玻璨十頃藥珠宮。[金]波湧出芙蓉。誰喚川妃微步，一色夜妝[紅]。（張翥〈婆羅門引〉詠水燈，頁 1015）

[金]盤薦華屋，[銀]燭照[紅]妝。（白樸〈水調歌頭‧十月海棠〉，頁 628）

問[玉]醴[金]漿，通我仙宗譜。（馬熙〈摸魚子〉詠圭塘，頁 992）

用我[玉]堂[金]馬，不用[清]泉[白]石。（吳存〈水調歌頭‧江浙貢院〉，頁 826）

[青]嶂[白]波，非復人間世。（王惲〈點絳脣〉詠白雲樓，頁 691）

名園花正好，嬌[紅]嬝[白]，百態競春妝。（吳澄〈渡江雲‧揭浩齋送春〉，頁 796）

[白]頭相對且團圞。杯酒借[朱]顏。（趙孟頫〈木蘭花慢‧和桂山慶新居韻〉，頁 806）

千巖萬壑[白]皚皚，孤[紅]傑出真堪美。（洪希文〈踏莎行‧雪中山茶〉，頁 941）

375。

〔註140〕 〔清〕吳衡照：《蓮子居詞話》，《詞話叢編》，第 3 冊，頁 2401。

白蘋乾，紅蓼悴，日減溪流，塵擁渾如霧。一日雲凝千嶂
雨。黃葉瀟瀟，卻又添新翠。（梁寅〈蘇幕遮・秋旱喜雨〉，頁
1081）

不畏黑風白浪，伴一點、殘燈斜照。（曹伯啓〈水龍吟・用楊
修甫學士登岳陽樓韻〉，頁 813）

由上列所引詞句可知，元代詠物詞中最常見「紅」、「綠」兩互補色相
對比，其次是「白」與「紅」、「白」與「綠」等雙色相輝映，及「金」
色與其他色彩相映襯，再輔以動作或情狀的寫照，顯示出生動活潑、
富貴華麗的意象，色澤鮮明，亮麗生姿。

（三）轉化生動

詠物詞的創作，不僅要形似，更要神現，神現的最好方式，就是
掌握物的屬性，面面俱到，敷形圖貌，予人立體的感覺，﹝註 141﹞這
時就需要借助於想像力，使客觀事物的屬性予以合理的轉移，使靜的
變成動的、無性格的變成有性格的、抽象的變成具象的，以抒發詞人
的眞情實感，並創造某種意境，予人美的感受，此即稱爲「轉化」，
又名「比擬」。元代詠物詞中，「轉化」亦是詞人較常運用的一種藝術
表現手法。如：

春流兩岸桃花，驚濤極目吞天去。（王惲〈水龍吟〉賦雨，頁
653）

響丁丁、風斤月斧，杏梁飛起。（謝應芳〈金縷曲・賀袁淑度新
居〉，頁 1063）

看老鶴蹁躚，舞入南飛譜。（馬熙〈摸魚子〉詠圭塘，頁 991）

任掀空、駭浪捲銀山，蛟鼉泣。（周權〈滿江紅〉賦富春山，頁
879）

花嬌欲語。任激灩荷觴，淋漓宮錦，痛飲是佳趣。（許有孚
〈摸魚子〉詠圭塘，頁 989）

﹝註141﹞ 劉少雄：《南宋姜吳典雅詞派相關詞學論題之探討》（臺北：國立臺
灣大學出版委員會，1995 年 5 月），頁 198。

鐵笛破龍睡，黑雨滿深潭。(唐桂芳〈水調歌頭‧遊武夷和羅慶〉，
頁 1136)

涼戰庭梧，風敲簷竹。(邵亨貞〈霓裳中序第一‧中秋後二夕對
月〉，頁 1119)

風掠寒條，雪封凍蕊。行人蟻凍荒崖裏。(洪希文〈踏莎行‧
雪中山茶〉，頁 941)

輕風香浸，夜涼肌粟。(倪瓚〈憶秦娥〉詠木犀，頁 1075)

招呼謫仙共飲，記兩舷、腳踏醉吳姬。一曲清吟未了，翠
盤狼藉珠璣。(王惲〈木蘭花慢‧賦白蓮和王西溪〉，頁 664)

〔宋〕呂本中《童蒙詩訓》曾云：「予竊以爲字字當活，活則字字自
響」，〔註142〕意指用字當「活」，活則使虛擬成眞實，淺語變深刻，
隱晦化明顯，靜態躍動態，予人形神逼眞、自然活脫的感覺。因此，
詠物詞在鍊句錘字上，實宜深加「煅煉」，「一個生硬字用不得」，必
要使之達到「字字敲打得響」〔註143〕的地步。上述所舉各例，皆善
於發揮想像力、轉化詞性，塑造形象，或動靜相生，或虛實相濟，透
過「轉化」藝術手法的運用，詞句顯得更加生動活潑，形象鮮明有致。

二、化俗爲雅

自蒙元滅宋底定中原以後，質樸淺白的散曲以俗與野的本色趁勢
而起，進入文人角技逞采的案頭文學領域。散曲較諸詩詞更爲平易通
俗，直率自然，反映社會各個不同階層的生活與面向，突破傳統雅文
學的視野與侷限，因而快速地得到普羅大眾的認同與接受，成爲元代
新興的文學主流，元代詞人亦兼擅寫曲，如劉秉忠、白樸、王惲、張
可久等。元曲的興盛發展，影響所及，對詞體的發展亦產生極大的衝

〔註142〕　郭紹虞編：《宋詩話輯佚》(臺北：華正書局，1981 年 12 月初版)，
　　　　　頁 587。

〔註143〕　〔宋〕張炎：《詞源‧字面》：「句法中有字面。蓋詞中一個生硬字
　　　　　用不得。須是要深加煅煉，字字敲打得響，歌頌妥溜，方爲本色語。」
　　　　　《詞話叢編》，第 1 冊，頁 259。

擊與變革，最明顯的，即是在詞作中注入北曲清新自然的風格，融入
率意切直的語言，直露奔放的感情等特色，甚至雜以諧謔戲笑之語，
表現得更為平易通俗。是以臧晉叔《元曲選‧序》曰：「大抵元曲妙
在不工而工，其精者採之樂府，而粗者雜以方言。」〔註144〕可見方
言俗語的大量採用，是元曲之所以成為「一代活文學」〔註145〕的最
主要的因素。由於戲曲乃是鋪陳天地間各種人情世態，填詞者如能熟
習方言俗語，巧妙用於肖寫各式情貌事態，引人入勝，自然能達到「境
無旁溢，語無外假」，「關目緊湊」的藝術效果。〔註146〕

　　元詞在此風會下，自然亦受到元曲的影響，在表現手法上趨向曲
化的特徵。首先，是在語言上大量添加口語白話式的書寫，原因不外
乎，口語白描，〔註147〕足以暢達文意；再者寫意傳情，平添趣味。
如：

> 長白汝來前，問汝何年有。只自雲間偃蹇高，不肯輕低首。
> 我即是中庵，汝作中庵友。怪得朝來爽氣多，浮動杯中酒。
> （劉敏中〈卜算子‧長白山中作〉，頁776）

> 歸去也，餅無粟。吟嘯處，居無竹。看造物、怎生安頓，
> 老夫盤谷。第四橋邊寒食夜，水村相伴沙鷗宿。問客懷、
> 那有許多愁，三千斛。（謝應芳〈滿江紅‧吳江阻風〉，頁1062）

> 人生樂事古難并。清興卷滄溟。恨老矣劉郎，病餘司馬，

〔註144〕〔明〕臧晉叔：《元曲選》（北京：中華書局，1958年10月1版），
　　　　頁3。
〔註145〕所謂「一代活文學」，乃是筆者融合王國維稱元曲為「一代文學」，
　　　　胡適則稱元曲為「活文學」的合稱。二家之說的引文詳參本書第一
　　　　章註14，頁4；及第四章註1，頁159。
〔註146〕〔明〕臧晉叔：《元曲選‧序二》，頁4。
〔註147〕張高評：《宋詩之傳承與開拓》：「白描，原指中國畫技法之一，源
　　　　於古代之白畫：其特色為不用色彩渲染，只用簡練之線條勾描物
　　　　象。文學上借用此一術語，指稱不加渲染鋪陳，運用簡潔精煉之筆
　　　　墨，勾勒形象之主要特徵，進行描寫之法。由於白描訴諸直觀之視
　　　　覺印象，又能準確抓住描寫對象最突出最生動之特徵，故往往寥寥
　　　　數筆，即能使形象活靈活現，達到傳神妙肖之繪畫效果。」（臺北：
　　　　文史哲出版社，1990年3月），頁386。

慵舉瑤觥。登臨不留一語，怕風煙、笑我太無情。收拾新
詩未了，錢塘落日潮生。（張埜〈木蘭花慢·陪安參政宴吳山盛
氏樓〉，頁897）

劉郎老去，孤負幾東風。思前度，玄都觀，舊遊蹤。怕重
逢。新種桃千樹，花如錦，應咲我容顏改，渾不比、向時
紅。　　我亦無情久矣，繁華夢、過眼成空。縱而今再見，
何似錦城中。（邵亨貞〈六州歌頭〉詠桃花，頁1116）

以上詞作多用口語白話敘寫，語言平易通俗，明白流暢。劉敏中〈卜
算子〉以山擬人，用對話方式與山為友進行對談，實則是與自己對話，
趣味橫生。謝應芳〈滿江紅〉則將短句串聯，一氣貫下，節奏急促，
間雜以俗語白話，顯得活潑真切。至於張埜〈木蘭花慢〉及邵亨貞〈六
州歌頭〉，則以白描敘事抒情，雖未多作華詞藻飾，用語活潑生動，
亦不失清麗風格。

　　其次，則是在內容上，由於元代特殊的時代背景，以致元曲中最
常見抒發隱逸之志與山林之樂的題材，元詞中亦屢見不鮮，元代詠物
詞中隱逸寄志，放情山水園林之作，佔詠物詞中極重要的一部分，這
主要是相同的時代環境之下，具有相同命運的文人，在現實人生受挫
之後所反映出的共同心聲，以致在內容上受到元曲的影響，多雜以戲
笑嘲謔之意。如以下詞云：

漏洩元陽，爹娘搬販，至今未休。百種鄉音，千般妝扮，一
生人我，幾許機謀。有限光陰，無窮活計，急急忙忙作馬牛。
何時了，覺來枕上，試聽更籌。　　古今多少風流。想蠅利
蝸名幾到頭。看昨日他非，今朝我是，三回拜相，兩度封侯。
采菊籬邊，種瓜圃內，都只到邙山土一丘。惺惺漢，皮囊扯
破，便是骷髏。（吳鎮〈沁園春·題畫骷髏〉，頁936）

噫。請試言之。彼知忘此此忘而，海上多矰繳，翁鷗乃、兩
忘機。想蝶夢莊周，周迷蝶夢，蓬蓬自適無非己。便是是非
非，非非是是，由來非馬非指。我而今、魚兔都忘已。又豈
知、筌蹄為得計。問臧穀、亡羊何累。塞翁得馬奚喜。得失

成何濟。頓忘世味。簞瓢陋巷，樂以忘其憂耳。便教有酒也
忘歸。在忘形、相汝相爾。（朱晞顏〈哨遍·題坐忘齋〉，頁858）
尺一九霄下，華髮起江湖。西風吹我衣袂，八月過三吳。十
五西湖月色，十八海門潮勢，此景世間無。收入硯蛤滴，供
我筆頭枯。　　七十幅，五千字，日方晡。貝宮天網下罩，
何患有遺珠。用我玉堂金馬，不用清泉白石，真宰自乘除。
長嘯吳山頂，天闊雁行疏。（吳存〈水調歌頭·江浙貢院〉，頁826）

吳鎮〈沁園春·題畫骷髏〉，用語直白，完全不假修飾，信口直呼「爹
娘」、「狃扮」、「皮囊」等口頭語，感慨人生短促，汲汲營營功名路途
何時了？最終不敵黃土一堆，白骨一具，可謂對用盡心機追求富貴功
名者的最大嘲諷，吳鎮此詞可謂「冷中藏譴」，〔註148〕明顯表達出厭
棄功名、憤世嫉俗之慨。朱晞顏〈哨遍·題坐忘齋〉，詞中連續出入
莊周夢蝶、得漁忘筌、相忘鷗鳥、非馬之辯、簞瓢陋巷等典故，由蝸
窄之室，坐遊玄虛之境而忘形忘相，是非得失亦相忘於人世，寄寓遯
世偕隱之志。以上二詞都大量夾雜白話口語，頗有北曲率直之風；然
而詞中穿梭典實，貫穿意脈，委婉寄意，亦不失雅樂之風。而吳存〈水
調歌頭·江浙貢院〉一詞則以白描筆法，敘寫延祐初年元廷重新開科
取士，激發儒生應舉從政之熱情。吳存雖已華髮叢生，仍無法忘情於
功名，反而表現出一股意氣風發干青雲之豪情壯志。同時，詞人既自
恃才情，志切功名；卻又高標自持，矯情遁世，可謂直接揭露元代文
人壓抑已久的心聲，對於文人在仕與隱之間擺盪徘徊的心態不無嘲諷
之意。

　　此外，元曲既以廣泛多元的題材、通俗直率的語言、活潑生動的
描繪及清新自然的風格，在元代大放異彩，領一代之風騷。以致元代
詠物詞除了語言、內容之外，在風格上亦受其影響而有曲化的趨向。
如：

〔註148〕〔清〕沈雄：《古今詞話》：「范荀鶴曰：『元詞忌堆砌，亦不僅以纖
　　　　豔為工。元人之妙，在於冷中藏譴，所以老優能製，少婦善謳。』」
　　　　《詞話叢編》，第1冊，卷下，頁779。

種株梅，移箇竹，鑿些池。添他無限風月，儘可著吾詩。
世上黃雞白日，門外紅塵野馬，役役付兒癡。起舞一揮手，
天外片雲飛。（周權〈水調歌頭〉賦亭，頁882）

昔人恨橘多酸。我只笑青松也拜官。每醉時低唱，滄浪一
曲，閒時高臥，紅日三竿。兒輩前來，老夫說與，梅要新
詩竹問安。餘無事，只粗茶淡飯，儘有餘歡。（謝應芳〈沁園
春〉詠梅竹，頁1062）

百花潭上，但荒煙秋草。猶想君家屋烏好。記當年，遠道
華髮歸來，妻子冷，短褐天吳顛倒。　　卜居少塵事，留
得囊錢，買酒尋花被春惱。造物亦何心，枉了賢才，長羈
旅、浪生虛老。卻不解消磨盡詩名，百代下，令人暗傷懷
抱。（李齊賢〈洞仙歌·杜子美草堂〉，頁1027）

以上三闋詞，除了李齊賢〈洞仙歌〉借詠杜甫草堂，感慨斯人憔悴，
澆一己胸中塊壘，頗有怨抑傷情之外。其他二首詞都是以白話口吻敘
事，活潑語調抒情，種梅栽竹，粗茶淡飯，不假雕飾，一任自然，表
現出隱逸閒適生活的天然真趣，極富曲韻。其直抒胸臆，不避俚俗，
正合於元曲的風格特徵。〔註149〕

　　事實上，傳統文學中詞、曲的分際向來涇渭分明，嚴格區辨，陳
廷焯《白雨齋詞話》云：「詞中不妨有詩語，而斷不可做一曲語。」
〔註150〕雖然如此，但在時代的影響之下，文體間的相互融滲乃是一
種自然現象。元代詠物詞在文化和社會的雙重影響下，明顯趨向俗
化，〔註151〕原因不外乎蒙古族粗獷率直的審美觀影響整個社會的審

〔註149〕　陶然：〈詞與詩曲的文體互動〉：「酣暢淋漓、直抒胸臆而不避俚俗
　　　　　本是元曲的主要風格特徵之一。」見氏著：《金元詞通論》（上海：
　　　　　上海古籍出版社，2001年7月1版），頁272。

〔註150〕　〔清〕陳廷焯：《白雨齋詞話》，《詞話叢編》，第4冊，頁3904。

〔註151〕　所謂俗化現象，即指元詞的曲化，「主要是指文人詞在當時的俗文
　　　　　學曲的影響下所表現出來的通俗化傾向。這突出地體現在許多作品
　　　　　流利、明快、直率、淺白，甚或諧謔的語言特色上。」參趙維江：
　　　　　《金元詞論稿》（北京：中國社會科學出版社，2000年2月1版），
　　　　　頁54。

美心理，由雅變俗；其次，元代社會族群等級制度嚴明，文人出仕不易，不得已寄身市井，從事戲曲創作，受到市民文化的洗禮，創作風格因此傾向俗化。〔註152〕然而，這是時代風會使然，況且詞本自起源於市井民間的里巷歌謠，含有大量的通俗語言，其後文人染指既深，遂逐漸成爲案頭文學而趨向雅化。然而，相同的情形亦發生在元曲的雅化上。元曲乃吸收俚歌俗謠，以及宋元時的說唱、戲曲等形式的新興抒情詩體，早期活躍於市井民間，其後文人參與創作，遂由民間走入文人書案，借鑒詩詞的表現手法，追求藝術形式美，以致散曲創作步入典雅清麗的藝術境界，逐漸失去原有俗與野的本色風貌。因此，這種雅、俗文化的碰撞、衝擊與交流，開創元代文學的新風貌，形成元代文學極具時代意義與特色的審美特徵。〔註153〕

　　由此可見，文體間的相互融滲乃時勢所趨。因此，填詞本不避俚俗，沈謙《論詞雜著》曰：「承詩啓曲者，詞也，上不可似詩，下不可似曲。然詩與曲又俱可入詞，貴人自運。」〔註154〕可見元詞的俗化，關鍵不在乎避俗忌俚，而在於如何提煉口語俚詞，使俗不傷雅，俚而不鄙，以淺入深，化俗爲雅。如元末承傳姜、張以來清雅風味，有「元詞殿軍」雅譽的邵亨貞，其〈虞美人〉詠水仙詞云：

> 幾年不見凌波步。只道乘風去。山空歲晚碧雲寒。驚見飄
> 蕭翠襃倚琅玕。　　玉盤承露金杯勸。幾度和香嚥。冰霜
> 如許自精神。知是仙姿不汙世閒塵。（頁1096）

詞中「幾年不見」、「只道」、「如許」、「知是」都是平直的白話口語，但是詞人善用「凌波微步」、「翠襃倚竹」、「玉盤承露」等典故，以雕塑形象，寄意抒情；接著用「碧」、「翠」、「玉」、「金」等色彩，豐富

〔註152〕蔣哲倫、傅蓉蓉著：《中國詩學史・詞學卷》（廈門：鷺江出版社，2002年9月1版），頁157。

〔註153〕陳炎主編：《中國審美文化史・唐宋元明清卷》：「……特別是草原遊牧文化的粗獷、剛勁、勇於進取與中原農耕文化的細膩、含蓄、富有智慧和靈氣相互吸收，煥發出一種新的生氣。」（濟南：山東畫報出版社，2007年9月1版），頁263。

〔註154〕〔清〕沈謙：《論詞雜著》，《詞話叢編》，第1冊，頁629。

形象；再以「驚見飄蕭」，轉化形象。即使通篇文字淺白通俗，亦能將水仙的仙姿靈態描摹地栩栩如生，唯妙唯肖。既保持詞體清麗典雅的基調，同時亦創造質樸生動的曲韻風格，自是清雅秀逸，化俗爲雅的最佳例證。

其他如李齊賢〈巫山一段雲・漁村落照〉云：

> 遠岫留殘照，微波映斷霞。竹籬茅舍是漁家。一徑傍林斜。
>
> 綠岸雙雙鷺，青山點點鴉。時聞笑語隔蘆花。白酒換魚蝦。（頁 1028）

詞中善於敷彩設色，突出意象，如翠竹、綠岸、青山、白鷺、烏鴉、白蘆花、白酒等色彩鮮艷的景物交織一起，構成一幅五光十色的畫面。並且善用精緻工整的對句，以及韻味醇厚的口語，亦俗亦雅，描繪出一幅充滿詩情畫意的漁村風光，洋溢著濃郁的生命氣息。

又如張雨〈太常引・漫翁新製畫舫湖中，予爲名其舫曰浮家泛宅。翁姓李，字仁仲，湖船用布帆自李始〉云：

> 莫將西子比西湖。千古一陶朱。生怕在樓居。也用著風帆短蒲。　　銀瓶索酒，并刀斫鱠，船背錦模糊。堤上早傳呼。那箇是煙波釣徒。（頁 915）

此詞上片反用范蠡攜西施歸隱五湖一典，婉諷友人因厭於樓居，故出奇想重修畫舫，意欲效陶朱公棲隱五湖。夏承燾稱其「語涉詼諧，而以逆挽之筆出之，章法奇橫」。〔註 155〕下片則描寫畫舫的生活情態，色彩明快，節奏生動，想見主人追慕前賢，崇尚古風的生活情趣。詞中穿插「莫將」、「生怕」、「也用著」、「那個是」等口語連接詞，在麗詞雅句中注入生動活潑的口語力量，自然清趣，頗富曲韻。

以上諸作都是在詠物詞中加入北曲清新自然的口語白話，亦即化俗詞俚語於清麗典雅的詞作中，使原本典雅凝重的詞體注入一股新的生命力量，化典重爲活潑，運俚俗於雅麗，再創詞體生命自然質樸、

〔註 155〕 夏承燾等編選：《金元明清詞選》（北京：人民文學出版社，1983年 1 月 1 版），頁 158。

生機的曲韻新風格，顯現元代詠物詞活脫自然，雅俗並濟的審美特徵。由此可見，元代詞壇在北曲盛行的影響之下，雖然面臨詞體轉變的極大挑戰與壓力，仍然力求創新改變，尤其「吸取了曲趣入詞」之後，反而使詞壇「呈現亮色」，〔註156〕從而形成元代詠物詞具有時代意義與特徵的新風格。

小　結

　　本章元代詠物詞的藝術特色，主要從意象、典故、修辭等三個面向予以探賾分析，雖未能盡舉詞中所有例證一一加以說明，但總體而言，三者具有一項共同的、顯著的特點——充分反映出時代的精神風貌與審美特徵。茲分述如次：

　　就意象之運斤而言，意象本身即蘊含豐富的文化密碼，反映出一個時代的特殊的文化意涵。本章所舉元代詠物詞的五種意象，都具有各自的成因與擴展。元代梅花意象突破傳統芳菲物色的審美意涵，進一步強化了梅花象徵的「野逸品格和傲峭個性」，孤清而高標。荷花意象則受到元代宗教多元化的影響，充滿仙風道骨的空靈意涵。登高意象與當時社會上普遍興起的隱逸思潮相結合，於登高興悲之餘，另外指出一條豁達通脫之路，抒發詞人高曠的情懷。南浦意象在元代亦與時代情緒相結合，寄寓詞人隱居園林的生活美學與閒適意趣。雁意象則在元代詠物詞中，被賦予人格化的象徵意義，詞人以鴻雁自比，顯現嚮往自由、孤傲不群的性格，寄託隱逸思歸之志。

　　就典故之鎔裁而言，元代詠物詞人習慣於詞中運用典實，以隱曲寄意，婉約致志。在所舉典故類型中，引用最多的是魏晉時人的典故，詞中多稱譽陶潛之高風、阮籍之豪氣。元代詠物詞人尤其欽慕陶淵明「任真自得」的真性情，以及安貧樂道的曠志逸懷，充分顯現其嚮慕

〔註156〕黃天驥選注：《元明詞三百首・前言》（長沙：岳麓書社，1994 年 4
　　　　月 1 版），頁 12。

魏晉風流，崇尚隱逸的時代精神與風貌。此外，元代詠物詞中多引用莊子、列子等道家遊仙思想的典故，表達詞人追求逍遙自得，超塵物外的綺思玄想，充分反映出當時慕道遊仙思想的盛行，對元代詠物詞在語言、思想、內容、風格等方面的深遠影響。

　　就修辭的活化而言，在修辭技巧的表現上，深受北曲質樸自然風格的影響，要求「字字刻劃，字字天然」，亦即遣詞用語，要求婉麗典雅，並且透過各項修辭技巧，如善用摹寫，使物象呈現自然活脫之狀；或巧於設色，營造富麗典雅之風；或運詞轉化，使形象立體鮮明有致等技巧，進而在形式、內容及風格上，注入北曲清新自然之風，化俗詞俚語於清麗典雅之中，創造詞體生命流露出自然質樸生機的曲韻新風格，具體顯現元代詠物詞在修辭技巧上活脫自然，雅俗並濟的審美特徵與時代風貌。

第七章　結　論

　　詠物詞，作爲一種曲徑通幽的藝術表現形式，從唐、五代初具雛形，到宋代的成熟定型，其後一脈相承，發展至元代初年，詠物的極至，始大爲興盛。蒙元是一個多元族群、多元文化融合發展的社會，在時代風會下，元代詠物詞正足以凸顯其獨具特色的時代精神與藝術風貌，在詠物詞的發展歷程中，上承兩宋餘緒，下啓明清二代的轉型樞紐，具有無可取代的特殊地位與意義。本文針對元代的詠物詞，共分七章探討，分別就時代背景、詠物詞的發展、題材、內涵、藝術特色等，進行考察、統計、分析與論述，試圖勾勒出元代詠物詞的時代精神風貌與審美特徵之後，初步獲致下列幾項論點，分述如次。

一、展現多元文化交流的時代意義與特色

　　一種文學作品的呈現，必與當時的政治、社會、文化背景，有著密切的關係，元代詠物詞自不例外，因此，本文首先聚焦於擁有廣大研究空間的時代背景，做整體宏觀的考察與研究，發現其對元代詠物詞的影響，主要基於以下三點：其一，族群分級與種族歧視的現象。元朝的統一，促進多元族群之間經濟文化的交流與融合，然而，蒙元統治者採取高壓強制手段，對漢民族實施族群等級制，致使漢族文人在仕進一途備受歧視，盡失尊嚴，以致詠物詞中時時流露家國興亡之

感與身世之悲。繼而迫於現實環境,多數文人選擇閒隱式的生活型態,亦是受到政治壓抑與族群歧視的無奈結果。其二,心性理學、全真道教與文人畫風的影響。受到理學心性思想繼志道統,及全真道教避禍全性思想的影響,身處時代壓迫而求仕無門的氣節之士,或自絕仕進,隱遁山林;或寄身翰墨,或託迹道觀,或以漁樵自居,或以處士終生。這股強大的庶民力量,徹底動搖當代社會經濟與藝術文化的發展,大大促進文人繪畫的全面興盛,以及追求儒釋道合一的全性葆真的宗教思想,與當時社會上普遍興起的隱逸思潮相結合,影響元代詠物詞中詠植物類、題畫與閒隱主題的創作與內涵。其三,雅文學與俗文學的多重激盪,帶動了有元一代多元族群融合發展的文學新趨勢。代表俗文學徽章的元曲,其清新自然之風爲元代詠物詞注入新的生機與力量;而代表雅文學嫡裔的元詩,則以「宗唐得古」的雍容醇雅,啓發元代詠物詞回歸復雅一途,紹述南宋姜、張以來的清騷雅正之風。

在探討元代詠物詞的發展方面,首先面臨斷限的困難,由於宋、金、元易代之際,政權急遽變動,遺民的身分難以歸屬,各家說法不一,故本文基於「以宋歸宋,以金歸金,以元歸元」的斷限原則,根據黃兆漢《金元詞史》以蒙元王朝的興盛衰亡做分界點,概分爲三期:第一期:太宗七年至世祖至元三十一年(1235～1294),是「大蒙古國」進入天下一統的時期。以白樸、王惲、劉敏中等人爲代表。第一期詞人多結合詠史、懷古等題材,藉詠物寄興家國之悲與身世之感,詞風高曠雄放。王惲是元代存詞最多者,亦是元代創作詠物詞最多的詞人,題材涵蓋範圍極爲廣泛而又具有時代意義。第二期:成宗元貞元年至文宗至順三年(1295～1332),是元詞發展的鼎盛期。第二期詞風,以豔詞麗句爲尚,最具代表性的詞人包括許有壬、張翥及高麗籍詞人李齊賢三人。尤其張翥向以詠物詞著稱,被譽爲「一代正聲」。第三期:惠宗元統元年至元朝末年(1333～1368),是蒙元國勢漸趨衰頹期。第三期多詠閒居隱逸生活的樂趣,同時受到北曲風格的影響,故多夾雜方言白話,呈現活潑生動的新風貌。

綜觀元代詠物詞的發展歷史，具體顯現以下三點特色：其一，深受南宋託物言志創作理念的影響，多藉詠物寄寓黍離麥秀之思，將物性、史實、世情、己志冶於一爐，婉曲表達對現實政治的反思與無奈。其二，南北詞風相互融合。元初寄志豪情的清剛之風，隨著社會經濟繁榮發展，漸趨平和；詞人聚集南方結社聯吟，詩酒唱和，歌詠湖山之志，回歸復雅風潮；晚期因為再次面臨滄桑陵夷，詞人多高蹈避世，歸隱山林，多吟詠閒居隱逸生活，疏放曠達，加以北曲清新自然之風的影響，豪放之氣亦滲入復雅詞風之中，呈現出南北詞風融合的趨勢。其三，域外詞人李齊賢，少數民族詞人耶律楚材、貫雲石、薩都剌、薛昂夫，以及方外詞人張雨、尹志平、姬翼等的參與，為詠物詞注入清剛健朗之風、與逍遙遊仙之思，同時亦顯示出元代詠物詞在多元文化相互融滲交流影響之下，雅、俗文化雜揉，婉約、豪放詞風交融，展現出新時代的意義與特色。

二、體現文人的生命情調與精神風貌

在整個政治社會背景與詠物詞體發展歷程中，元代詠物詞在題材選擇與寄意內涵方面，不僅流露出元代詞人的人格性靈與生命情調，亦反映出蒙元時代的精神風貌：

首先，元代詠物詞中的黍離之思，往往藉由登臨、懷古、詠史相聯繫，寄託家國興亡慨嘆，包蘊對宇宙人生盛衰無常的思考；同時反思人生理想的幻滅，因而興發個人身世悲感。詞人由對現實的失望，轉而追求在廣闊的宇宙空間和內在的精神世界的超越中尋求心靈的安慰與寄託，故多藉登樓、詠花題材，寄寓詞人孤憤高曠之情。

其次，感時間而傷嘆，寄宇宙而興悲，亦是元代詠物詞人無法超越的人生困境。尤其目睹大自然中的季節變換與流逝，物華衰颯，逝水難留，更添詞人內心的悲涼與傷痛，以致詠物詞中充斥著一股強烈的生命意識的遷逝悲感。這類主題多藉由地理、天象、詠花等題材表出之。

再次，面對現實人生的困陷與人生如寄的無常感，元代詞人企圖自我遁逃，超越痛苦，因而發展出一種閒隱的生活態度。或隱遁書齋，或投身山林，結合音樂、文學、繪畫、茶藝、飲酒等文化藝術內涵，通過對物的吟詠賞玩，營造出優遊自在的「遊於藝」的生活型態，體現理學家遊心物外的閒適生活美學。

最後，元代由於特殊的政治社會背景，文人雖有入仕爲吏爲官的機會，但多屈居下位，志遇難伸，大多數詞人不得已而選擇「遯世無悶」的生活態度，逃離世俗以避禍全身，因此元詞中普遍充溢著田園情調與山林氣息，或構建園林草堂，讌飲清歡，澡雪精神；或寄跡道觀，遊心玄虛，超然物外。在反覆歌詠，唱嘆吟嘯之際，反映出一種時代的情緒，與普遍的文人精神狀態，同時賦予隱逸之作一番新的風貌，成爲元代詠物詞中最具有時代意義與特徵的主旋律。

三、再現復雅詞風與雅俗並濟的審美特徵

藝術的本質是語言形式與情感內容的有機組合，二者互爲表裡，相互依存。在藝術特色方面，元代詠物詞的藝術形式亦有豐碩的成果，特別是在意象、典故與修辭技巧三方面，充分反映出時代的意義與審美特徵：

其一，詠物詞，不管是「體物寫志」或是「感物言志」，其最重要的是，描寫意象，以喚起人生經驗或歷史經驗所凝聚的情緒。元代詠物詞的意象，都具有各自的成因與擴展，在意象的情志內涵上，有所傳承，亦有突破新變的意義。其中，從比德意涵切入，元代詞人慣常以梅花象徵孤清而高標的野逸品格和傲峭個性；荷花成爲文人在現實人生中無所依託的心靈慰藉與解脫的象徵，充滿仙風道骨的空靈意涵；鴻雁則是詞人的自況，顯現其嚮往自由、孤傲不群的性格。另外，從理學思維觀照，登高與南浦意象則是與當代的隱逸、遊仙思潮相結合，或抒發詞人高曠疏放的情懷，或表現詞人隱居園林的生活美學與閒適意趣。可謂運用靈活，燭照幽微，顯現出時代的意識與特徵。

其二，就藝術表現手法而言，詠物詞的另一個藝術特色是，以典詠物，借典抒情寓志。在眾多引用的經史子語典故中，元代詞人尤其嚮慕魏晉風流，與莊子〈齊物論〉的逍遙思想，反映出詞人在現實生活中因時命不濟，志遇難伸，借故家風流，爲自己進退失據的狂妄疏放行爲找到託詞或借鏡；同時亦是個人棲隱於動盪不安的亂世，爲尋求身心安頓的出路所另闢的一個超然物外的精神世界。個中曲折隱晦的心聲，藉由經典故實予以顯明，不但豐富詠物詞作的內涵，同時含蓄而深邃地表達詞的言外之意，形成元代詠物詞中一個常見，而又具有特殊意義的藝術表現手法。

其三，詞中用字要「字字刻劃，字字天然」。基於此一審美要求，元代詠物詞在圖形寫貌之際，借助各樣的藝術手法，如摹寫、設色、轉化、白描等，巧妙地呈現物象的聲情之美，並善於融白話俗語入詞，賦予詞作自然生機，凸顯元代詠物詞活脫自然、雅俗並濟的審美特徵。

四、元代詠物詞的文學價值與意義

元代詠物詞在異族統治之下掩映發展，其時代背景、發展狀況、題材內涵、藝術形式等諸端，已略述於前。綜合上述，加以統整歸納，以下特別揭示元代詠物詞的文學價值與意義，分述如次：

其一，眞性情的自然流露。元代文人屈抑於異族統治政權下，迫於無奈與現實，大多選擇寄跡田園，放情山水的閒隱生活型態。雖然多數並非出於自主意志的選擇，但是藉由吟風翫月，臨流放歌，睹物興懷，託物寄志，表現出詞人的眞性情、眞生命，既合於古人之精神，亦使主體精神得以彰顯，體現元代文人的生命情調與審美風格。

其二，時代精神的彰顯。就整體藝術成就而言，元代詠物詞易於因襲，艱於創造，雖未能再度揚起南宋詠物詞極盛的光輝，但仍可發現不少留下時代烙印的珠璣。尤其整個詞壇上隱逸避世的高曠之聲，與前代相比，顯得異常嘹亮而高亢，充分彰顯出元代詠物詞鮮明的時

代旗幟。

其三，主體精神的發揚。透過本文第四章詠物詞各分期代表作家的作品內容與特色，所做出的分析結果顯示，元代詠物詞上承《詩三百》感物而動，緣情而作的抒情傳統，以「言志」爲核心，極力推尊詞體，肯定詞體雅正的審美意識，並積極發揚主體精神，展現各個詞人不同的性格思想與精神風貌，完成了詞體由應歌之詞向抒情之詩轉變的特殊使命，因而在詞學發展史上佔有一個無可取代的轉型地位，確實應予以肯定。

五、燭照與前瞻

詠物詞從唐、五代的初具雛形，到宋代的成熟定型。這期間一脈相承，各自烙印著時代的深刻印痕，亦顯示出各個時代的不同特色，這些印痕與特色，構建成詠物詞的發展歷程，並爲之勾畫出一條可資尋繹的歷史線索。及至元代北曲繁榮興起，元詞在其光芒掩抑下仍持續吟詠，從未間斷，卻因爲後人的忽略而被視爲「詞史上一個最低的峰谷」，實爲偏頗之見。透過本文披沙揀金式的由時代背景、詠物詞的發展軌跡、題材、內涵、及藝術形式等逐一統計分析與探討，元代詠物詞在時隔八百年之後，終於得以撥雲見日，展示珠璣，如獲至寶。經過筆者一番搜羅掘拾，相信元代詠物詞在詠物詞史，以及詞學發展史上的地位，均應予以高度的肯定與客觀的評價。

整體而言，藉由本文的撰寫，除了揭示元代詠物詞的題材、內涵、藝術形式等特色，肯定其在詠物詞史上的地位與意義外，其中最大的價值與意義，是看到一個時代文人的血淚心聲，看到活脫脫的生命力與無窮的生機，從而顯示出異采紛呈的生命情調與精神風貌。誠如黃永武所言：「詠物詩的地位與價值，不僅是低層次的物質世界，而是在更高層次的生命世界與心靈世界。」〔註1〕是知，人是活的，文學

〔註1〕 黃永武：〈詠物詩的評價標準〉，見氏著：《詩與美》（臺北：洪範書店，1985 年 5 月），頁 174。

因人而有生命，〔註2〕歷史更是活的生命見證。元代詠物詞人在異族
統治政權下所遺留的生命見證，才是永恆而又寶貴的無價資產，值得
後人予以肯定與珍視。研究有窮盡，而眞實的生命是永遠無止盡，代
代相傳的。期待藉由本文的鉤沉，讓元代詠物詞的精神風貌得以完整
的呈現，俾使後人對元代詠物詞有進一步的認識與索驥。更期待詠物
詞的研究在兩宋的燦爛高峰之後，仍有宏儒碩學繼續鉤隱抉微，邁越
常流，以繫詠物詞史研究於不墜。

〔註 2〕　〔美〕蘇珊・朗格（Susanne K. Lange, 1895～1982）將文學作品稱作
　　　　「生命的形式」，並說：「每一個藝術家都能在一個優秀的藝術品中
　　　　看到『生命』、『活力』或生機。」見氏著，滕守堯等譯：《藝術問題》
　　　　（北京：中國社會科學出版社，1983 年 6 月），頁 41。

徵引及參考文獻

古籍依作者時代先後排序；近代專書則以類相從，再依作者姓氏筆劃序列

一、詩詞曲文集

（一）詞　集

【總集】

1. 〔清〕朱祖謀：《彊村叢書》，臺北：廣文書局，1970 年 3 月。
2. 張璋、黃畬編：《全唐五代詞》，臺北：文史哲出版社，1986 年 10 月臺一版。
3. 唐圭璋編：《全宋詞》，臺北：世界書局，1976 年 10 月初版。
4. 唐圭璋編：《全金元詞》，北京：中華書局，2000 年 10 月。

【選集】

1. 〔清〕吳訥編：《唐宋元明百家詞》，臺北：廣文書局，1971 年 5 月。
2. 〔清〕凌廷堪：《梅邊吹笛譜》，收入楊家駱編：《清詞別集百三十四種》，臺北：鼎文書局，1976 年 8 月。
3. 唐圭璋箋注，上彊村民重編：《宋詞三百首箋注》，臺北：臺灣學生書局，1976 年 9 月 5 版。
4. 沙靈娜：《宋遺民詞選注》，成都：巴蜀書社，1995 年。
5. 夏承燾編選：《域外詞選》，北京：書目文獻出版社，1981 年 11 月月第 1 版。

6. 夏承燾等編選：《金元明清詞選》，北京：人民文學出版社，1983 年 1 月 1 版。

7. 王步高執行主編：《金元明清詞鑑賞辭典》，南京：南京大學出版社，1989 年 4 月 1 版。

8. 嚴迪昌編：《金元明清詞精選》，南京：江蘇古籍出版社，1992 年 12 月。

9. 唐圭璋主編，鍾振振副主編：《金元明清詞鑑賞辭典》，臺北：新地文學出版社，1992 年 9 月初版。

10. 唐圭璋、張璋編選：《金元明清詞選》，北京：人民文學出版社，1993 年 2 月。

11. 黃天驥、李恆義選注：《元明詞三百首》，長沙：岳麓書社，1994 年 4 月 1 版。

12. 錢仲聯等撰：《元明清詞鑑賞辭典》，上海：上海辭書出版社，2002 年 12 月 1 版。

【別集】

1. 〔宋〕蘇軾著，龍榆生箋：《東坡樂府箋》，臺北：漢京文化事業有限公司，1983 年 9 月。

2. 〔宋〕周邦彥著，孫虹校注，薛瑞生訂補：《清真集校注》，北京：中華書局，2002 年 12 月 1 版。

3. 〔宋〕辛棄疾撰，鄧廣銘箋注：《稼軒詞編年箋注》，臺北：華正書局，1978 年 12 月。

4. 〔宋〕姜夔著，夏承燾箋校：：《姜白石詞編年箋校》，臺北：臺灣中華書局，1967 年 12 月臺一版。

5. 〔宋〕張炎著，黃畬校箋：《山中白雲詞箋》，杭州：浙江古籍出版社，1994 年 12 月。

6. 〔宋〕陸游撰，夏承燾、吳熊和箋注：《放翁詞編年箋注》，臺北：木鐸出版社，1982 年。

（二）詩　集

【總集】

1. 〔清〕聖祖御編：《全唐詩》，北京：中華書局，1960 年 4 月 1 版。

2. 逯欽立輯校：《先秦漢魏晉南北朝詩》，臺北：木鐸出版社，1983 年。

3. 北京大學古文獻研究所編：《全宋詩》，北京：北京大學出版社，1991 年 7 月。

【選集】

1. 〔清〕顧嗣立編：《元詩選》，北京：中華書局，2002 年 11 月 3 刷。
2. 〔清〕俞琰輯，易緇雲、孫奮揚合註：《歷代詠物詩選》，臺北：廣文書局，1968 年 1 月。
3. 〔清〕張玉書、汪霦等奉敕編纂：《佩文齋詠物詩選》，臺北：廣文書局，1970 年 2 月初版。
4. 〔清〕陳邦彥編：《歷代題畫詩》，北京：人民美術出版社，1995 年 10 月 1 版。
5. 孫映逵主編：《中國歷代詠花詩詞鑑賞辭典》，南京：江蘇科學技術出版社，1989 年 5 月 1 版。
6. 高步瀛選注：《唐宋詩舉要》，臺北：宏業書局，1977 年 6 月。

【別集】

1. 〔晉〕陶潛著，龔斌校箋：《陶淵明集校箋》，臺北：里仁書局，2007 年 8 月。
2. 〔唐〕李白撰，〔唐〕王琦集注：《李太白詩集》，臺北：中華書局，1979 年 3 月初版。
3. 〔唐〕杜甫著，〔清〕仇兆鰲注：《杜詩詳註》，臺北：里仁書局，1980 年 7 月。
4. 〔唐〕白居易著，朱金城箋校：《白居易集箋校》，上海：上海古籍出版社，1988 年 12 月 1 版。
5. 〔宋〕蘇軾著，〔清〕王文誥輯註：《蘇軾詩集》，臺北：莊嚴出版社，1990 年 10 月初版。
6. 〔元〕揭傒斯著，李夢生標校：《揭傒斯全集》，上海：上海古籍出版社，1985 年 6 月。
7. 〔元〕楊維楨：《復古詩集》，《景印文淵閣四庫全書》，第 1222 冊，臺北：臺灣商務印書館，1985 年。
8. 〔元〕謝宗可：《詠物詩》，《文津閣四庫全書》，第 406 冊，北京：商務印書館，2005 年。

（三）曲　集

【總集】

1. 隋樹森編：《全元散曲》，北京：中華書局，1964 年 2 月 1 版。

【選集】

1. 〔明〕臧晉叔校：《元曲選》，北京：中華書局，1958 年 10 月 1 版。

【別集】

1. 〔元〕白樸，王文才校注：《白樸戲曲集校注》，北京：人民文學出版社，1984 年 6 月。

（四）文集、全集

1. 〔唐〕王勃著，〔明〕張燮輯：《王子安集》，《文津閣四庫全書》，第 355 冊，北京：商務印書館，2005 年。

2. 〔唐〕韓愈：《韓昌黎集》，臺北：河洛圖書出版社，1975 年 3 月。

3. 〔唐〕沈亞之：《沈下賢文集》，《叢書集成續編》，第 183 冊，臺北：新文豐出版公司，1989 年。

4. 〔宋〕文同：《丹淵集》，《文津閣四庫全書》，第 366 冊，北京：商務印書館，2005 年。

5. 〔宋〕蘇軾：《蘇東坡全集》，臺北：河洛圖書出版社，1975 年 9 月初版。

6. 〔宋〕蘇軾著，孔凡禮點校：《蘇軾文集》，北京：中華書局，1986 年。

7. 〔宋〕周敦頤：《周元公集》，《景印文淵閣四庫全書》，第 845 冊，臺北：臺灣商務印書館，1983 年。

8. 〔宋〕程頤：《二程文集》，《叢書集成初編》，第 1833 冊，北京：中華書局，1985 年。

9. 〔宋〕陳振孫：《直齋書錄解題》，《叢書集成初編》，第 48 冊，北京：中華書局，1985 年。

10. 〔宋〕鄭思肖，陳福康校點：《鄭思肖集》，上海：上海古籍出版社，1991 年 5 月 1 版。

11. 〔宋〕謝枋得：《疊山集》，《四部叢刊》，第 70 冊，上海：上海書店，1966 年 5 月。

12. 〔金〕趙秉文：《閑閑老人滏水文集》，《四部叢刊初編》，第 283 冊，臺北：臺灣商務印書館，1967 年。

13. 〔金〕元好問：《遺山集》，《景印文淵閣四庫全書》，第 1191 冊，臺北：臺灣商務印書館，1985 年。

14. 〔元〕郝經：《陵川集》，《景印文淵閣四庫全書》，第 1192 冊，臺北：臺灣商務印書館，1985 年。

15. 〔元〕戴表元：《剡源文集》，《景印文淵閣四庫全書》，第 1194 冊，

臺北：臺灣商務印書館，1985 年。

16. 〔元〕趙文：《青山集》，《景印文淵閣四庫全書》，第 1195 冊，臺北：
臺灣商務印書館，1985 年。

17. 〔元〕胡祗遹：《紫山大全集》，《景印文淵閣四庫全書》，第 1196 冊，
臺北：臺灣商務印書館，1985 年。

18. 〔元〕趙孟頫：《松雪齋文集》，臺北：臺灣學生書局，1985 年 2 月
再版。

19. 〔元〕吳澄：《吳文正集》，《文津閣四庫全書》，第 400 冊，北京：
商務印書館，2005 年。

20. 〔元〕許衡：《魯齋遺書》，《文津閣四庫全書》，第 400 冊，北京：
商務印書館，2005 年。

21. 〔元〕劉因：《靜修集》，《文津閣四庫全書》，第 400 冊，北京：商
務印書館，2005 年。

22. 〔元〕許謙：《許白雲先生文集》，《四部叢刊》，第 546 冊，上海：
上海書店，1966 年 5 月。

23. 〔元〕李治：《《敬齋古今黈拾遺》，《叢書集成初編》，第 216 冊，北
京：中華書局，1985 年。

24. 〔元〕王惲：《秋澗集》，《景印文淵閣四庫全書》，第 1201 冊，臺北：
臺灣商務印書館，1985 年。

25. 〔元〕程鉅夫：《雪樓集》，《景印文淵閣四庫全書》，第 1202 冊，臺
北：臺灣商務印書館，1985 年。

26. 〔元〕袁桷：《清容居士集》，《景印文淵閣四庫全書》，第 1203 冊，
臺北：臺灣商務印書館，1985 年。

27. 〔元〕劉岳申撰，蕭洵編：《申齋集》，《景印文淵閣四庫全書》，第
1204 冊，臺北：臺灣商務印書館，1985 年。

28. 〔元〕黃玠：《弁山小隱吟錄》，《景印文淵閣四庫全書》，第 1205 冊，
臺北：臺灣商務印書館，1985 年。

29. 〔元〕虞集：《道園學古錄》，《景印文淵閣四庫全書》，第 1207 冊，
臺北：臺灣商務印書館，1985 年。

30. 〔元〕虞集：《道園類稿》，新文豐出版公司編輯部編著：《元人文集
珍本叢刊》，臺北：新文豐出版公司，1985 年。

31. 〔元〕張雨：《靜居集》，《四部叢刊》，第 72 冊，上海：上海書店，
1966 年 5 月。

32. 〔元〕王晃：《竹齋集》，《文津閣四庫全書》，第 412 冊，北京：商
務印書館，2005 年。

33. 〔元〕歐陽玄:《圭齋文集》,《景印文淵閣四庫全書》,第 1210 冊,臺北:臺灣商務印書館,1985 年。

34. 〔元〕黃鎮成:《秋聲集》,《景印文淵閣四庫全書》,第 1212 冊,臺北:臺灣商務印書館,1985 年。

35. 〔元〕蘇天爵:《國朝文類》,《四部叢刊初編》,第 425 冊,臺北:臺灣商務印書館,1967 年。

36. 〔元〕蘇天爵:《元朝名臣事略》,《叢書集成初編》,第 3358 冊,北京:中華書局,1985 年。

37. 〔元〕蘇天爵:《滋溪文稿》,《景印文淵閣四庫全書》,第 1214 冊,臺北:臺灣商務印書館,1985 年。

38. 〔元〕余闕:《青陽集》,《景印文淵閣四庫全書》,第 1214 冊,臺北:臺灣商務印書館,1985 年。

39. 〔元〕邵亨貞:《野處集》,《文津閣四庫全書》,第 406 冊,北京:商務印書館,2005 年。

40. 〔元〕吳鎮:《梅花道人遺墨》,臺北:臺灣學生書局,1970 年 6 月初版。

41. 〔元〕吳海:《聞過齋集》,《文津閣四庫全書》,第 406 冊,北京:商務印書館,2005 年。

42. 〔元〕戴良:《九靈山房集》,《景印文淵閣四庫全書》,第 1219 冊,臺北:臺灣商務印書館,1985 年。

43. 〔元〕李祁:《雲陽集》,《四庫全書珍本》,第 1343 冊,臺北:臺灣商務印書館,1973 年。

44. 〔元〕倪瓚:《清閟閣全集》,《元代珍本文集彙刊》,臺北:國立中央圖書館出版,1970 年 3 月。

45. 〔元〕徐顯:《稗史集傳》,《叢書集成初編》,第 3408 冊,北京:中華書局,1985 年。

46. 〔元〕盛如梓:《庶齋老學叢談》,《景印文淵閣四庫全書》,第 866 冊,臺北:臺灣商務印書館,1985 年。

47. 〔元〕袁桷:《清容居士集》,《景印文淵閣四庫全書》,第 1203 冊,臺北:臺灣商務印書館,1985 年。

48. 〔明〕方孝儒:《遜志齋集》,《四部備要》,第 519 冊,臺北:中華書局,1981 年。

49. 〔明〕劉昌編:《中州名賢文表》,《景印文淵閣四庫全書》,第 1373 冊,臺北:臺灣商務印書館,1986 年。

50. 〔明〕胡侍:《眞珠船》,《叢書集成初編》,第 338 冊,北京:中華

書局，1985 年。

51. 〔明〕董其昌：《容臺集》，收入《明代藝術家集彙刊》，臺北：中央
圖書館印行，1968 年。

52. 〔清〕厲鶚：《樊榭山房全集》，《四部備要》，第 543 冊，臺北：中
華書局，1981 年。

53. 〔清〕嚴可均校輯：《全上古三代秦漢三國六朝文》，北京：中華書
局，1958 年 12 月 1 版。

54. 〔清〕吳重憙輯：《九金人集》，臺北：成文出版社，1967 年 8 月臺
一版。

55. 李修生主編：《全元文》，南京：江蘇古籍出版社，1999 年 9 月。

二、詩詞曲評論

（一）歷代詞話

1. 〔宋〕王灼：《碧雞漫志》，《詞話叢編》，北京：中華書局，2005 年
10 月 2 版。

2. 〔宋〕吳曾：《能改齋漫錄》，《詞話叢編》，北京：中華書局，2005
年 10 月 2 版。

3. 〔宋〕張炎：《詞源》，《詞話叢編》，北京：中華書局，2005 年 10
月 2 版。

4. 〔宋〕胡仔纂集：《苕溪漁隱叢話‧詞話》，臺北：長安出版社，1978
年 12 月。

5. 〔明〕陳霆：《渚山堂詞話》，《詞話叢編》，北京：中華書局，2005
年 10 月 2 版。

6. 〔明〕楊慎：《詞品》，《詞話叢編》，北京：中華書局，2005 年 10
月 2 版。

7. 〔清〕徐釚撰，唐圭璋校注：《詞苑叢談》，北京：中華書局，2005
年 5 月 1 版。

8. 〔清〕劉體仁：《七頌堂詞繹》，《詞話叢編》，北京：中華書局，2005
年 10 月 2 版。

9. 〔清〕沈雄：《古今詞話》，《詞話叢編》，北京：中華書局，2005 年
10 月 2 版。

10. 〔清〕李調元：《雨村詞話》，《詞話叢編》，北京：中華書局，2005
年 10 月 2 版。

11. 〔清〕張惠言：《詞選》，《詞話叢編》，北京：中華書局，2005 年 10

月 2 版。

12. 〔清〕周濟：《宋四家詞選眉批》，《詞話叢編》，北京：中華書局，2005 年 10 月 2 版。

13. 〔清〕周濟：《介存齋論詞雜著》，《詞話叢編》，北京：中華書局，2005 年 10 月 2 版。

14. 〔清〕周濟：《宋四家詞選目錄序論》，《詞話叢編》，北京：中華書局，2005 年 10 月 2 版。

15. 〔清〕黃蘇：《蓼園詞評》，《詞話叢編》，北京：中華書局，2005 年 10 月 2 版。

16. 〔清〕李佳：《左庵詞話》，《詞話叢編》，北京：中華書局，2005 年 10 月 2 版。

17. 〔清〕謝章鋌：《賭棋山莊詞話》，《詞話叢編》，北京：中華書局，2005 年 10 月 2 版。

18. 〔清〕馮煦：《蒿庵論詞》，《詞話叢編》，北京：中華書局，2005 年 10 月 2 版。

19. 〔清〕劉熙載：《詞概》，《詞話叢編》，北京：中華書局，2005 年 10 月 2 版。

20. 〔清〕陳廷焯：《白雨齋詞話》，《詞話叢編》，北京：中華書局，2005 年 10 月 2 版。

21. 〔清〕陳廷焯編選：《詞則》，上海：上海古籍出版社，1984 年 12 月 1 版。

22. 〔清〕蔣敦復：《芬陀利室詞話》，《詞話叢編》，北京：中華書局，2005 年 10 月 2 版。

23. 〔清〕譚獻：《復堂詞話》，《詞話叢編》，北京：中華書局，2005 年 10 月 2 版。

24. 〔清〕沈祥龍：《論詞隨筆》，《詞話叢編》，北京：中華書局，2005 年 10 月 2 版。

25. 〔清〕張德瀛：《詞徵》，《詞話叢編》，北京：中華書局，2005 年 10 月 2 版。

26. 〔清〕張宗橚編：《詞林紀事》，上海：上海古籍出版社，1998 年 11 月 1 版。

27. 王國維著，滕咸惠校注：《人間詞話》，臺北：里仁書局，1994 年 11 月初版。

28. 王闓運評：《湘綺樓評詞》，《詞話叢編》，北京：中華書局，2005 年 10 月 2 版。

29. 梁啟超：《飲冰室評詞》，《詞話叢編》，北京：中華書局，2005 年 10 月 2 版。

30. 鄭文焯撰，龍沐勛輯：《大鶴山人詞話》，《詞話叢編》，北京：中華書局，2005 年 10 月 2 版。

31. 況周頤：《蕙風詞話》，《詞話叢編》，北京：中華書局，2005 年 10 月 2 版。

32. 蔡嵩雲：《柯亭詞論》，《詞話叢編》，北京：中華書局，2005 年 10 月 2 版。

33. 鍾陵編著：《金元詞紀事會評》，合肥：黃山書社，1995 年 12 月 1 版。

34. 鄧子勉編：《宋金元詞話全編》，南京：鳳凰出版社，2008 年 12 月 1 版。

（二）歷代詩話

1. 〔南朝梁〕鍾嶸著，陳延傑注：《詩品注》，臺北：里仁出版社，1992 年 9 月。

2. 〔唐〕孟棨：《本事詩》，《文津閣四庫全書》，第 494 冊，北京：商務印書館，2005 年。

3. 〔宋〕陳師道：《後山詩話》，收入〔清〕何文煥輯：《歷代詩話》，北京：中華書局，2004 年 9 月 2 版。

4. 〔宋〕張戒：《歲寒堂詩話》，收入丁福保編：《歷代詩話續編》，北京：中華書局，2006 年 8 月 1 版。

5. 〔宋〕許顗：《彥周詩話》，《文津閣四庫全書》，第 494 冊，北京：商務印書館，2005 年。

6. 〔宋〕嚴羽著，郭紹虞校釋：《滄浪詩話校釋》，臺北：東昇出版事業有限公司，1980 年 10 月初版。

7. 〔金〕王若虛：《滹南詩話》，收入丁福保編：《歷代詩話續編》，北京：中華書局，2006 年 8 月 1 版。

8. 〔元〕楊載：《詩法家數》，收入〔清〕何文煥輯：《歷代詩話》，臺北：中華書局，2004 年 9 月 2 版。

9. 〔明〕李東陽：《麓堂詩話》，《叢書集成初編》，第 2576 冊，北京：中華書局，1991 年。

10. 〔明〕胡應麟：《詩藪》，臺北：廣文書局，1973 年。

11. 〔清〕王夫之：《薑齋詩話》，收入丁福保編：《清詩話》，臺北：木鐸出版社，1988 年 9 月初版。

12. 〔清〕王士禎撰，張宗柟輯：《帶經堂詩話》，《續修四庫全書》，第

1699 冊，上海：上海古籍出版社，2002 年。

13. 〔清〕顧嗣立：《寒廳詩話》，收入丁福保編：《清詩話》，臺北：木鐸出版社，1988 年 9 月初版。

14. 〔清〕方南堂：《輟鍛錄》，收入郭紹虞編選，富壽蓀校點：《清詩話續編》，上海：上海古籍出版社，1983 年 12 月 1 版。

15. 〔清〕喬億：《劍谿說詩》，《清詩話續編》，上海：上海古籍出版社，1983 年 12 月 1 版。

16. 〔清〕趙翼，霍松林點校：《甌北詩話》，臺北：木鐸出版社，1982 年。

17. 陳衍輯撰：《元詩紀事》，臺北：鼎文書局，1971 年 9 月初版。

18. 郭紹虞編：《宋詩話輯佚》，臺北：華正書局，1981 年 12 月初版。

（三）歷代曲話

1. 〔元〕鍾嗣成：《錄鬼簿》，收入俞為民、孫蓉蓉主編：《歷代曲話彙編‧唐宋元編：新編中國古典戲曲論著集成》，合肥：黃山書社，2006 年 1 月 1 版。

2. 〔明〕朱權：《太和正音譜》，《四部叢刊》，第 560 冊，臺北：臺灣商務印書館，1966 年。

3. 〔明〕王世貞：《曲藻》，收入楊家駱主編：《歷代詩史長編二輯》，臺北：鼎文書局，1974 年 2 月初版。

4. 〔明〕王世貞：《藝苑卮言》，收入《弇州四部稿》，《文津閣四庫全書》，第 428 冊，北京：商務印書館，2005 年。

5. 〔明〕王驥德：《曲律》，收入俞為民、孫蓉蓉主編：《歷代曲話彙編‧明代編：新編中國古典戲曲論著集成》，合肥：黃山書社，2009 年 3 月 1 版。

6. 〔明〕凌濛初著：《譚曲雜箚》，收入俞為民、孫蓉蓉主編：《歷代曲話彙編‧明代編：新編中國古典戲曲論著集成》，合肥：黃山書社，2009 年 3 月 1 版。

7. 〔清〕李調元：《雨村曲話》，臺北：宏業書局，1972 年 4 月。

三、詞律詞譜

1. 〔清〕王奕清等編纂，孫通海、王景桐校點：《欽定詞譜》，北京：學苑出版社，2008 年 6 月 1 版。

2. 聞汝賢纂述：《詞牌彙釋》，臺北：撰者自印，1963 年 5 月臺一版。

3. 潘慎主編：《詞律辭典》，太原：山西人民出版社，1991 年 9 月 1

版。

4. 龍沐勛:《唐宋詞格律》,臺北:里仁書局,1993 年 9 月初版。

四、古　籍

(一) 經　部

1. 〔漢〕孔安國傳,〔唐〕孔穎達等正義,〔清〕阮元校勘:《尚書正義》,《十三經注疏》本,臺北:藝文印書館,1989 年 1 月 11 版。

2. 〔漢〕毛公傳,鄭玄箋,〔唐〕孔穎達等正義:《毛詩正義》,《十三經注疏》本,臺北:藝文印書館,1989 年 1 月 11 版。

3. 〔漢〕韓嬰著,〔清〕周廷寀校注:《韓詩外傳》,《叢書集成初編》,第 524 冊,北京:中華書局,1991 年。

4. 〔漢〕鄭玄注,〔唐〕孔穎達疏,〔清〕阮元校勘:《禮記正義》,《十三經注疏》本,臺北:藝文印書館,1989 年 1 月 11 版。

5. 〔漢〕趙岐注,〔宋〕孫奭疏,〔清〕阮元校勘:《孟子注疏》,《十三經注疏》本,臺北:藝文印書館,1989 年 1 月 11 版。

6. 〔魏〕王弼注,〔唐〕孔穎達疏,〔清〕阮元校勘:《周易正義》,《十三經注疏》本,臺北:藝文印書館,1989 年 1 月 11 版。

7. 〔魏〕何晏,〔宋〕邢昺疏,〔清〕阮元校勘:《論語注疏》,《十三經注疏》本,臺北:藝文印書館,1989 年 1 月 11 版。

8. 〔宋〕朱熹集註:《詩集傳》,臺北:華正書局,1977 年 5 月初版。

9. 〔清〕陳奐:《詩毛氏傳疏》,臺北:臺灣學生書局,1981 年 11 月。

10. 〔清〕方玉潤:《詩經原始》,《續修四庫全書》,第 73 冊,上海:上海古籍出版社,2002 年。

11. 〔清〕皮錫瑞:《經學歷史》,臺北:河洛圖書公司,1974 年 9 月初版。

(二) 史　部

1. 〔春秋周〕左丘明撰,〔三國吳〕韋昭注,〔清〕黃丕烈校:《國語》,臺北:漢京文化事業有限公司,1983 年 12 月。

2. 〔漢〕司馬遷撰,〔宋〕裴駰集解,〔唐〕司馬貞索隱,〔唐〕張守節正義:《史記》,臺北:藝文印書館,1958 年。

3. 〔東漢〕班固:《漢書》,臺北:藝文印書館,1958 年。

4. 〔南朝宋〕范曄:《後漢書》,臺北:藝文印書館,1958 年。

5. 〔南朝梁〕蕭子顯:《南齊書》,臺北:藝文印書館,1958 年。

6.　〔唐〕姚思廉：《梁書》，北京：中華書局，1973 年 5 月 1 版。

7.　〔唐〕姚思廉：《陳書》，臺北：藝文印書館，1958 年。

8.　〔唐〕房玄齡等奉敕撰：《晉書》，臺北：藝文印書館，1958 年。

9.　〔唐〕李延壽：《南史》，臺北：藝文印書館，1958 年。

10.　〔唐〕杜佑：《通典》，《景印文淵閣四庫全書》，第 605 冊，臺北：臺灣商務印書館，1983 年。

11.　〔後晉〕劉煦：《舊唐書》，臺北：藝文印書館，1958 年。

12.　〔宋〕徐夢莘：《三朝北盟會編》，《中國野史集成續編》，第 4 冊，成都：巴蜀書社，2000 年。

13.　〔宋〕孟珙：《蒙韃備錄》，《中國野史集成》，第 12 冊，成都：巴蜀書社，1993 年。

14.　〔金〕佚名撰：《燭王江上錄》，《中國野史集成續編》，第 6 冊，成都：巴蜀書社，2000 年。

15.　〔元〕脫脫：《金史》，臺北：藝文印書館，1958 年。

16.　〔元〕脫脫：《宋史》，臺北：藝文印書館，1958 年。

17.　〔元〕鄭元祐：《遂昌雜錄》，《中國野史集成》，第 12 冊，成都：巴蜀書社，1993 年。

18.　〔明〕宋濂：《元史》，北京：中華書局，2005 年 4 月重印。

19.　〔明〕權衡：《庚申外史》，《中國野史集成》，第 12 冊，成都：巴蜀書社，1993 年。

20.　〔清〕黃宗羲著、全祖望補修：《宋元學案》，臺北：華世出版社，1987 年 9 月臺一版。

21.　〔清〕高宗敕撰：《續通典》，臺北：臺灣商務印書館，1987 年 12 月臺一版。

22.　〔清〕張廷玉：《明史》，臺北：藝文印書館，1958 年。

23.　〔清〕趙翼著，王樹民校證：《廿二史箚記校證》，北京：中華書局，1984 年 1 月 1 版。

24.　不著撰者：《大元聖政國朝典章》，臺北：文海出版社，1964 年。

25.　柯劭忞：《新元史》，臺北：藝文印書館，1958 年。

（三）子　部

1.　〔周〕列禦寇撰，〔晉〕張湛：《列子注》，臺北：世界書局，1958 年 5 月初版。

2.　〔周〕莊子撰，〔清〕王先謙：《莊子集解》，臺北：世界書局，2001

年 11 月二版。

3. 〔漢〕劉安等編著,高誘注:《淮南子》,臺北:世界書局,1989 年 5 初版。

4. 〔西晉〕張華:《博物志》,《文津閣四庫全書》,第 348 冊,北京:商務印書館,2005 年。

5. 〔東晉〕干寶:《搜神記》,《文津閣四庫全書》本,第 347 冊,北京:商務印書館,2005 年。

6. 〔南朝宋〕劉義慶原撰,楊勇著:《世說新語校箋》,臺北:宏業書局,1976 年 2 月。

7. 〔南朝梁〕任昉:《述異記》,《文津閣四庫全書》,第 348 冊,,北京:商務印書館,2005 年。

8. 〔唐〕歐陽詢:《藝文類聚》,《文津閣四庫全書》本,第 293 冊,北京:商務印書館,2005 年。

9. 〔唐〕封演:《封氏聞見記》,《叢書集成初編》,第 275 冊,北京:中華書局,1985 年。

10. 〔宋〕李昉:《太平御覽》,《景印文淵閣四庫全書》,第 894 冊,臺北:臺灣商務印書館,1985 年。

11. 〔宋〕李昉:《太平廣記》,《景印文淵閣四庫全書》,第 1044 冊,臺北:臺灣商務印書館,1985 年。

12. 〔宋〕蘇軾:《東坡志林》,收入廣陵書社編:《筆記小說大觀》揚州:廣陵書社,2007 年 12 月 1 版。

13. 〔宋〕黃庭堅:《山谷題跋》,臺北:廣文書局,1971 年。

14. 〔宋〕葉夢得撰:《蒙齋筆談》,收入廣陵書社編:《筆記小說大觀》,揚州:廣陵書社,2007 年 12 月 1 版。

15. 〔宋〕范成大:《梅譜》,《景印文淵閣四庫全書》,第 845 冊,臺北:臺灣商務印書館,1985 年。

16. 〔宋〕羅大經:《鶴林玉露》,收入廣陵書社編:《筆記小說大觀》,揚州:廣陵書社,2007 年 12 月 1 版。

17. 〔宋〕周密:《武林舊事》,《文津閣四庫全書》,第 195 冊,北京:商務印書館,2005 年。

18. 〔宋〕耐得翁:《都城紀勝》,《景印文淵閣四庫全書》,第 590 冊,臺北:臺灣商務印書館,1984 年。

19. 〔宋〕陳元靚編:《歲時廣記》,《文津閣四庫全書》,第 159 冊,北京:商務印書館,2005 年。

20. 〔宋〕黎靖德編：《朱子語類》，《景印文淵閣四庫全書》，第 702 冊，臺北：臺灣商務印書館，1985 年。

21. 〔元〕李衎：《竹譜詳錄》，《叢書集成初編》，第 1635 冊，北京：中華書局，1985 年。

22. 〔元〕陶宗儀：《南村輟耕錄》，北京：中華書局，1959 年 2 月。

23. 〔元〕夏文彥：《圖繪寶鑑》，臺北：臺灣商務印書館，1956 年。

24. 〔明〕葉子奇：《草木子》，北京：中華書局，1959 年 5 月 1 版。

25. 〔明〕董其昌：《畫禪室隨筆》，《文津閣四庫全書》，第 287 冊，北京：商務印書館，2005 年。

26. 〔清〕黃宗羲：《明夷待訪錄》，北京：中華書局，1985 年。

27. 〔清〕顧炎武撰，〔清〕黃汝成箋注：《日知錄集釋》，長沙：岳麓書社，1994 年 5 月 1 版。

28. 〔清〕錢大昕：《十駕齋養新錄》，《四部備要》，第 407 冊，臺北：中華書局，1981 年。

29. 〔清〕王昶：《金石萃編》，臺北：新文豐出版公司，1982 年 11 月。

30. 〔清〕朱方靄：《畫梅題記》，《叢書集成初編》，第 1639 冊，北京：中華書局，1985 年。

31. 〔清〕沈宗騫：《芥舟學畫編》，《續修四庫全書》，第 1068 冊，上海：上海古籍出版社，2002 年。

32. 撰者不詳：《宣和畫譜》，《叢書集成簡編》，第 504 冊，臺北：臺灣商務印書館，1966 年。

五、近代專書

（一）詞學研究

1. 丁放：《金元詞學研究》，北京：中國社會科學出版社，2002 年 5 月 1 版。

2. 王兆鵬：《宋南渡詞人群體研究》，臺北：文津出版社，1992 年 3 月初版。

3. 王偉勇：《南宋詞研究》，臺北：文史哲出版社，1987 年 9 月初版。

4. 王偉勇：《宋詞與唐詩之對應研究》，臺北：文史哲出版社，2004 年 3 月初版。

5. 方勇：《南宋遺民詩人群體研究》，北京：人民出版社，2000 年 6 月。

6. 沈松勤：《唐宋詞社會文化學研究》，杭州：浙江大學，2005 年 1 月

2 版。

7. 許伯卿：《宋詞題材研究》，北京：中華書局，2007 年 12 月 1 版。

8. 黃文吉：《宋南渡詞人》，臺北：臺灣學生書局，1985 年 5 月。

9. 黃文吉：《北宋十大詞家研究》，臺北：文史哲出版社，1996 年 3 月初版。

10. 路成文：《宋代詠物詞史論》，北京：商務印書館，2005 年 12 月 1 版。

11. 趙桂芬：《姜白石詞研究》，臺南：漢家出版社，1994 年 12 月初版。

12. 劉少雄：《南宋姜吳典雅詞派相關詞學論題之探討》，臺北：國立臺灣大學出版委員會，1995 年 5 月。

13. 劉若愚，王貴苓譯：《北宋六大詞家》，臺北：幼獅文化事業有限公司，1986 年 6 月。

14. 賴慶芳：《南宋詠梅詞研究》，臺北：臺灣學生書局，2003 年 8 月初版。

15. 蘇珊玉：《《人間詞話》之審美觀》，臺北：里仁書局，2009 年 9 月初版。

（二）詞學論叢及析評

1. 王熙元：《歷代詞話敍錄》，臺北：臺灣中華書局，1973 年。

2. 吳梅：《詞學通論》，上海：上海古籍出版社，2006 年 4 月 1 版。

3. 林玫儀：《詞學考詮》，臺北：聯經出版事業有限公司，1987 年 12 月初版。

4. 孫康宜著，李奭學譯：《詞與文類研究》，北京：北京大學出版社，2004 年 9 月。

5. 孫維城：《宋韻——宋詞人文精神與審美形態探論》，合肥：安徽大學出版社，2002 年 5 月 1 版。

6. 黃文吉：《黃文吉詞學論集》，臺北：臺灣學生書局，2003 年 11 月初版。

7. 陶然：《金元詞通論》，上海：上海古籍出版社，2001 年 7 月 1 版。

8. 張子良：《金元詞述評》，臺北：華正書局，1979 年 7 月。

9. 詹安泰撰，詹伯慧編：《詹安泰詞學論集》，汕頭：汕頭大學出版社，1997 年 10 月 1 版。

10. 趙仁珪：《論宋六家詞》，北京：北京師範大學出版社，2000 年 1 月。

11. 葉嘉瑩：《迦陵論詞叢稿》，臺北：明文書局，1981 年。

12. 葉嘉瑩、繆鉞合撰：《靈谿詞說》，臺北：國文天地雜誌社，1989 年

12 月初版。

13. 葉嘉瑩：《唐宋詞十七講》，石家莊：河北教育出版社，2003 年 8 月。

14. 劉鋒燾：《宋金詞論稿》，北京：中國社會科學出版社，2002 年。

15. 繆鉞：《詩詞散論》，臺北：臺灣開明書局，1966 年。

（三）詞　史

1. 丁放：《金元明清詩詞理論史》，合肥：安徽大學出版社，2000 年 2 月 1 版。

2. 王兆鵬：《唐宋詞史論》，北京：人民文學出版社，2000 年 1 月 1 版。

3. 王易：《詞曲史》，臺北：廣文書局，1988 年 8 月 5 版。

4. 黃兆漢：《金元詞史》，臺北：臺灣學生書局，1992 年 12 月初版。

5. 黃拔荊：《中國詞史》，福州：福建人民出版社，2003 年 5 月。

6. 陳伯海、蔣哲倫主編，蔣哲倫、傅蓉蓉著：《中國詩學史‧詞學卷》，廈門：鷺江出版社，2002 年 9 月 1 版。

7. 楊鐮：《元詩史》，北京：人民文學出版社，2003 年 8 月。

8. 趙維江：《金元詞論稿》，北京：中國社會科學出版社，2000 年 2 月 1 版。

9. 劉子庚：《詞史》，臺北：臺灣學生書局，1982 年 8 月 3 版。

10. 劉揚忠：《唐宋詞流派史》，福州：福建人民出版社，1999 年 2 月。

11 劉靜、劉磊：《金元詞研究史稿》，濟南：齊魯書社，2006 年 8 月 1 版。

12. 謝桃坊：《中國詞學史》，成都：巴蜀書社，1993 年 6 月。

（四）詩學研究

1. 包根弟：《元詩研究》，臺北：幼獅文化事業有限公司，1978 年 1 月。

2. 吳曉：《詩歌與人生：意象符號與情感空間》，臺北：書林出版社，1995 年 3 月。

3. 柯慶明、林明德編：《中國古典文學研究叢刊‧詩歌之部》，臺北：巨流圖書公司，1978 年。

4. 洪順隆：《六朝詩論》，臺北：文津出版社，1978 年 5 月。

5. 袁行霈：《中國詩歌藝術研究》，臺北：五南圖書公司，1989 年 5 月。

6. 陳植鍔：《詩歌意象論》，北京：中國社會科學出版社，1990 年 8 月。

7. 張高評：《宋詩之傳承與開拓》，臺北：文史哲出版社，1990 年 3 月。

8. 張高評：《會通化成與宋代詩學》，臺南：國立成功大學出版組，2000 年 8 月。

9. 楊鐮：《元西域詩人群體研究》，烏魯木齊：新疆人民出版社，1998年。

10. 劉若愚著，杜國清譯：《中國詩學》，臺北：幼獅文化事業有限公司，1977年6月初版。

11. 鄭騫等著：《中國古典文學論叢：詩歌之部》，臺北：中外文學月刊社，1976年5月。

12. 蔡英俊：《中國古典詩論中「語言」與「意義」的論題──「意在言外」的用言方式與「含蓄」的美典》，臺北：臺灣學生書局，2001年4月初版。

13. 蕭翠霞：《南宋四大家詠花詩研究》，臺北：文津出版社，1984年5月。

14. 蕭麗華：《元詩之社會性與藝術性研究》，臺北：國家出版社，1998年10月1版。

（五）文學史

1. 王忠林等：《中國文學史初稿》，臺北：福記文化出版社，1995年1月。

2. 王承禮主編：《遼金契丹女真史譯文集》，長春：吉林文史出版社，1990年9月。

3. 王瑤：《中古文學史論》，臺北：長安出版社，1982年8月再版。

4. 章培恒、駱玉明主編：《中國文學史》，上海：復旦大學出版社，2004年9月。

5. 楊義：《中國古典文學圖志：宋、遼、西夏、金、回鶻、吐蕃、大理國、元代卷》，北京：三聯書店，2006年4月1版。

6. 楊鐮：《元代文學編年史》，太原：山西教育出版社，2005年7月。

7. 鄧紹基：《元代文學史》，北京：人民文學出版社，2006年6月。

8. 葉慶炳：《中國文學史》，作者自印出版，1971年。

9. 劉大杰：《中國文學發展史》，臺北：華正書局，1979年5月。

10. 龍榆生：《中國韻文史》，上海：上海古籍出版社，2002年3月1版。

（六）戲曲研究

1. 王國維：《宋元戲曲史》，臺北：臺灣商務印書館，1994年12月。

2. 王忠林：《元代散曲論叢》，高雄：復文圖書出版社，1989年8月初版。

3. 許金榜：《中國戲曲文學史》，北京：中國文學出版社，1994年5月

1 版。

4. 羅錦堂：《中國散曲史》，臺北：中國文化大學出版部，1983 年 8 月新 1 版。

（七）史學資料

1. 王德毅、李榮村、潘柏澄編：《元人傳記資料索引》，臺北：新文豐出版公司，1980 年 6 月初版。

2. 朱自振、沈漢：《中國茶酒文化史》，臺北：文津出版社，1995 年 12 月初版。

3. 札奇斯欽：《蒙古史論叢》，臺北：學海書局，1980 年。

4. 周良霄、顧菊英：《元史》，上海：上海人民出版社，2003 年 4 月 1 版。

5. 周維權：《中國古典園林史》，臺北：明文書局，1991 年 3 月。

6. 徐子方：《挑戰與抉擇——元代文人心態史》，石家庄：河北教育出版社，2001 年 11 月 1 版。

7. 陳得芝：《蒙元史研究叢稿》，北京：人民出版社，2005 年 2 月 1 版。

8. 夏承燾：《唐宋詞人年譜》，上海：上海古籍出版社，1979 年。

9. 鄧紹基、楊鐮主編：《中國文學家大辭典・遼金元卷》，北京：中華書局，2006 年 5 月 1 版。

10. 鄭麟趾纂：《高麗史》，臺北：文史哲出版社，1972 年 2 月初版。

11. 蕭啟慶：《元代史新探》，臺北：新文豐出版公司，1983 年 6 月。

12. 蕭啟慶：《蒙元史新研》，臺北：允晨文化公司，1994 年 9 月。

13. 蕭啟慶：《元朝史新論》，臺北：允晨文化公司，1999 年 5 月。

14. 錢穆：《國史大綱》，臺北：臺灣商務印書館，1988 年 12 月修訂 15 版。

（八）其他相關著述

1. 王立：《中國古代文學十大主題——原型與流變》，臺北：文史哲出版社，1994 年 7 月初版。

2. 王明蓀：《元代的士人與政治》，臺北：臺灣學生書局，1992 年 3 月初版。

3. 王玲：《中國茶文化》，北京：中國書店，1992 年 12 月 1 版。

4. 王夢鷗：《中國文學理論與實踐》，臺北：時報文化出版公司，1997 年 4 月。

5. 方立天：《中國佛教與傳統文化》，上海：上海人民出版社，1988 年 4 月 1 版。

6. 牟宗三：《心體與性體》，臺北：正中書局，1996 年 2 月初版。

7. 朱榮智：《元代文學批判之研究》，臺北：聯經出版事業有限公司，1982 年 3 月初版。

8. 李辰冬：《文學新論》，臺北：東大圖書公司，1975 年 8 月。

9. 李幹：《元代社會經濟史稿》，武漢：湖北人民出版社，1985 年。

10. 何小顏：《花與中國文化》，北京：人民出版社，1999 年 1 月 1 版。

11. 沈清松：《解除世界魔咒》，臺北：臺灣商務印書館，1998 年初版。

12. 吳雪美編輯：《宋元文學學術研討會論文集》，臺北：東吳大學中文系出版，2002 年 3 月。

13. 周武忠：《中國園林藝術》，香港：中華書局，1991 年 5 月。

14. 查洪德、李軍：《元代文學文獻學》，北京：中國社會科學出版社，2002 年 12 月 1 版。

15. 柏楊：《中國人史綱》，臺北：星光出版社，1989 年。

16. 胡適：《胡適文集》，北京：人民文學出版社，1998 年 12 月。

17. 姜一涵：《元代奎章閣及奎章人物》，臺北：聯經出版事業有限公司，1981 年 5 月。

18. 孫克寬：《蒙古漢軍及漢文化》，臺北：文星書店，1958 年。

19. 卿希泰主編：《中國道教》，上海：知識出版社，1994 年 1 月。

20. 黃清連：《元代戶計制度研究》，《國立臺灣大學文史叢刊》，臺北：國立臺灣大學文學院，第 45 冊，1977 年 2 月初版。

21. 陳世驤：《陳世驤文存》，臺北：志文出版社，1972 年 7 月初版。

22. 陳垣：《元西域人華化考》，上海：上海古籍出版社，2000 年 12 月 1 版。

23. 陳彬藩主編：《中國茶文化經典》，北京：光明日報出版社，1999 年 8 月 1 版。

24. 張高評主編：《金元明文學之整合研究：近世文學國際學術研討會論文集》，臺北：新文豐出版公司，2007 年 3 月初版。

25. 張晶：《遼金元文學論稿》，北京：北京廣播學院出社，2004 年 1 月 1 版。

26. 張晶主編：《中國古代文學通論·遼金元卷》，沈陽：遼寧人民出版社，2005 年 5 月 1 版。

27. 曾永義編：《元代文學批評資料彙編》，臺北：成文出版社，1978 年。

28. 賀昌群等著：《魏晉思想》甲、乙編，臺北：里仁書局，1995 年 8 月初版。

29. 趙琦：《金元之際的儒士與漢文化》，北京：人民出版社，2004 年 9 月 1 版。

30. 蒙思明：《元代社會階級制度》，上海：上海人民出版社，2006 年 8 月 1 版。

31. 麼書儀：《元代文人心態》，北京：文化藝術出版社，1993 年 10 月 1 版。

32. 萬偉成：《中華酒經》，臺北：正中書局，1997 年 12 月。

33. 鄭素春：《全眞教與大蒙古國帝室》，臺北：臺灣學生書局，1987 年。

34. 鄭振鐸：《鄭振鐸全集》，石家莊：花山文藝出版社，1998 年 11 月 1 版。

35. 鄭騫：《從詩到曲》，臺北：中國文化雜誌社，1971 年 3 月。

36. 鄭騫：《景午叢編》，臺北：臺灣中華書局，1972 年 3 月。

37. 錢穆：《中國學術思想史論叢》，臺北：東大圖書公司，1978 年 11 月。

38. 錢穆：《國學概論》，臺北：臺灣商務印書館，1998 年 5 月臺二版。

39. 顏天佑：《元雜劇所反映之元代社會》，臺北：華正書局，1984 年。

40. 韓兆琦：《中國古代的隱士》，臺北：臺灣商務印書館，1998 年 12 月初版。

41. 蕭啟慶：《元代的族群文化與科舉》，臺北：聯經出版事業有限公司，2008 年 1 月初版。

六、美學類

（一）文藝理論

1. 朱光潛：《文藝心理學》，臺北：漢京文化事業有限公司，1984 年。

2. 劉介民：《比較文學方法論》，臺北：時報文化出版公司，1990 年 5 月。

（二）美學綜論

1. 王更生注譯：《文心雕龍讀本》，臺北：文史哲出版社，1988 年 9 月初版。

2. 申喜萍：《南宋金元時期的道教文藝美學思想》，北京：中華書局，

2007 年 9 月。

3. 李澤厚：《美的歷程》，臺北：蒲公英出版社，1985 年。

4. 李澤厚：《華夏美學》，臺北：三民書局，1999 年 10 月。

5. 何懷碩主編：《近代中國美術論集》，臺北：藝術家出版社，1991 年。

6. 沈謙：《修辭方法析論》，臺北：宏翰出版社，1992 年 3 月。

7. 宗白華：《美學散步》，臺北：洪範書店，1982 年 3 月。

8. 宗白華：《藝境》，北京：北京大學出版社，2000 年 8 月。

9. 林書堯：《色彩學》，臺北：三民書局，1989 年 8 月。

10. 孫康宜：《文學的聲音》，臺北：三民書局，2001 年 10 月。

11. 黃永武：《中國詩學・設計篇》，臺北：巨流圖書公司，1978 年 6 月 1 版。

12. 黃永武：《中國詩學・考據篇》，臺北：巨流圖書公司，1979 年 4 月 1 版。

13. 黃永武：《中國詩學・思想篇》，臺北：巨流圖書公司，1979 年 4 月 1 版。

14. 黃永武：《中國詩學・鑑賞篇》，臺北：巨流圖書公司，1980 年 5 月 1 版。

15. 黃永武：《詩與美》，臺北：洪範書店，1985 年 5 月。

16. 黃永武：《字句鍛鍊法》，臺北：洪範書店，1986 年。

17. 黃慶萱：《修辭學》，臺北：三民書局，1994 年 10 月增訂七版。

18. 曹林娣：《姑蘇園林與中國文化》，臺北：萬卷樓圖書公司，1993 年 12 月。

19. 陳炎主編：《中國審美文化史・唐宋元明清卷》，濟南：山東畫報出版社，2007 年 9 月 1 版。

20. 陳望道：《修辭學發凡》，臺北：文史哲出版社，1989 年 1 月再版。

21. 程杰：《中國梅花審美文化研究》，成都：巴蜀書社，2008 年 8 月 1 版。

22. 童慶炳：《中國古代心理詩學與美學》，北京：中華書局，1992 年 3 月 1 版。

23. 葉舒憲：《神話──原型批評》，西安：陝西師範大學，1987 年 7 月。

24. 鄭文惠：《文學與圖像的文化美學──想像共同體的樂園論述》，臺北：里仁書局，2005 年 9 月。

25. 錢鍾書：《談藝錄》，臺北：書林出版公司，1992 年 2 月 1 版。

26. 蔡英俊：《比興、物色與情景交融》，臺北：大安出版社，1986 年 5 月初版。

27. 龔鵬程：《飲食男女生活美學》，臺北：立緒文化事業有限公司，1998 年 9 月。

（三）繪畫史

1. 中國美術全集編輯委員會編繪畫編：《元代繪畫》，收入《中國美術全集》第 5 冊，臺北：錦繡出版社，1989 年。

2. 周林生等編著：《宋元繪畫史》，石家庄：河北教育出版社，2004 年 1 月 1 版。

3. 俞劍華：《中國繪畫史》，臺北：臺灣商務印書館，1999 年。

4. 高木森：《中國繪畫思想史》，臺北：東大圖書公司，1993 年 7 月。

5. 徐書城：《中國繪畫藝術史》，北京：人民美術出版社，2003 年 3 月 1 版。

6. 陳師曾：《中國繪畫史》，北京：中國人民大學出版社，2004 年 11 月 1 版。

7. 陳俊愉、程緒珂編：《中國花經》，上海：上海文化出版社，1990 年 8 月 1 版。

8. 莊申：《中國畫史研究》，臺北：正中書局，1970 年。

9. 張朝暉、徐琛：《中國繪畫史》，臺北：文津出版社，1996 年 10 月初版。

10. 馮遠主編：《中國繪畫發展史》，天津：天津人民美術出版社，2006 年。

11. 鄭昶編輯：《中國畫學全史》，臺北：臺灣中華書局，1982 年。

12. 鄧喬彬：《中國繪畫思想史》，貴陽：貴州人民美術出版社，2001 年 1 月。

七、工具書

1. 〔清〕段玉裁注：《段氏說文解字注》，臺北：宏業書局，1973 年。

2. 任繼愈主編：《宗教詞典》，上海：上海辭書出版社，1981 年。

3. 林玫儀主編：《詞學論著總目（1901～1992）》，臺北：中央研究院中國文哲研究所籌備處，1995 年 6 月。

4. 金啓華、張惠民等編：《唐宋詞集序跋匯編》，臺北：臺灣商務印書館，1993 年 2 月。

5. 黃文吉：《台灣出版中國文學史書目提要（1949～1994）》，臺北：萬卷樓圖書公司，1996 年 2 月。

6. 范之麟主編：《全宋詞典故辭典》，武漢：湖北辭書出版社，1996 年 12 月 1 版。

八、學位論文

1. 王次澄：《南朝詩研究》，臺北：東吳大學中國文學研究所博士論文，1982 年。

2. 王定勇：《金詞研究》，揚州：揚州大學中國古代文學博士論文，2006 年。

3. 王偉勇：《南宋遺民詞初探》，臺北：東吳大學中國文學研究所碩士論文，1979 年。

4. 王煒：《元代題畫詞研究》，上海：華東師範大學中國語言文學系碩士論文，2007 年。

5. 林承坯：《辛稼軒詠物詞研究》，臺北：國立臺灣師範大學國文研究所博士論文，1993 年 12 月。

6. 余惠婷：《元代詠花詞研究》，臺南：國立成功大學中國文學研究所碩士論文，2011 年。

7. 卓惠婷：《白樸及其《天籟集》研究》，臺南：國立成功大學中國文學研究所碩士論文，2004 年。

8. 易淑瓊：《劉敏中詞研究》，廣州：暨南大學中國古代文學碩士論文，2004 年。

9. 夏令傳：《王惲秋澗詞研究》，廣州：暨南大學中國古代文學碩士論文，2006 年。

10. 徐燕：《邵亨貞及其蟻術詞研究》，廣州：暨南大學中國古代文學碩士論文，2007 年。

11. 黃孝光：《南宋三家遺民詞人研究》，臺北：文化大學中國文學研究所博士論文，1983 年。

12. 紀曉華：《張翥及其詞研究》，濟南：山東師範大學中國古代文學碩士論文，2008 年。

13. 馬寶蓮：《兩宋詠物詞研究》，臺北：國立臺灣師範大學國文研究所碩士論文，1983 年 5 月。

14. 陳宏銘：《張孝祥詞研究》，高雄：國立高雄師範大學國文學系碩士論文，1992 年。

15. 陳宏銘：《金元全真道士詞研究》，高雄：國立高雄師範大學中國文

學系博士論文，1997 年。

16. 陳彩玲：〈南宋遺民詠物詞研究〉，臺北：國立政治大學中文所碩士論文，1985 年。

17. 陳郁娟：《張翥《蛻巖詞》研究》，臺南：國立成功大學中國文學研究所碩士論文，2004 年。

18. 許世恭：《元代繪畫作品之美學觀》，臺北：中國文化大學藝術研究所碩士論文，1991 年。

19. 普義南：《吳文英詠物詞研究》，臺北：淡江大學中國文學研究所碩士論文，2001 年。

20. 楊麗玲：《蘇東坡詠物詞研究》，臺北：國立臺灣師範大學中國文學研究所碩士論文，1998 年。

21. 寧曉燕：《許有壬詞研究》，廣州：暨南大學中國古代文學碩士論文，2006 年。

22. 鄭琇文：《金元詠梅詞研究》，臺南：國立成功大學中國文學研究所碩士論文，2005 年。

九、期刊論文

1. 王巖：〈元代"漁父詞"隱逸思想探析〉，《福建工程學院學報》第 4 卷第 2 期，2006 年 4 月，頁 199～203。

2. 方秀潔：〈論詠物詞的發展與吳文英的詠物詞〉，收入《詞學》第 12 輯，上海：華東師範大學出版社，2000 年 4 月初版，頁 74～92。

3. 方智範：〈論宋人詠物詞的審美層次〉，收入《詞學》第 6 輯，上海：華東師範大學出版社，1987 年，頁 176～192。

4. 方曉紅：〈論詠物詞的歷史流程及藝術特色〉，《武漢大學學報（哲學社會科學版）》第 5 期，1994 年，頁 108～111。

5. 包根弟：〈金元明清詞學研究現況及未來走向〉，《中國文哲研究通訊》第 4 卷第 2 期，1994 年 6 月，頁 23～30。

6. 包根弟：〈張翥《蛻巖詞》內容探析〉，《輔仁國文學報》第 11 期，1995 年 5 月，頁 1～22。

7. 衣若芬：〈瀟湘八景——地方經驗・文化記憶・無何有之鄉〉，《東華人文學報》第 9 期，2006 年 7 月，頁 111～134。

8. 何貴初：〈元代文學論著索引〉，《書目季刊》第 35 卷第 2 期，2001 年 9 月，頁 69～112。

9. 何貴初：〈近五十年來香港、台灣和海外金元詞研究概述〉，收入趙維江主編：《走進契丹與女真王朝的文學》，北京：文化藝術出版社，

2006 年 4 月 1 版，頁 539～563。

10. 邢莉：〈北方少數民族女神神話的薩滿文化特徵——與中原區域女神神話之比較〉，《民族文學研究》第 4 期，1993 年。

11. 吳宏一：〈溫庭筠菩薩蠻十四首的篇章結構〉，《中國文化研究所學報》第 7 期，1998 年，頁 269～290。

12. 李錦煜：〈梅格即人格，契合兩無間——談蘇軾的詠梅詞〉，《甘肅高師學報》第 9 卷第 3 期，2004 年 3 月，頁 19～22。

13. 杜道明：〈別具一格的金元文化與審美趣味〉，《新疆大學學報（社會科學版）》第 28 卷第 2 期，2006 年 2 月，頁 12～16。

14. 林庚：〈說橘頌〉，收入游國恩等撰：《楚辭集釋》，臺北：新文豐出版社，1979 年，頁 119～125。

15. 林玫儀：〈詞學論著總目〉，《中國文哲研究通訊》第 6 卷第 4 期，1996 年 12 月，頁 79～85。

16. 〔日〕青木正兒著，魏仲佑譯：〈題畫文學及其發展〉，《中國文化月刊》第 9 期，1980 年 7 月，頁 76～92。

17. 周晴：〈兩宋詠物詞的審美特徵〉，《曲靖師專學報》第 19 卷第 4 期，2000 年 7 月，頁 43～44。

18. 姚大力：〈元朝科舉制度的興廢及其社會背景〉，《元史及北方民族史研究集刊》第 6 期，1982 年。

19. 胡大浚、蘭甲雲：〈唐代詠物詩發展之輪廓與軌跡〉，《煙臺大學學報（哲學社會科學版）》第 2 期，1995 年，頁 22～28。

20. 俞香順：〈"無情有恨何人覺"——白蓮象徵意義探討〉，《瀋陽師範大學學報（社會科學版）》第 27 卷第 4 期（2003 年），頁 12～16。

21. 徐信義：〈詠物詞的聲色——談詠物詞的表現方式〉，《中國學術年刊》第 11 期，1990 年，頁 159～176。

22. 徐黎麗：〈略論元代科舉考試制度的特點〉，《西北師大學報》第 2 期，1998 年 3 月，頁 42～46。

23. 徐健順：〈李齊賢詞作的意義、成因與考辨〉，《文學前沿》第 1 期，2002 年，頁 292～309。

24. 徐勇：〈論白居易的閒適精神及其思想淵源〉，《南寧師範高等專科學校學報》第 22 卷第 3 期（2005 年 9 月），頁 11～13。

25. 黃文吉：〈宋詩的特質及其發展〉，《復興崗學報》第 35 期，1986 年 6 月，頁 485～504。

26. 黃文吉：〈1998 年古典文學研究論著目錄（上）（下）〉，《中國古典文學研究》第 1、2 期，1999 年 6、12 月，頁 185～215、225～246。

27. 黃文吉:〈中國文學史參考作品選序〉,《書目季刊》第 33 卷第 2 期,1999 年 9 月,頁 75~76。

28. 黃文吉:〈《天機餘錦》見存金元佚詞析論〉,收入吳雪美編輯:《宋元文學學術研討會論文集》,臺北:東吳中文系出版,2002 年 3 月,頁 289~337。

29. 黃文吉:〈詞學資料的檢索與利用〉,《國文天地》第 18 卷第 8 期,2003 年 1 月,頁 21~27。

30. 黃清士:〈宋人詠物詞〉,《詞學》第二輯,上海:華東師範大學出版社,1982 年,頁 154 至 160。

31. 黃雅莉:〈論宋代詠物詞之發展〉,《國立新竹師範學院國文學報》第 11 期,2004 年 12 月,頁 131~162。

32. 許凡:〈論元代的吏員出職制度〉,《歷史研究》第 6 期,1984 年,頁 41~58。

33. 許伯卿:〈宋代詞體詩化理論演進史〉,《文學評論》第 3 期,2008 年,頁 43~49。

34. 許伯卿:〈論詠物詞創新的前提〉,《蘇州大學學報(哲學社會科學版)》第 3 期,2002 年 7 月,頁 49~55。

35. 許雋超:《元詞校讀脞記》,《古籍整理研究學刊》第 3 期(2000 年),頁 37~42。

36. 張敬:〈南宋詞家詠物論述〉,《東吳文史學報》第 2 號,1977 年 3 月,頁 34~53。

37. 張雪慧:〈元代花卉與元人社會生活〉,《中國文化月刊》第 203 期,1997 年 2 月,頁 88~93。

38. 陳郁娟:〈元代第一詞人——張翥《蛻巖詞》內容析論〉,《古今藝文》第 32 卷第 1 期,2005 年 11 月。

39. 陳海霞:〈論張翥的詠物詞〉,《楚雄師範學院學報》第 23 卷第 2 期,2008 年 2 月,頁 57~61。

40. 陳海霞:〈論元末隱士詞人〉,《青島大學師範學院學報》第 25 卷第 2 期,2008 年 6 月,頁 5~10。

41. 陳偉明:〈元代飲料的消費與生產〉,《史學集刊》第 2 期(1994 年)。

42. 陳磊:〈從清真、白石詞看宋代詠物詞的嬗變〉,《復旦學報》第 6 期,1998 年 11 月,頁 83~90。

43. 陳萬鼐:〈元代「書會」研究〉,《國家圖書館館刊》第 1 期,2006 年 6 月,頁 123~138。

44. 陶然:〈論元代之詞曲互動〉,《浙江社會科學》,第 5 期,2003 年 9

月，頁 181～185。

45. 梅祖麟、高友工著，黃宣範譯〈唐詩的語意研究：隱喻與典故〉，《中外雜誌》第 4 卷第 7 期，1975 年 12 月，頁 116～129。

46. 程杰：〈"歲寒三友"緣起考〉，《中國典籍與文化》第 3 期，2000 年 3 月，頁 31～37。

47. 程杰：〈梅花象徵生成的三大原因〉，《江蘇社會科學》第 197 期，2001 年 4 月，頁 160～165。

48. 程杰：〈宋代詠梅文學的盛況及其原因與意義（上）〉，《陰山學刊》第 15 第 1 期，2002 年 2 月，頁 29～33。

49. 程杰：〈宋代詠梅文學的盛況及其原因與意義（下）〉，《陰山學刊》第 15 第 2 期，2002 年 4 月，頁 14～18。

50. 范長華：〈元代詠物詞初探〉，收入四川大學中文系新國學編輯委員會：《新國學》第二卷《論文集》，成都：巴蜀書社，1999 年 9 月，頁 245～260。

51. 范長華：〈元代詠梅詞的主體表現〉，收入趙維江主編：《走進契丹與女眞王朝的文學》，北京：文化藝術出版社，2006 年 4 月 1 版，頁 414～435。

52. 曾守正：〈中國「詩言志」與「詩緣情」的文學思想──以漢代詩歌爲考察對象〉，《淡江人文社會學刊》第 10 期，2002 年 3 月，頁 1～34。

53. 詹安泰：〈論寄託〉，《詞學季刊》第 3 卷第 3 號，1936 年 9 月 30 日初版，頁 11～25。

54. 趙桂芬：〈晏殊詠花詞審美特徵試析〉，《台南科大學報》第 26 期，2007 年 9 月，頁 23～42。

55. 趙桂芬：〈人間少有別花人──試析白居易詠花詩中的情與志〉，收入國立高雄師範大學國文系主編：《張乎堂堂──紀念張子良教授學術研討會會後論文集》，2007 年 12 月，頁 293～326。

56. 趙維江、易淑瓊：〈劉敏中詞"援稼軒例"與元代前期詞壇之稼軒風〉，《齊魯學刊》第 1 期，2008 年，頁 116～122。

57. 麼書儀：〈元詞試論〉，《天津社會科學》第 2 期，1985 年。

58. 劉少雄：〈宋元詞論要籍敘錄〉，《中國文哲研究通訊》，第 2 卷第 4 期，1992 年 12 月，頁 67～82。

59. 劉明宗：〈張志和〈漁歌子〉的逍遙世界〉，《國教天地》，第 123 期，1997 年 9 月，頁 38～44。

60. 歐純純：〈林和靖詠梅詩對後世相關詩題創作的影響〉，《東海大學文

學院學報》，第 44 卷（2003 年 7 月），頁 90～107。

61. 鄭和福：〈大元「國師」劉秉忠《藏春樂府》仕隱情懷析探〉，《東吳中文研究集刊》第 14 期，2007 年 6 月，頁 147～165。

62. 謝大寧：〈儒隱與道隱〉，《中正大學學報·人文分冊》第 3 卷第 1 期，1992 年 10 月，頁 121～147。

63. 蔡琇瑩：〈論薩都剌詞之風貌〉，《亞東學報》第 27 期，2007 年 6 月，頁 205～216。

64. 樊美筠：〈中國古典美學中的「生態意識」〉，《哲學與文化》第 28 卷第 9 期，2001 年）頁 787～799。

65. 鍾振振：〈論金元明清詞〉，收入中央研究院中國文哲研究所籌備處編委會主編：《第一屆詞學國際研討會論文集》，臺北：中國文哲研究所籌備處出版編輯，1994 年 11 月，頁 265～289。

66. 顏崑陽：〈試論宋詞中三個梅花意象〉，收入《古典詩文論叢》，臺北：漢光文化事業公司，1983 年 4 月初版，頁 122～135。

67. 羅鳳珠：〈南京師範大學中國文學數位系統──唐宋金元詞文庫〉，《中國書目季刊》，第 32 卷第 2 期，1998 年 9 月，頁 11～17。

68. 蘇珊玉：〈「比德說」在陶淵明〈飲酒〉組詩的審美深化〉，《高師大國文學報》第 8 期，2008 年 6 月，頁 39～69。

69. 黨天正：〈古代詠物詩再探〉，《寶雞文理學院學報（人文社會科學版）》第 3 期，1996 年，頁 49～53。

70. 顧柔利：〈蘇軾詠物詞研究〉，《黃埔學報》第 28 期，1994 年 12 月，頁 353～364。

71. 龔鵬程：〈從元人文集看元代全真教之發展〉，《道教文化》第 5 卷第 3 期，1991 年 3 月，頁 5～19。

72. 蘭甲雲：〈簡論唐代詠物詩發展軌跡〉，《中國文學研究》第 2 期，1995 年，頁 67～72。

十、外文書刊

（一）西文原著

1. E. B. Taylor, *Primitive Culture*, London: J. Murray, 1871.

2. J.J. Saunders, *History of the Mongol Conquest*, Philadelphia: University of Pennsylvania Press, 2001.

3. Karl A. Wittfogel and Feng Chia-Sheng, *History of the Chinese Society：Liao (907～1125)* , Philadelphia: American philosophical

society, 1949.

4. Stephen H. West,"Mongol influence on the development of northern drama."I*n China under Monogol rule*, ed. John D. Lang-lois, Tr. Princeton, N.J: Princeton University Press,1981.

5. Max Loehr, *The Great Painters of China*, New York: Phaidon Press, 1980.

6. Max Weber, *Essays in sociology*, trans. by H. H. Gerth and C. Wright Mills, New York: Routledge, 1946.

（二）中文譯著

1. 〔日〕吉川幸次郎著，鄭清茂譯：《元雜劇研究》，臺北：藝文印書館，1960 年。

2. 〔日〕吉川幸次郎著，鄭清茂譯：《元明詩概説》，臺北：幼獅文化事業公司，1986 年。

3. 多桑著，馮承鈞譯：《多桑蒙古史》，臺北：臺灣商務印書館，1962 年 8 月臺一版。

4. 〔波斯〕拉施特主編，余大鈞、周建奇譯：《史集》，北京：商務印書館，1983 年。

5. 〔伊朗〕志費尼著，J.A. 波伊勒英譯，何高濟譯：《世界征服者史》，北京：商務印書館，2004 年 10 月 1 版。

6. 〔美〕芮樂偉‧韓森著，梁侃、鄒勁風譯：《開放的帝國：1600 年前的中國歷史》，南京：江蘇人民出版社，2007 年 5 月 1 版。

7. 〔義〕馬可‧波羅主編，〔法〕沙海昂註，馮承鈞譯：《馬可波羅行紀》，臺北：臺灣商務印書館，2000 年 6 月。

8. 劉若愚著，杜國清譯：《中國詩學》，臺北：幼獅文化事業公司，1977 年 6 月初版。

9. 〔美〕蘇珊‧朗格：《藝術問題》，北京：中國社會科學出版社，1983 年 6 月。

10. 〔德〕傅海波、〔英〕崔瑞德編，史衛民等譯：《劍橋中國遼西夏金元史，907～1368 年》，北京：中國社會科學出版社，1998 年 8 月 1 版。

11. 〔美〕費正清著、薛絢譯：《費正清論中國：中國新史》臺北：正中書局，1995 年 7 月。

12. 〔德〕黑格爾著，朱光潛譯：《美學》，臺北：里仁書局，1981 年 5 月。

十一、網路電子資料庫

1. 中央研究院漢籍電子文獻
   http://hanji.sinica.edu.tw/

2. 中華民國期刊論文索引影像系統
   http://www2.read.com.tw/html/frame1.htm

3. 中國博士學位論文全文數據庫
   http://cnki50.csis.com.tw/kns50/Navigator.aspx?ID=CDFD

4. 中國期刊網電子資料庫
   http://cnki50.csis.com.tw/kns50/single_index.aspx

5. 宋代茶盞特展
   http://www.lib.ntu.edu.tw/General/events/song/intro.htm

6. 故宮博物院【寒泉】古典文獻全文檢索資料庫
   http://210.69.170.100/s25/index.htm

7. 漢學研究中心《典藏目錄及數據庫》
   http://ccs.ncl.edu.tw/data.html

8. 國家圖書館全國博碩士論文資訊網
   http://etds.ncl.edu.tw/theabs/index.html

9. 網路展書讀——中國文學網路系統
   http://cls.hs.yzu.edu.tw/home.htm